btb

Aus Freude am Lesen

btb

Buch

Heiner war immer nur klug, früher einmal Professor für Insektenkunde. Jetzt sitzt er zu Hause vor dem Discovery Channel und versucht vergeblich zu verbergen, dass er erste Anzeichen einer Demenz an sich beobachtet. Eine Katastrophe für jemanden, der sich hinter seiner Klugheit immer bestens verstecken konnte – vor dem Leben und den Ansprüchen, die eine Familie stellt.
Ulla war immer nur schön. Sie war das, was man eine perfekte Professoren-Gattin nennt. Gekonnt richtete sie das Leben für sich und ihre Familie ein – mit Tipps aus »Feinschmecker« und »Elle Bistro«. Seit Heiner den ganzen Tag zu Hause ist, kostet sie das immer mehr Kraft – ihre gelegentlichen Affären sind da nur ein billiger Trost. Aber zu Ostern, wenn die Kinder nach Hause kommen, soll noch einmal alles perfekt sein.
Linda hatte immer schon viel Talent. Sie ist erfolgreiche Kolumnistin. Von ihrer Familie will sie nicht viel wissen, sie war ihr immer schon peinlich. Auch ihrem kleinen Bruder Ferdinand geht sie lieber aus dem Weg.
Ferdinand, der gerade wieder bei einer Frau rausfliegt oder ein Studium schmeißt, treibt durch Berlin – bis die Nacht ihn vor die Füße einer Ex-Freundin spült. Maria nimmt ihn mit, und als sie ihm am nächsten Morgen alte Post übergibt, ist da ein Brief von seiner Schwester Friederike. Friederike, die bei einem Unfall tödlich verunglückt ist.

Autorin

Harriet Köhler, geboren 1977, hat Kunstgeschichte studiert und besuchte die Deutsche Journalistenschule. Sie lebt und arbeitet in München und Frankfurt am Main.

Harriet Köhler

Ostersonntag

Roman

btb

FSC
Mix
Produktgruppe aus vorbildlich bewirtschafteten Wäldern und anderen kontrollierten Herkünften

Zert.-Nr. GFA-COC-1223
www.fsc.org
© 1996 Forest Stewardship Council

Verlagsgruppe Random House FSC-DEU-100
Das für dieses Buch verwendete FSC-zertifizierte Papier *Munken Print* liefert Arctic Paper Munkedals AB, Schweden.

1. Auflage
Genehmigte Taschenbuchausgabe September 2008,
btb Verlag in der Verlagsgruppe Random House GmbH, München

Umschlaggestaltung: Design Team München nach einem Umschlagentwurf von Barbara Thoben
Umschlagfoto: Gerhard Richter
Druck und Einband: CPI – Clausen & Bosse, Leck
SL · Herstellung: BB
Printed in Germany
ISBN 978-3-442-73741-3

www.btb-verlag.de

1

Ulla

Nur Mut, Baby, Kleine, komm schon, es tut nicht weh, zumindest nicht mehr als alles andere. Na los doch, tu es, aber erschrick nicht. Worauf wartest du noch?

Dreh dich um!

Dreh dich um und schau in den Spiegel. Keine Bange, Herzchen, er wird nicht zerspringen, wozu auch: Sieben Jahre Unglück sind viel zu knapp bemessen für das, was du so gedankenlos Leben nennst.

Jaja, Kleines, lass dir ruhig Zeit. Klar, es ist spät, du bist müde. Also gut, schließ die Augen. So, jetzt aber: Dreh dich um, Stück für Stück einen Schritt zurück. Na siehst du, es geht doch: Du musst dich gar nicht so verkrampfen. Locker. Ruhig. Und jetzt:

Mach die Augen auf!

Da! Das bist du im Spiegel! Und tu nicht so, als sähest du geschminkt besser aus. Tu nicht so, als glaubtest du tatsächlich, die Mascara könnte deine Jahre vertuschen. Tu nicht so, als hätten *Nudité Rosé* von *Dior* oder auch nur *Chicogo Cherryblossom Pink* auf den blassen Wangen irgendetwas mit *Lebendigkeit* zu tun. Tu nicht so, als glaubtest du tatsächlich, man könnte deine ausgefransten Lippen nochmal saftig spritzen. Auf so was hoffst du? Schätzchen, ach Schätzchen. Jaja. Heul doch! Ja, los, komm schon, wenn du glaubst, dass das befreit.

Und jetzt sieh dich noch einmal an.

Dich und dein verquollenes Gesicht: Diese biestigen kleinen Risse um die biestigen kleinen Augen. Diese Furchen auf der Stirn. Und die zerfransten Adern um das zerpuderte Näschen. Anfangs hat man sie nur morgens gesehen, inzwischen hat jeder einzelne schlechte Tag –

und es gab eine Menge davon – dir wütend das Gesicht zerkratzt. Und du weißt ja, Häschen: Die Zeit meißelt weiter wie ein Presslufthammer gegen dich an. Hörst du sie rattern? Was wünschst du dir jetzt? Dass du nicht in die Zukunft, sondern in eine Maschinengewehrsalve fallen würdest? Hey, hey, hey, entspann dich, und wenn alles nicht mehr hilft, dann spritz dir Botox unter die Botanik der neuen Frühlingsfarben.

Die Sehnen, an denen dein Kopf hängt, hast du mit Perlen geschmückt. Ein paar Männer sind tief dafür getaucht, tiefer, als du je gestürzt bist. Als Kind hast du mal versucht, die Luft anzuhalten, bis du tot bist, aber so echten Druck auf der Brust fühlst du nur, wenn du auf dem Crosstrainer mal wieder alles gibst, in der Hoffnung, dass nach all den Fastenjahren aus dem alten Fleisch dein junges Ich wieder aufersteht. Eine Dornenkrone aus Schweiß auf der Stirn und daneben dein Personal Jesus. Er und *Nike Woman* sind die Einzigen, die verstanden haben, woran du noch glaubst.

Schon gut, alles gut, du bist müde. Also los, nur zu, das Spiegelschränkchen, mach es auf. Es hat dich schon öfter gerettet. Vielleicht ist noch eine Valium darin? Schau nach. Nicht bei den Pflastern. Eins höher. Da! Siehst du, es sind sogar vier. Vier ganze Valium. Nimm sie mit warmem Wasser aus dem kalten Hahn ein, sie werden dich vor dieser Nacht retten, dich endlich in den Schlaf tragen, in ein traumleeres Land. So. Rein damit. Mach die Augen zu, schließ die Spiegeltür. Dreh dich um und geh zurück ins Bett. Schlaf und sei ohne Sorge. Am nächsten Morgen wirst du tot oder lebendig sein, und am Ende ist es ja auch egal, denn am Ende ist auch das wieder nur eine Frage der Sichtweise. Am nächsten Morgen wird alles wie immer sein.

Du wirst in die Küche gehen, der Kaffeemaschine drei

Messlöffel Pulver in den leeren Schlund stopfen, den Knopf drücken und warten, bis sie zu gurgeln beginnt. Dein Magen wird brennen, aber du wirst nicht mehr wissen, warum du gestern Nacht so lang wach lagst.

*

Siehst du? Es ist alles beim Alten. Du nimmst zwei blasse Scheiben Toast aus dem Beutel, zwei für Heiner und keine für dich, lässt sie schlaff in den Schlitz gleiten, aber ehe du den Hebel nach unten drückst, zögerst du, drehst dich um, genervt, und schenkst dir ein Glas heißes Wasser ein. Heiner ist noch nicht aus dem Bad gekommen. Eigentlich müsste er schon längst fertig sein. Seit er in Pension ist, lässt alles an ihm nach. Du schluckst deinen Unmut herunter, in kleinen Zügen. Schlingst den Morgenmantel fester zu, gehst zur Haustür, öffnest sie, bückst dich und greifst die Zeitung. Der Morgen ist zu hell.

Seit Heiner nicht mehr in die Uni muss, fangen die Tage unerträglich an. Seit er in Pension ist, bist du so überspannt, dass dir dein eigener Wahrnehmungsapparat zum Folterinstrument wurde, der müde Kopf zur leeren Kammer, in der alles widerhallt. Geräusche, Gerüche, Tageslicht – alles dröhnt, beißt, gleißt.

Als du wieder in die Küche kommst, sitzt Heiner endlich am Tisch und fährt mit seinen Fingerkuppen die Blumenstickereien auf der Tischdecke nach. Du legst ihm die Zeitung hin, gehst zum Toaster, drückst den Hebel herunter und versenkst das Brot im Schlitz. Dann holst du den cholesterinfreien Brotaufstrich und die Magersalami aus dem Kühlschrank und Heiners Lieblingsfrühstücksmesser aus der Schublade mit dem Besteck. Du trägst die Sachen an den Tisch, legst sie ihm hin und bemühst dich, das nicht allzu lieblos zu tun. Dann gehst du zum

Schrank. Das Geräusch, das jetzt kommt, hasst du. Wenn du einen Teller vom Stapel ziehst, fühlt sich das so an wie dein Morgen: Man gleitet nicht mehr in den Tag, sondern knirscht widerwillig hinein. Heiner liebt seinen Toast braun mit verbrannten Streifen. Du ziehst ihn mit spitzen Fingern zwischen den Gittern hervor.

Während Heiner die Zeitung umblättert, stellst du ihm den Toast hin. Ihr redet morgens schon lange nicht mehr, aber seit wann schaut ihr euch nicht einmal mehr an? Seit wann verirrt sich dein Blick im Raum hinter ihm, während du so tust, als sähest du ihm in die Augen? Seit wann starrst du in die Werbeprospekte, wenn ihm geschmolzene Margarine aus den Mundwinkeln läuft? Und seit wann beobachtet er dich nicht mehr dabei, wie du Kaffee trinkst? Seit du dir vier Stückchen Süßstoff in die Tasse gibst, gegen den Hunger? Warum versteckt er sich hinter dem Politikteil? Weil er dann ungestört das Feinripp vollbröseln kann? Seit Heiner nicht mehr ins Büro muss, zieht er alte Unterhemden der Krawatte vor. Jedes Mal, wenn du sie in die Waschmaschine stopfst, graut es dir.

Wenn die Kinder noch im Haus wären, hättest du ihnen jetzt Müsli gemacht. Du hättest einen Apfel und eine Banane geschnitten, eine halbe Hand voll Rosinen und ein paar Cornflakes mit den blütenzarten Flocken verrührt. Du hättest sie mit einem Klacks Honig und etwas Milch gemischt und dir gewünscht, die Kinder sähen beim Essen nicht so widerwillig aus. Du würdest Linda ermahnen, nicht nur die Rosinen zu picken, und Ferdi, nicht so viel zusätzlichen Zucker in seine Schüssel zu streuen. Heiner, der die beiden auf dem Weg in die Arbeit zur Schule mitnehmen würde, würde nun zum Aufbruch drängen, die Kinder würden hastig noch einen Löffel nehmen, aber die Schüsseln halb voll stehen lassen und sich in der Pause

Schokoriegel am Kiosk kaufen. Du wärest mit den Nerven am Ende und würdest um Viertel vor acht mit jeder Autotür, die zuschlägt, wachsende Erleichterung spüren. Du würdest dich an den unaufgeräumten Frühstückstisch setzen, ein paar weiche Rosinen aus Ferdis Müsli naschen und froh sein, dass du endlich Ruhe hast, bis mittags das Chaos wieder beginnt. Die Stille wäre ein Segen.

Aber jetzt ist Ferdi 28 und Linda 36. Und die Uhr zeigt acht, und du drehst das Radio an, das mit seinen Frequenzzuckungen früher dein Feind war. Du nimmst noch eine Tasse Kaffee, gibst diesmal fünf Stück Süßstoff hinein und beobachtest aus dem Augenwinkel, wie Heiner strumpfsockig und mürrisch die Zeitung mit ins Wohnzimmer nimmt. Der Kaffee beißt vor sacchariner Süße. Dir wird schlecht, aber das ist besser, als hungrig zu sein.

Heiner

Da fläzt du also auf der alten Wohnzimmercouch. In der Küche hockt deine Frau, du kannst ihre Bitternis riechen. Sie hasst dich dafür, dass du hier sitzt und Zeitung liest, aber noch mehr würde sie dich hassen, wenn du in der Küche geblieben wärest. Genau genommen fällt dir kein Ort ein, an dem sie dich nicht hassen würde, aber daran gewöhnt man sich, und die Zeitung ist nicht das schlechteste Versteck. Eigentlich hat sie dich von Anfang an nicht so richtig gemocht, aber daraus hast du dir nie viel gemacht. Du bist schließlich Professor gewesen, hattest an der Uni genug zu tun und hast immer dafür gesorgt, nicht ohne einen Kopf voller Gedanken oder einen Stapel Arbeit unterm Arm nach Hause zu kommen.

Du machst das absichtlich: Lässt Ulla glauben, du läsest die Meinungsseite. Breitest sie vor dir aus, als gälte es ein konzentriertes Gesicht zu verstecken oder eine gerunzelte Stirn. Dabei ist es viel ernster: Im Schutz der wissensgeschwärzten Seiten sitzt du da und stirbst. Heute ist es besonders schlimm.

Heute ist es schlimm, und es wird mit jedem Heute schlimmer für einen, der gestern noch Forschungsberichte geschrieben hat. Für einen, der einst in vier Monaten aus 386 Büchern über Insektenforschung das Standardwerk zur Entomologie gemacht hat. Für einen, dem sie bei der Emeritierung gesagt haben, dass sein Verstand so fein sei wie die Pheromonrezeptoren des *Eudia pavonia L.*, des kleinen Nachtpfauenauges, das ein Weibchen über die Distanz von mehreren Kilometern hinweg orten kann und das du öfter gesehen hast als die Augen deiner Kinder bei Tag. Wenn also einer, der nie groß, nie kräftig, nie blond oder braun gebrannt, sondern immer nur schlau war, vor einer Zeitung sitzt und sie nicht lesen kann, ist das Wort schlimm ein Euphemismus.

Immerhin: Du versuchst es. Du setzt an, aber schon fängt dein Blick an zu flattern. Du strengst dich an, aber deine Konzentration rutscht einfach ab. Du versuchst, dich an einer Überschrift festzunageln, dir die Schlagzeile einzuhämmern, um so

suk-zes-si-ve!

zu begreifen, was da eigentlich steht, so groß, dass es doch wichtig sein muss, aber: Die Buchstaben könnten auch chinesisch sein. Sie entgleiten dir. Deine Aufmerksamkeit perlt von der Zeitung ab wie der Schweiß von deiner Stirn, wenn du im Auto spürst, dass du das Wasser nicht halten kannst.

Ahnt Ulla etwas davon? Dass das Alter nicht nur an deiner Fußgesundheit, sondern auch an deinem Hirn nagt? Nein, nicht solange du jeden Morgen so tust, als läsest du die Meinungsseite, während sie wie immer nur diese idiotischen Werbebeilagen studiert. Wenn dein kränkliches Herz wie ein ängstliches Kaninchen in der ergrauten Brust hoppelt, sieht sie nur die Zeitung zittern, hinter der das Ende versucht zu verbergen, dass es angefangen hat.

Ulla

Du hältst die Kaffeetasse in der Hand und schließt die Augen. Spürst ins Wohnzimmer hinein, in dem Heiner mit seinen margarineverschmierten Fingern die Zeitung volltapst. Dein Leben fühlt sich fettig an.

Seufz nicht rum, mach weiter. Immer im Spiel bleiben. Räum den Frühstückstisch ab und hass den Abwasch. Spür, wie dir die Bitternis an die Gurgel steigt, der Mülleimer quillt über, du möchtest schreien. Aber als du die Toastkrümel unter Heiners Stuhl findest, schimpfst du nur leise vor dich hin.

Als ob ich hier die Putzfrau wäre.

Du geschundenes Ding. Als Heiner noch ein Mensch war, fandest du immer einen Grund zu motzen. Aber jetzt vegetiert er nur noch, und an Unkraut herumzumeckern hilft nicht viel. Du nimmst einen Lappen und wischst den Schmutz beiseite. Dein Schicksal: ein paar Krümel, vor denen du niederkniest.

Vielleicht solltest du heute Nachmittag mal wieder Achim sehen. Vielleicht solltest du ihn im Café Roma treffen. Prosecco bestellen, in dem die Bläschen elegant aufgereiht nach oben steigen. Ihm zusehen, wie er den Gâteau au Chocolat mit der Gabel zerlegt. Du könntest eine winzige Fingerkuppe voll Schlagsahne von seinem Teller naschen und sie langsam auf der Zunge zergehen lassen. Obwohl Achim das nicht mag, macht es ihn irgendwie an, wenn du vor ihm an den Fingern leckst. Ihr könntet euch im City Hilton an der Rezeption eine Nummer ziehen, welche, wäre egal, es wäre irgendein Konfektionszimmer, auf einem Konfektionsflur, du zögest die Vorhänge zu und ließest mit deinen Klamotten auch diesen verdammten Tag auf den nachtblauen Boden fallen. Auf den Laken wäre kein Krümel, sie wären rein und kühl, ein Gletscher, ein Hauch Stärke darin. Du würdest frösteln, bis Achim sich zwischen deine gespreizten Beine drängte. Dann ginge alles schnell. Achim käme plötzlich, hart und kalt.

Linda

Du kannst noch zehnmal die Wiederwecktaste drücken, aber das wird nichts daran ändern. Etwas daran ändern könntest nur du selbst, aber darum geht es gerade nicht. Gerade geht es nur darum aufzustehen, wieder aufzuerstehen aus der Asche, zu der dich die letzte Nacht verbrannt hat. Häng ein Bein aus dem Bett, einen Arm, lass dich fallen. Du kniest auf deinen Pumps, aber immerhin: Du kniest. So könnte man dir jetzt wenigstens den Arsch versohlen, aber mach dir nichts vor: Ob und wie du dich selbst zerstörst, das interessiert nun mal keinen. Da können noch so viele Leute vor dem Club Schlange stehen, in dem du gerade deinen sechsten Caipirinha kippst:

In das Loch, das du dir
am Morgen danach
schaufelst,
fällst du
allein
.

Steh schon auf. Stütz dich an der Wand ab, wenn es nicht anders geht. Halt dich lieber noch fern vom Fenster, lass die Vorhänge lieber noch zu: Die Helligkeit hat heute schon ein paar andere gebissen. Glaubst du wirklich, dass nur billiger Schnaps brennen kann?

Kotz ins Klo, spül nach. Und jetzt Tempo, Mädchen, du musst ins Büro. Du hast das schon oft genug geübt. Dreh die Dusche auf kalt. Verwende die Zahnbürste, das Deo. Denk an den Föhn – und nein, du dummes Ding, nicht schon wieder daran. Leg Make-up auf, dir drei Aspirin unter die Zunge und bete, dass du so über den Tag kommst.

Es klingelt. Das muss die Erinnerung an gestern sein.

Im Taxi legst du die Schläfe an die kalte Scheibe und fühlst schwach deinen Puls. Das ist mein Loop, denkst du, egal, was der Kopf macht, die Maschine läuft. Das beruhigt dich. Draußen blinken Rücklichter im Rhythmus des Stoßverkehrs. Das Leben pocht noch.

Du merkst, dass der Fahrer im Rückspiegel Augenkontakt mit dir sucht. Warum erträgst du das nicht? Warum macht dich das sauer? Achtung, aufgepasst: Das Püppchen nimmt jetzt Haltung an, setzt die Sonnenbrille auf und starrt wütend das Nichtraucherzeichen im Fenster an. Süß!

Du sehnst dich nach ein oder zwei Zügen Nikotin. Häuser tauchen auf und verschwinden. Die Stadt zieht sich wie Kopfschmerz. Du denkst an eine Bombe und noch ein Aspirin.

In einem Tunnel siehst du dein Spiegelbild. Aber statt dich aus dem fahrenden Auto zu werfen, überlegst du dir allen Ernstes, ob es zur Zeit cool oder daneben wäre, ein Kopftuch zu tragen. Immerhin: Schwarz wäre der richtige Rahmen für diesen Tag, und es haben schon andere um weniger getrauert. Während du mit schwerer Zunge die Quittung verlangst, streichst du dir wirr eine deiner niedlichen blonden Locken aus dem Gesicht. Gott, heute bist du wirklich daneben. Fallen Angel. Das Gefieder zerfetzt. Vielleicht solltest du gleich statt Salat mit Putenstreifen mal wieder eine Line Koks nehmen.

Ferdinand

Trottel. Stehst da, vor einem Haus, das erst seit ein paar Tagen dein Haus ist, in einer Straße, die erst seit ein paar Tagen deine Straße ist, und zögerst, als sei das hier nicht schon längst deine Schuld. Die Anzeige an der Bushaltestelle zeigt 09:26 Uhr und drei Minuten Wartezeit für die nächste Straßenbahn in Richtung Innenstadt. Du bist zu spät. Du hast es mal wieder verbockt.

Die Haustür öffnet sich, ein Typ deines Alters trägt auf der Schulter ein Mountainbike heraus. Ehe du den Mut dazu fassen kannst, schlüpfst du ins Haus. Auf dem Weg nach oben fischst du aus dem Briefkasten die Tageszeitung, deren Abo auf deine Freundin läuft. Auf dem Titel Tagesgeschäft. Klimakatastrophe, Koalitionsstreit. Das, was dir droht, ist mindestens genauso scheiße. Du möchtest dem am liebsten aus dem Weg gehen, aber du musst so langsam auch mal ins Bett. Du bist betrunken, aber nicht so schwer, wie du es sein müsstest, um nach einer langen Nacht diesen Morgen zu ertragen.

Mit jedem Schritt, mit dem du dich deinem Stockwerk näherst, wirst du dir fremder. Du hältst an einem Treppenabsatz inne, dein Kreislauf würde gerne eine Runde aussetzen, dir fehlt Schlaf. Du schnaufst und stellst fest, dass *es atmet*. Damit hast du dich schon öfter aus der Affäre gezogen: Wenn deinem Ich die Luft ausgeht, wenn es deinem Selbst zu brenzlig wird, dann objektivierst du dich. Feigling. Reiß dich zusammen. Geh weiter.

Vor der Wohnungstür bleibst du stehen und lauschst. Du hörst die Dusche. Du begießt dich mit Reue und ziehst vorsorglich schon mal den Schwanz ein. Du warst die ganze Nacht allein, du hast nicht übermäßig viel getrunken. Du hast keine Frauen betatscht, nicht gepöbelt. Du hast in diesem Elektronikclub brav den Eintritt gezahlt und an der Bar das handelsübliche Trinkgeld gegeben. Drogen waren keine im Spiel. Das Einzige: Du bist vorhin über eine rote Ampel gelatscht, aber das war, weil du endlich nach Haus wolltest. Warum also fühlst du dich so? Warum sperrst du die Tür so lautlos wie möglich auf, versuchst im Flur so leise zu sein, wie es nur irgendwie geht?

Deine Freundin duscht noch. Du setzt dich in die Küche, nimmst einen Schluck aus ihrer Tasse. Deinem Rachen wird wohlig, weil der Kaffee süß und noch heiß ist. Das Gefühl durchströmt dich wie der Zungenkuss einer Frau, die du liebst. Es ist sogar besser als das. Kaffee bleibt, die Frauen, die du liebst, aber gehen, gehen in einem fort. Du stellst die heiße Tasse wieder auf den Tisch, fühlst nach, wie die Wärme langsam wieder aus deinen Fingern weicht, und ahnst, dass auch diese Liebe geht. Müdigkeit lässt dich frösteln, du willst ins Bett, du stellst dir vor, dass es nach Mädchenschlaf duftet und noch warm ist.

Du hast es mal wieder verbockt und sehnst dich allen Ernstes danach, dass sie dich zum Trost auch noch streichelt.

Achtung, sie kommt! Setzt dich nicht zu aufrecht hin, auf deine Schultern drückt Demut. Sieh nicht auf, wenn sie reinkommt, und auch nicht, wenn sie sich auffordernd vor dich stellt. Diesen Blick hast du noch nie ertragen. Krall dein Ego an der Kaffeetasse fest und deinen Blick an der Stelle im Teppich, auf die ihr nasses Haar tropft. Sink ein bisschen tiefer in den Stuhl ein und hör sofort auf, dir vorzustellen, wie geil es wäre, wenn sie so, wie sie da steht, ihr Handtuch fallen ließe. Das hier wird ernst.

Noch hat sie nichts gesagt, aber das macht nichts, deine Antwort ist sowieso immer dieselbe. Du hast die Variante für den ersten Streit, eine Steigerung für den zweiten und deine absolute Unterwerfungsfloskel für den Tag, an dem es eigentlich keine Hoffnung mehr gibt. Mehr geht nicht, mehr, das wäre ja dann fast schon die Verpflichtung, endlich mal bei einer zu bleiben.

Heiner

Weißt du noch? Als du Ulla zum ersten Mal begegnet bist, hat sie in einem kleinen Nachtclub als Garderobiere gearbeitet. Du hast ihr deine Marke gegeben, und sie hat dir den Mantel über die Theke geschoben, aber nur, weil ihre Hand dabei ganz leicht die deine berührt hat, nahmst du sie überhaupt wahr. Du hast sie angesehen, sie hat gelächelt, und du hast so rote Ohren bekommen, dass man sie bis tief in die Nacht hat glühen sehen. Weißt du noch?

Natürlich weißt du nicht mehr. Ulla hat es dir erzählt. Sie hat es dir und deinen Eltern und deinen Kollegen und den Kindern erzählt, wann immer der Abend spät und lustig genug für solche Geschichten war. Ulla hat erzählt, laut und ein bisschen zu umständlich, und du hast dein Lächeln schüchtern hinter einem Glas Rotwein versteckt, während deine Ohren sanft ihre Farbe wechselten. Das war Koketterie oder auch nicht, aber du hattest das Gelächter am Tisch auf deiner Seite. Irgendwann ist aus der Geschichte auch deine Erinnerung geworden.

Aber mach dir nichts vor. Wie du Ulla kennengelernt hast, weißt du natürlich nicht mehr. Das hat nicht mal was mit dem Alter zu tun. Du hast es schon in der Hochzeitsnacht nicht mehr gewusst. Eine zarte Berührung? Welcher Mantel? Geschenkt.

Du warst entsetzlich versoffen zu der Zeit, versoffen, wie man es nur als Student sein kann, der nicht weiß, wohin mit sich und seiner Zukunft. Du hattest gerade dein Diplom gemacht, ein »sehr gut« unter sorgsam geprägtem Wappen und nachdrücklich gesetztem Stempel. Du hattest eine Stelle als Doktorand angenommen und so viel Selbstbewusstsein wie eine Hand voll Rollsplitt, kurz bevor der Straßenkehrer kommt. Du bist blass durch die Flure geschlichen und hattest von deinem Fachgebiet keinen Schimmer. Du warst diplomierter Biologe und hättest ein Weiderind nicht einmal am Geschmack erkannt.

Für deine Abschlussarbeit hattest du zum Territorialverhalten des *Charaxes jasius* geforscht, des Erdbeerbaumfalters. Du hast die Arbeit mit zwei Monaten in der Toskana verbunden, in der mediterranen Macchia in der Nähe von Capalbio, wo der Erdbeerbaumfalter als Ansitzstelle die hölzernen Hochstände der Wildschweinjäger bevorzugt. Deine Ergebnisse haben für Aufsehen in der Fachwelt gesorgt: Das Territorialverhalten der Erdbeerbaumfaltermännchen ist ausgeprägter, als man sich das bislang von einem Schmetterling hatte vorstellen können. Du hast beobachtet, wie ein Erdbeerbaumfalter einem Wiedehopf nachjagte, als der sein Revier durchflog. Ein anderer hat dich mit seinem massigen Körper sogar torpediert und ist drei-, viermal gegen deine Stirn geflogen. Deine Professoren liebten dich für die Story. Und der Schwindel ist nie jemandem aufgefallen.

Du hattest dich damals in ein Mädchen aus dem Ort verliebt. Leonora, sie war dunkel und rund wie ein großes Geheimnis, und für dich war sie wie Opium. Du verbrachtest den größten Teil deiner Zeit mit den Lippen an ihrer Brust. Du bist nicht oft bei den Hochständen gewesen, zu selten für eine Studie. Manchmal hast du Leonora sogar dorthin mitgenommen. Ihr wart nicht immer leise, kein Wunder, wenn sich die Schmetterlinge gestört fühlten. Als dich dieses Brummerexemplar attackierte, war Leonora gerade dabei, dir einen zu blasen.

Als es aus war zwischen Leonora und dir, bist du umgehend nach Deutschland zurückgereist und hast einen großen Teil deiner Daten gefälscht.

Die ersten Wochen als Assistent kanntest du nur eine Angst: erwischt zu werden. Was wäre, würde sich einer deine Daten genauer ansehen? Aber nichts passierte. Dein Professor drängte dich, deine Forschungen in der Toskana fortzusetzen. Du hast es nicht getan. Du hättest es nicht tun können. Du konntest nicht zu Leonora zurück.

Das Gefühl, nur durch Glück und die Gunst von ein paar Zufälligkeiten völlig zu Unrecht nach oben gekommen zu sein, hat dich bis zur Emeritierung nicht verlassen. Die Idee, dass irgendwann auffliegen könnte, dass du eigentlich gar nichts kannst. Erst jetzt vermagst du dich in dem Gedanken einzurichten, dass du wirklich etwas geleistet hast. Aber so richtig gemütlich ist dir dabei nicht, immer noch und immer wieder spürst du diese Ahnung in dir, diese Unsicherheit. Dein Lebenswerk ist ein Kartenhaus, mit Glück hoch gestapelt und heimlich mit Spucke verleimt.

Was du noch weißt, ist, dass du bei Ullas Dekolleté erstmals nicht mehr an das von Leonora dachtest. Du weißt noch, dass es damals die blankpolierte Versuchung war. Du weißt noch, dass sie schon nach eurem ersten Treffen mit auf dein Zimmer wollte und dass du dich dafür geschämt hast, nur Bücher und nicht einmal einen Aschenbecher zu haben. Du weißt noch, wie ihr euch gegenübersaßt, wie weich ihre Brüste auf der Tischplatte lagen und wie sich ihr Dekolleté öffnete, als sie dir ihr Gesicht entgegenstreckte. Du weißt noch, dass du schüchtern und ungeschickt versucht hast, ihren Hals zu streicheln und dabei so zu tun, als hättest du es nicht auf ihre Brüste abgesehen, wie hilflos du warst, als sie auf einmal um den Tisch herumging, sich auf deinen Schoß setzte und dein Gesicht in ihren Busen drückte. Du weißt noch, dass sie dann aufgestanden ist und sich vor dir ausgezogen hat, sich auf das immerhin gemachte Bett gelegt hat und dass sie, als du ihr zaghaft über die Nippel geleckt hast, lauter gestöhnt hat, als du es dir je hättest vorstellen können. Du weißt noch, dass du dich ab da keine Sekunde mehr beherrschen konntest, du hektisch die Hose geöffnet hast und sie genau so weit runtergezogen hast, wie es nötig war. Du weißt noch, dass sie nass war. Du weißt noch, dass ihr schon nach wenigen Sekunden gekommen seid. Du bist liegen geblieben, ohne dich zu rühren, die Hose zwischen den Knien, das Hemd hochgezogen zum Bauch, den Kopf auf ihrer Brust. Du hast nachgespürt, wie sie pulsiert, lagst mehr in ihr als auf ihr, ein Fisch in der Pfütze, durch den noch ein paar Watt Leben zucken. Eine Glühbirne flackert kurz auf, bevor sie erlischt. Irgendwann hast du dich ausgestreckt und bist aufgestanden, um ins Bad zu gehen, weißt du noch? Das war der Augenblick, in dem es mit euch bereits vorbei war. Alles andere war nur noch ein Deal.

Ulla

Du hast den Toast ins Brotfach und die Margarine zurück in den Kühlschrank gelegt, das Geschirr ist abgespült, das Messer und die beiden Löffel getrocknet. Jetzt, da alles glänzt, blitzen auch wieder die Scherben deines

Lebens hervor. Dein Blick wird starr und verläuft sich im Nirgendwo.

Dummchen. Mach weiter. Solange der Ball im Spiel ist, ist er nicht im Aus. Du könntest ins Fitnessstudio gehen, dich auf dem Crosstrainer quälen und bei der BBP-Gymnastik die Magerste sein. Du könntest zum Supermarkt gehen und den Kühlschrank mit Dingen auffüllen, die gut für Heiners Cholesterinspiegel sind, die er aber nicht mag. Du könntest ein winziges Stückchen Zartbitter auf der Zunge zergehen lassen. Du könntest Linda anrufen und hoffen, dass sie freundlich zu dir ist. Du könntest auch mal wieder versuchen, ob du nicht Ferdi irgendwo erwischst. Du könntest dich mit Irene treffen oder mit Gundula oder mit beiden. Du könntest dich mit deinem Handy aufs Schlafzimmer stehlen und unter der Decke ein Date mit Achim vereinbaren. Du könntest Heiner ein Messer in den Bauch rammen und dir die Pulsadern aufschneiden. Aber eigentlich könntest du nur noch schlafen. Seit Heiner nicht mehr an der Uni ist, bist du so müde, die ganze Zeit.

Du schleppst dich zum Telefontischchen und wählst Lindas Nummer. Zu Hause ist sie nicht, du versuchst es im Büro. Die Nummer kannst du auswendig, der Hörer wird abgenommen, ehe du das Tuten zählen kannst. Die Sekretärin ist dran, sie fragt, ob sie etwas ausrichten soll. Du schüttelst verwirrt den Kopf, sagst nein und noch ein leiseres Nein und legst auf. Du wusstest nicht, dass Linda inzwischen sogar eine Sekretärin hat. Das verletzt dich, du lässt dich auf den Boden sinken. Du fühlst dich abgewimmelt. Ausgezählt und abgewählt.

Du bist ja ganz schwach. Na gut. Steh auf. Kontrollier ein letztes Mal, ob die Küche in Ordnung ist. Geh ins Wohnzimmer, dort, wo Heiner schon vor dem Fernseher liegt. Nimm das andere Sofa, greif dir die Fernbedienung.

Du hast schon viel gesehen, aber diesen blöden Discovery Channel, den Heiner Tag und Nacht schaut, den packst du heute wirklich nicht. Schalt um. Siehst du? Er bemerkt es nicht. Leg dir ein Kissen auf die Stirn und verknüpf dein Hirn mit dem Kabelnetz, dem unter der Erde verscharrten Äther. Fahr dich runter oder schalt deine Augen auf Stand-by. Wenn du gleich eindöst und hinter den geschlossenen Lidern Halbschlafgedanken flimmern, hat die ganze Scheiße wenigstens nichts mit dir zu tun.

Linda

Captain Caipi hat also ihr Lunch gecancelt, den Linienflug Koks annulliert, alle eingehenden Gespräche gesperrt. Und jetzt? Du stützt dich auf den Schreibtisch. Absturz in die Zeit. Draußen vor der Tür verrichtet das Bodenpersonal sein Tagesgeschäft, Redakteure tippen gegen die Uhr an, die die eingehenden Meldungen wie ein Schneepflug dem Redaktionsschluss entgegenschiebt. Du hast noch sechs Stunden, wenn dann keine Geschichte aufschlägt, dann kracht es. Dein Problem ist: Du hast gestern einfach zu weit ausgeholt, um heute noch einen großen Wurf zu landen. Nicht einmal mehr in den Fingern hast du noch Kraft.

Komm schon, Schätzchen. Schab die Trauerränder aus deinen Fingernägeln, geh zum Postfach und dann lad dein Ego auf. Anerkennung ist besser als Koks, und die Tippse hat die Kritik bereits aussortiert. Na los doch, tu es einfach, mach dir keinen Kopf. Stopf dein leeres Herz mit ein paar Komplimenten aus. Hier, Kätzchen, sieh doch: Frau Schäfer aus Grünwald liest deine Kolumnen ihrem Mann immer schon Montagmorgen vor, und Herr Landgrebe aus Hamburg geht extra für die Vorabversion Sonntagabend ins Internet. Herr Lucas aus Berlin kann sie sich vor Lachen nur portionsweise geben, aber das macht ihm nichts, weil er so länger Spaß dran hat. Herr Strebel, wohnhaft in London, grüßt von der Queen, Herr Geser aus Garmisch sogar von seinem Hund. Frau Schröder und Herr Rabe stellen übereinstimmend fest, dass es bei ihnen haargenau so sei. Herr Geiselberger aus Frankfurt dankt dir, weil er seit deinen Kolumnen weiß, dass es anderen Leuten mit ihren Eltern auch nicht besser ergeht. Frau von Lowtzow aus Offenburg wünscht sich, dass du mal was über Eltern auf Kreuzfahrten schreibst. Sie glaubt, dass Kreuzfahrten deshalb so heißen, weil der Rest der Familie drei Kreuze macht, wenn die beiden Alten mal vier Wochen wohlversorgt an einem Ort sind, an dem das Wetter so gut ist, dass kein Grund bestehe, sich darüber telefonisch zu beklagen, und an dem telefonieren sowieso viel zu kostspielig sei. Herr Heidingsfelder aus Köln fragt dich, ob du seine Frau werden willst. Man liebt dich, siehst du? Du kannst es. Alles wird gut. Du musst einfach nur anfangen. Nicht denken, die Augen schließen. Mach den Schritt über die erste Zeile und stürz dich in den Text.

Es geht nicht. Man liebt dich, aber solange du genau weißt, warum, geht es nicht. Die kleinen Leseratten da draußen lieben dich, weil du ihnen die Möglichkeit gibst, aus ihren müffelnden Lebenslöchern noch etwas anderes herauszuriechen. Weil du ihrer Realität eine neue Wendung gibst, ihnen eine Möglichkeit aufzeigst, ihre Version neu zu interpretieren. Deine Kolumne ist eine Lüge, bei der die Wirklichkeit errötet und auf einmal entzückend nett aussieht. Das Scheitern wird zu einem Scherz, den sie sich am Abend lachend erzählen können. Aber es bleibt doch: Scheitern.

Du schaltest den Rechner ein, fährst deine Aufmerksamkeit hoch. Du legst ein neues Dokument an und gibst dem Kind einen Namen. Du speicherst die Taufe. Du zögerst. Vor die Geburt hat der liebe Gott deinen Tod gesetzt.

Dir fällt nichts ein. Du fällst, starrst den Bildschirm an, aber der ist weiß und weiß nichts. Der abgemagerte Cursor blinkt dich mahnend an. Schau zurück, ohne zu blinzeln. Synchronisier deinen Herzschlag. Konzentrier dich.

Der Cursor wird schneller. Oder ist das dein Puls?

Schweif nicht ab.

Oder vielleicht solltest du doch etwas Koks nehmen? Quatsch, das würde dich killen.

Na los doch, komm! Na gut, okay: eine Letzte Ölung. Creme dir die Finger noch einmal mit Aloe Vera ein. Aber jetzt: Leg Hand an die Tastatur und brenn dem Weiß eine Wahrheit ein.

Wenn Mama und Papa auf eine Kreuzfahrt kriechen würden, dann würde ich ihnen vor allem eines wünschen: Dass sie genügend Zeit haben zu bereuen. Gott will es, das haben sie schon vor 1000 Jahren geschrien.

Das löschen wir lieber nochmal. Du hast die Lunte am falschen Ende gelegt.

Heiner

Ulla und du, ihr seid einfach nicht aus einer Rippe gemacht, aber das beige Leder, mit dem die beiden ganz genau baugleichen Sofas im Wohnzimmer bezogen sind, ist ja auch nicht von ein und demselben Rind geschält. Ulla liegt neben dir. Der Fernseher strahlt dir sein Mittagsprogramm ins Gesicht, nach den News vom Tage verkauft dir ein Mann unter Hochdruck den Börsenbericht, und ein Jugendgericht verurteilt dich zu zehn Jahren Müdigkeit ohne Bewährung. Du willst Berufung einlegen, aber sie verhallt schon in deinem Hirn. Eine Frau mit schiefen Zähnen rollt Orangennetzstrümpfe von ihren delligen Schenkeln, aber ob das johlende Publikum das voll porno oder eher pervers findet, das versendet sich irgendwo zwischen visueller Cortex und Couchtisch, zwischen Retina, Ulla und dir.

Manchmal stellst du ein *O Gott!* in den Raum, und Ulla schiebt einen Seufzer hinterher. Und manchmal kommt das *O Gott!* von Ulla, und du brummst deinen leidenden Zustimmton. In diesen Momenten glaubt ihr tatsächlich, dass ihr das Gleiche meint.

Das Gute am Fernsehen ist, dass man darüber reden kann und dabei schweigen. Das Gute am Fernsehen ist, dass man es verfolgen kann, ohne dabeizubleiben. Das Gute ist, dass es deine Aufmerksamkeit nicht braucht, dass du es wahrnehmen kannst, aber nichts sehen musst. Das Beste aber ist: Du kannst dich in den Schlaf spülen lassen. Du kannst den ewigen Refrain der Seifenoper zu einem Traum aufschäumen, in dem es keine Zeitung und keine Zukunft gibt, vor allem aber keine Vergangenheit. Prädormitium im Präsens: Wenn du auf REM schaltest, zucken deine Augen nur die 1000 Hertz nach, die der Cutter von der Wirklichkeit übrig gelassen hat. Die Tagreste in deinem Enzephalogramm sind vorgefiltert.

Mastery, remastered.

Ferdinand

Jetzt ist es so weit. Jetzt weint sie. Jetzt muss es schnell gehen: Nach der Anschuldigung bist du mit der Abwehr dran. Wenn du in der Defensive nur nicht so wahnsinnig beschissen wärst.

Flüchte ins Bad, entreiß der Box ein Kleenex. Schnell wieder zurück, halt ihr das weiße bisschen Zellstoff wie eine Friedensfahne hin. Ein Kleenex ist keine Erklärung, du wischst ihr damit vielleicht die Tränen, aber nicht diesen Blick aus dem Gesicht. In ihm schwimmt immer noch die Hoffnung, dass du jetzt etwas sagst, was alles wiedergutmacht.

Du setzt an, aber dir fällt nichts ein. Denk ein bisschen nach, Mann! Such deine Synapsen nach einer Entschuldigung ab! Schäl deinen Mandelkern und find eine Floskel! Wring deinen Hirnlappen einen einzigen Tropfen Weisheit aus!

Aber: Die Windungen in deinem Hirn sind leer. Du versuchst, ein paar Worte hervorzuwürgen, aber es ist eben doch immer dasselbe mit dir: Sobald es ernst wird, kann deine Stirn nur noch Schweiß und Falten werfen. Sobald sich in einer deiner Herzensangelegenheiten ein Tumor bildet, fallen dir die Silben aus wie einem Krebskranken die Haare.

Aquaplaning nach Tränenausbruch, das kennst du schon. Da hast du Übung. Für Notfälle wie diesen hast du dir einen Satz zurechtgefaltet. Einen verbalen Airbag. Das ABS, wenn dein Kopf blockiert. Du hast ihn beim ersten Streit mit Anna, Berta, Carla, Dora und all den anderen ausprobiert, nicht immer hat er dich gerettet, ein Satz ist nicht viel. Du versuchst, die Kiefer zu lockern, aber der Satz löst sich nur stotternd, immerhin: Er löst sich. Und du hoffst, dass er diesmal die Lösung ist.

Deine Liebe habe ich mir unredlich verdient sie ist so groß so unsagbar dass ich nicht von ihr sprechen kann ich kann nicht kann nur zu Worten greifen die zu klein sind für so etwas Großes wie dich ich bin ein Nichts ohne dich. Verzeih mir.

Heiner

Du wachst auf und der letzte Überlebende von Auschwitz ist tot. Der Anlass ist aktuell, im Fernsehen wird eine Diskussion geführt, in der es schon wieder darum geht, wie ein Mahnmal und ob das Dritte Reich, wie seine Opfer und dass das als Lehrstunde aber doch eher um ein Gedenken geht, vielleicht muss der Zoll heute für den Respekt von der Moralkeule, die Vergangenheit muss bewältigt, Kunst zurückgegeben, Dichtung nach Auschwitz kann nicht, aber Romane über das alles, und du fragst dich, wie lange du noch in der Lage sein wirst, ein Gedicht zu lesen. Du fragst dich, wer sich an dich erinnern wird, wenn dein Rauch aus dem Krematorium steigt. Du fragst dich, woran du dich erinnern wirst, wenn es weitergeht.

Grausam ist immer nur die Gegenwart. Denkst du oft daran, wie es sein wird, wenn es weitergeht? Wenn die Plaque das Jetzt sprengt und dein Hirn zurück ins Damals zieht?

Wollten wir nicht alle nochmal Kind sein?

Seit du pensioniert bist, tauchen in deinem Kopf immer öfter Episoden von früher auf. Aber an früher erinnerst du dich nicht gern. Du weißt noch,

wie …

wie …

wie …

Aber was weißt du schon.

Ulla

Mit einem Mal bist du hellwach. Heiner schnarcht, und das ist bislang das beste Zeichen an diesem Tag. Der Moment ist gekommen: Du schleichst die Treppe rauf, tastest dich an Heiners Atemrhythmus entlang. Du machst die Tür des Schlafzimmers zu und verbietest als Allererstes dem Handy den Mund. Einstellungen, Profile: Lautlos. Es muss gleich ein Geheimnis ertragen.

Eigentlich machst du dir keine Sorgen, dass Heiner Verdacht schöpfen könnte. Der Idiot würde wahrscheinlich nicht einmal merken, wenn der Fernseher auf einmal fehlt. Trotzdem gehst du deine Auswärtsspielchen sorgfältig an – nicht weil ohne sorgfältige Planung der Spaß ein schnelles Ende hätte, sondern weil die sorgfältige Planung Teil des Spaßes ist. Ohne sie würde das alles nur auf ein abscheulich feuchtes Höschen hinauslaufen, wäre es nichts als wollüstig und würdelos. Vernunftvermögen und Fähigkeit zur Planung sind es, die den Menschen vom Tier unterscheiden. Und ein Tier, Mäuschen, das bist du nicht. Eine Ratte könnte nicht so durchtrieben sein.

Du tippst dem stummen Apparat Buchstabe für Buchstabe deine Wünsche in den Bauch und schickst sie mit einem Tastendruck in den Himmel, da hängt ein Satellit, der deine Sehnsucht zurück auf die Erde funkt. Du reibst das Handy in der Hand und wartest. Darauf, dass das Display dir gleich eine Antwort meldet, der Tag erstrahlt, dein Leben wieder leuchtet.

Du hast schon viel vor Heiner verheimlicht. Du warst immer sorgfältig dabei. Sorgfältig darauf bedacht, ein bisschen schlauer zu sein als er. Aber in Wahrheit bist du nicht sehr schlau, sondern er ist immer nur zu arglos gewesen.

Linda

Manchmal sitzt einer so da und wartet und müht sich, nicht müde zu werden, was immer er tut. Und auf einmal klopft das Schicksal an die Tür und meldet, die große Zukunft sei endlich eingetroffen. Für einen solchen Fall wärest du bestens gewappnet, du hast dir sogar schon mal überlegt, was du anlässlich der Verleihung des Kisch-Preises ins Mikrophon hauchen würdest. Aber heute? Sitzt du da und wartest und wirst nicht müde, Zigarettenrauch gegen den Bildschirm zu pusten. Und auf einmal kommt dieser schöne Praktikant durch die Tür und meldet gehorsamst, dass der Chef inzwischen echt durchdreht.

Du wolltest gerade deine Zigarette im Aschenbecher zerdrücken, aber nun hältst du inne und schaust ihn an, als würde er in Fragmenten reden. Die Sprache der Liebe ist das zumindest nicht. Du schweigst ihn an. Der Praktikant ist wirklich außergewöhnlich schön, das ist dir schon vorhin in der Konferenz aufgefallen, als du dir nicht ganz sicher warst, ob sein schwarzes Hemd nun von Helmut Lang ist oder nicht. Jetzt, als er vor dir steht, siehst du nicht nur, dass es ihm offensichtlich putzig unangenehm ist, dich mit solchen Vorwürfen konfrontieren zu müssen, sondern auch, dass er einen ganz besonderen hellen Glanz um die Augen trägt, so ein Hollywoodleuchten, wie mit Sternenstaub hingepudert, und außerdem sehr, sehr schicke Sneakers.

Bevor die Hektik auf dem Flur sein Strahlen wieder aus deinem Zimmer saugt, bittest du ihn schnell, doch einmal kurz hereinzukommen. Er gehorcht und schließt hinter sich die Tür. Er sieht tatsächlich fantastisch aus, allerhöchstens, na ja, vielleicht sieben Jahre zu jung für dich. Du fragst ihn, wer er sei, er nennt einen Namen, der französisch klingt und den du nicht verstehst. Du bist dir nicht sicher, ob es nicht doof ist, nachzufragen, tust es aber dann doch, mit einem *Wie bitte?* – ganz so, als hättest du den Namen nur akustisch nicht verstanden.

Gilles, wiederholt er, und weil du offensichtlich immer noch ein bisschen blöde schaust, fügt er hinzu: *Wie der Harlekin auf dem Bild von Watteau.* Welches Bild von Watteau, das fragst du besser mal nicht, sondern lieber schnell, was er macht. Er sagt, er würde gerade in Philosophie promovieren, interessant, über Pop aus systemtheoretischer Sicht. Du kannst sein Hemd endlich genauer sehen und bist dir ganz sicher: Es ist von Helmut Lang. Du fragst ihn, ob er schon andere Praktika gemacht hätte, er zählt die großen Zeitungen auf, du lächelst und fragst ihn, ob er heute Abend mit dir Essen gehen würde, aber natürlich fragst du nicht, sondern denkst, dass du jetzt gerne eine Ahnung von Systemtheorie oder wenigstens eine Zahnbürste hättest. Du kommst dir ein bisschen dumm vor und fühlst dich obendrein noch schlecht, weil dir natürlich klar ist, dass du eine Fahne hast, die ausreichen würde, um eine ganze Kompanie in die Flucht zu schlagen. Du murmelst etwas von *das hier schnell fertig machen,* der Praktikant dreht sich um wie ein Kellner mit einem wieder abbestellten Bier und schiebt seinen G-Star-Hintern aus der Tür. Du siehst ihm hinterher und hauchst probehalber deinen Mundgeruch in die hohle Hand. Da wird dir selbst ganz schlecht, wahrscheinlich schüttelt er gerade den Kopf über dich und glaubt, du seist eine von den Redakteusen, die in ihrer untersten Schreibtischschublade einen Flachmann voll Cognac bunkern. Einen Ballermann fändest du besser, aber bei dir sind nur Ersatz-Wolfords und eine Dose Deo drin.

Ferdinand

Bleib bloß nicht stehen. Steig die eine Stufe vor der Haustür hinab und tauch ein ins Leben, überquer die Straße, nicht zu langsam, nicht zu schnell. Halt dich aufrecht, vermutlich steht sie oben am Fenster und sieht dir hinterher. Es ist der letzte Eindruck, der zählt. Also, bitte: Haltung.

Die nächste Tram in die Stadt kommt erst in sieben Minuten, sieben Minuten Wartezeit unter ihrem Fenster, in denen du beobachtet wirst und in denen du es, egal, was du tust, nur falsch machen kannst. Willst du es ausprobieren? Dann klau dir eine Zeitung aus dem Ständer. Oder tu so, als würde dich der Fahrplan der Nachtlinie interessieren. Du kannst dich auch auf die Wartebank setzen und deine Verzweiflung in das Taschentuch heulen, das dir die grau ummantelte Oma dann hoffentlich gibt. Oder klau dem Kleinkind dort sein Cornetto Erdbeer und schmier es diesem selbstbesoffen schmusendem Pärchen da ins Gesicht. Trete ein paar Mal gegen den Mülleimer, verletz dir den Fuß und humpel dankend ab. Siehst du? Alles falsch, tut alles weh. In Situationen wie diesen gibt es kein angemessenes Verhalten, ganz einfach, weil es kein Maß für sie gibt. Na ja, vielleicht könntest du dich vor die Tram werfen, aber wer weiß schon, ob das was nützt.

Also bleib nicht stehen, sondern geh weiter. Es ist erst Mittag, und du hast schon jetzt keine Perspektive mehr. Deine Freundin hat dich aus dem Nest gestoßen, und du schleichst schutzlos die Straße hinab, kopflos, du fühlst die klebrige Haut in deinem Nacken, den kalten Schweißfilm auf dem Rücken. Du frierst, obwohl der Tag warm ist.

Die Sonne scheint heute heller als sonst. Als würde sie sich selbst überschätzen, taucht sie die Stadt in megalomanisches Licht. Dein Viertel, ein ganz normales, sauber durchgefegtes Szeneviertel, dessen hippe, kleine Läden und Kaffeebars du immer mochtest, erscheint dir auf einmal einfach nur krank. Setz die Sonnenbrille auf, sie schützt dich vielleicht wenigstens vor diesem seltsamen Licht.

Eine Gruppe junger Menschen in Turnschuhen kommt auf dich zu. Sie sprechen nicht, sondern saugen schaumigen Latte aus Coffee-to-go-Pappbechern ein. Auch sie tragen Sonnenbrillen, hinter denen ihre Augen flattern, als würden sie etwas suchen, aber besser nicht in sich selbst. Lifestyle-Zombies, denkst du, Identitäten wie aus i-D, du machst ihnen Platz und wechselst auf die andere Seite der Straße. Drei Arbeiter ziehen die Straßenmarkierung neu. Dein Schritt weicht den frischen Streifen aus, du torkelst und schiebst dich zwischen zwei parkenden Jeeps durch, stolperst über den Randstein, der Ruck führt dich nach rechts, immer weiter das Trottoir hinunter. Du gehst an einer Boutique vorbei, die Sommersaison trägt welke Blumen und Seidenschals. In der Auslage des Gemüsehändlers erkranken die Tomaten, aus dem Friseursalon schrauben sich Trip-Hop-Sounds, die Friseuse hustet. Beim Antiquariat steht der Besitzer in der Tür und sieht dich zweifelnd an. Eine Unbekannte in High Heels grüßt dich flüchtig und versenkt ihren Mund in einem Bagel, aus dem Guacamole quillt. Zwei Freundinnen führen einen Mops mit Nietenhalsband aus, er scheint etwas geschnüffelt zu haben, aber sie zerren ihn weiter. Vor einem Plattenladen sitzt ein Mädchen auf einer Bank und kuschelt sich in ihren Hoodie. Sie zieht sich die Kapuze über den Kopf und grinst ihre Zigarette an. Ihr Freund kommt mit zwei Vinylplatten unterm Arm aus dem Laden, sie steht auf und klammert sich an ihm fest, lässt ihn nicht los, als sie weitergehen, hält ihn umschlungen, bis die beiden in einem Hauseingang verschwinden. Der Kioskbesitzer am Eck holt die Zeitschriftenständer rein, eine Taube fliegt auf, der Dönermann wetzt sein Messer.

Die Stadt bringt sich in Sicherheit, schießt es dir durch den Kopf, du wechselst plötzlich die Richtung, aber da ist wieder die Latte-Macchiato-Gruppe, du drehst wieder um und siehst dich in ein Schaufenster stürzen, dir wird schwindelig, du stützt dich auf einem Elfjährigen ab, er klemmt erschrocken sein Skateboard unter den Arm und rennt weg. Du siehst ihm hinterher, deine Entschuldigung vertrocknet dir im Mund. Du merkst erst jetzt, wie durstig du bist. Immerhin ist es schon Mittag, und du hast noch nicht einmal einen richtigen Kaffee getrunken. Du solltest dich erst mal irgendwo reinsetzen.

Ulla

Du sitzt immer noch auf dem Bett und bettelst das Handy um Antwort an. Bete und fleh, aber bitte entschuldige dich nicht, denn wer das tut, zeigt Schwäche, und Heiner war viel zu lang der Stärkere im Haus gewesen. Er war der Akademiker, später sogar der Professor gewesen, eine Koryphäe seines Gebiets, während du immer das Garderobenbienchen aus dem Nachtclub geblieben bist. So hat er dich immer genannt: Bienchen. Hast du dir damals etwas dabei gedacht?

Eure erste kleine Wohnung hattet ihr, wie praktisch, in Uninähe bezogen. Schön war sie nicht, aber das war euch egal: Heiner steckte damals mitten in der Arbeit an seiner Dissertation und war sowieso die meiste Zeit in seinem kleinen Kellerraum am Institut. Und dir konnten die wenigen Stunden Zweisamkeit daheim nicht eng genug sein.

Heiner forschte also und brachte auch abends Arbeit mit nach Hause. Einen Schreibtisch hattet ihr nicht, zum Denken hat er sich in die Küche gesetzt, was zur Folge hatte, dass sich auf eurem Esstisch mit einem Mal mehr Bücher stapelten, als du in deinem ganzen Leben gelesen hattest. Sie standen dort sortiert nach einem bestimmten System, und das Einzige, was Heiner zu der Zeit interessierte, war, dass diese Ordnung hielt – er hatte den Esstisch zur verbotenen Zone erklärt. Euer Abendbrot habt ihr auf der Bettkante gegessen, was gleichzeitig den Vorteil hatte, dass ihr euch nur nach hinten fallen lassen musstet, um miteinander zu schlafen. Als du mit Linda schwanger warst, seid ihr aus der Enge in das Haus gezogen, indem ihr heute lebt. Anfangs kam es dir so vor, als sei es nur die neue Geräumigkeit, der Raum, der sich zwischen euch drängte und euch immer weiter auseinandertrieb.

In der kleinen Wohnung waren also die Bücher gestapelt. Du hast dein Leben an ihrem Rand und um sie herum geführt. Manchmal hast du eines aus der Reihe gezogen und darin geblättert, aber in ihnen standen fast nur Worte, die du nicht verstandest. Die Kreise, die du um sie herum zogst, wurden weiter. Deine Aufmerksamkeit verlagerte sich. In deiner Nachbarschaft fandest du Frauen, denen es ähnlich ging. Ein paar von ihnen waren mit Unikollegen von Heiner verheiratet, aber das war nicht alles, was euch gemeinsam war. Es ging damals darum, eure Position in einem Leben zu bestimmen, das auf einmal ein geteiltes war. Ihr musstet alles neu lernen: wie man über sich, den Alltag und die Zukunft spricht, wenn es nicht mehr nur um das eigene Leben, sondern auch um das eines Mannes und des vielleicht ja bald anstehenden Nachwuchses ging. Wie man als Akademikergattin spricht. Und: wie man spricht, wenn der Mann Akademiker, man selbst aber eben nur Gattin ist.

Ihr hattet eure Rhetorik bald gefunden, aber ihr musstet sie üben. Ihr traft euch meist montags und donnerstags. Die Gastgeberrolle rotierte, die Gesprächsthemen kreisten, die Kuchenplatte auch, große Löffel Sahne und ein Extraklacks in den Kaffee. Ihr habt demonstrativ nicht an Kalorien gespart. Mit Streusel und Striezel, Mandelgebäck und Mokkasahne, Prinzregententorte und Prasselkuchen wiest ihr immer auch auf eure Prioritäten hin, genauso wie irgendwann mit Caesar's Salad und Zanderfilet. Eure Gespräche sollten sich erst sehr viel später um so etwas wie Figurprobleme drehen. Noch fand eure Statusexegese nicht anhand von Mimikfältchen statt. Noch habt ihr die Stoffservietten selbst gefaltet. Noch plappertet ihr den heimischen Esstisch platt.

Du hast lange versucht, dich um die Gastgeberrolle zu drücken, aber irgendwann ging das nicht mehr. Du warst mit der Einladung dran. Undenkbar, zu gestehen, dass dein Mann deinen Esstisch blockiert – ihr Frauen hattet ja damals die Hosen an.

Kaum, dass Heiner am Morgen das Haus verlassen hatte, hast du also angefangen, einen genauen Plan des Esstisches zu zeichnen: wo welches Buch in welcher Position stand. Auf welcher Seite seine Notizhefte aufgeschlagen waren, wo der Bleistift lag und wo das Papier. Du hast die Sachen in den Schrank verräumt, den Esstisch mit einem Wachstuch und der guten Decke vor Kaffeeflecken geschützt und dein Tortenbuffet aufgefahren. Dann hat es ein paar Stunden lang nur Gelächter, Geläster und Kuchenkrümel auf Heiners Schlachtfeld geschneit. Am Abend hast du das Essen wieder an der Bettkante serviert.

Hey jetzt, endlich: Du kannst deine Andacht beenden, deine Bitten wurden erhört. Du hast eine SMS bekommen.

Mama, du sollst doch nicht
im Büro anrufen. Ich melde
mich heute Abend, ja?

Das war nicht Achim. Das war Linda. Du liest ihre Zeilen und schluckst. Ein Weinen will raus, würg es lieber runter. Du solltest aufpassen, dass dir das Gesicht heute nicht verquillt. Du musst doch heute noch schön sein.

Du schlägst das rechte Bein über das linke. Du schluckst. Du schlägst das linke Bein über das rechte. Der Druck in der Kehle lässt nach.

Dass eine stumme Maschine so böse sein kann.

Du hältst immer noch die elektronische Ohrfeige in der Hand, als das Display auf einmal wieder erleuchtet. Du drückst die Schmähung deiner Tochter weg, Sie haben eine neue Mitteilung: Achim hat seine Antwort gesendet.

Du atmest ein, atmest aus. Lösch die Gedanken an Linda, steh auf.

Zeit für den Auftritt der Sünderin.

Linda

Lass das Handy fallen, nimm den Tag wieder in die Hand. Hinter der Tür grollt immer noch der Redaktionsschluss, der Chef hat schon wieder den Praktikanten geschickt, aber jetzt, als Gilles zum zweiten Mal vor dir steht, sieht er dich an, als würdest du schielen, unsicher, an deinem Blick vorbei. Offensichtlich bist du ihm suspekt, das ist dir peinlich. Schick ihn schnell wieder weg, behaupte, du würdest daran arbeiten.

Aber statt dir endlich einen Satz aus den Fingern zu saugen, gehst du zum Fenster und zündest dir schon wieder eine Zigarette an, du bläst den Rauch gegen die Schallschutzverglasung und starrst hinaus. Ein Gewitter zieht sich zusammen, Wolken ballen sich, träge Massen. Darunter die Stadt, die eine Baustelle ist, überall bohrt man unter hohen Kränen tiefe Löcher, Sprengstoff setzt man am effektivsten an mehreren Stellen an. Du setzt dich wieder, schreibst eine Zeile. Du öffnest dein Schminktäschchen und aschst hinein. Dann löschst du die Zeile wieder und lässt dir von der Sekretärin einen Kaffee bringen. Du wartest, schreibst einen neuen Satz. Du fühlst dich wie Penelope, die versprochen hat, sich erst dann für einen neuen Mann zu entscheiden, wenn sie das Leichentuch des Laertes fertiggestellt hat – und Nacht für Nacht das wieder auftrennt, was sie tagsüber gewebt hat. Der Unterschied zwischen ihr und dir ist ein kleiner: Sie will keinen neuen Mann. Du hingegen würdest sogar den Praktikanten nehmen.

Aber vor allem willst du jetzt endlich einen Kaffee. Die Sekretärin kommt nicht. Wo bleibt sie? Du springst auf, gehst aber an der Kaffeeküche vorbei in Richtung Klo. Du sperrst dich in eine Kabine, fühlst dich zu schwach für deine hygienische Hocke und setzt dich hin. Po auf Plastik, eigentlich viel bequemer. Während du pinkelst, stellst du fest, dass deine Fingernägel schon wieder dreckig sind, und kaust einen abgestorbenen Hautfetzen von deiner Unterlippe. Dein Hirn hat Risse. Du bleibst ein bisschen über deinem Urin sitzen, ohne zu spülen. Die Putzfrau hat eine Flasche Klopulver stehen lassen. Deine Chance: Roll ein Stück Klopapier ab und schick deinem Chef ein Kuvert mit *Ata*. Es ist sowieso fraglich, ob es sich nur halb so schlimm anfühlt wie jetzt in deinem Magen, wenn eine Milz brennt. Zieh deine Strumpfhose hoch, stütz dich auf den Hebel am Spülkasten und spring hinterher.

Im Waschraum merkst du, dass du vergessen hast, dir die Wimpern zu tuschen. Deine Augen sehen aus, als hätte man einem Gänseblümchen die Blütenblätter gezupft. Kein Wunder, dass der schöne Praktikant dich betrachtet hat, als wärest du eine Laus im Salat. Du schleichst den

Gang zu deinem Büro zurück und fragst dich, ob *Ata* auch gegen diese übel riechenden Ablagerungen im Rachenraum hilft.

Du setzt dich wieder an den Schreibtisch. Auf einmal spürst du einen guten Anfang in dir stecken, aber irgendwie kommt er nicht raus. Stattdessen stößt dir etwas Magensaft auf. Du schmeckst ihm hinterher und verlierst dich in Bitterkeit. Auf einmal fallen dir deine zerfledderten Wimpern ein. Du kramst die Sonnenbrille aus der Jacke und setzt sie auf. Du erschrickst und setzt sie schnell wieder ab, was soll denn der Praktikant denken. Du tuschst dir mit zittrigen Fingern im Kosmetikspiegel die Augen. Als ob das tatsächlich etwas geholfen hätte.

Dir fällt ein neuer Satz ein. Du schreibst etwas über alte Frauen, die keine Augenbrauen mehr haben, und lässt dir ein paar Tricks einfallen, wie es deine Mutter trotz fortschreitender Gleitsichtigkeit hinkriegt, sich perfekte Bögen über den Brillenrand zu ziehen. Du schlägst eine Brücke zur immer penibler werdenden Eitelkeit deines alten Herren, zu dessen zunehmendem Qualitätsbewusstsein, was die Verarbeitung seiner Bügelhemden betrifft. Nach den schlechten Erfahrungen, die er mit Helmut Lang und Armani gemacht hat, ist er zu Eterna zurückgekehrt. Butter bezieht er auch nicht mehr aus Irland, sondern ausschließlich nur noch aus der Normandie. Du wanderst weiter zur Konsumlustigkeit deiner Mutter, die auch schon mal Augenbrauenstifte im Verkaufsfernsehen ordert, wenn sie nur überteuert genug sind, wobei sich das Mädchen im Callcenter des Senders allerdings anrüffeln lassen musste, weil sie ihren Namen nicht laut und nicht deutlich genug nannte: Bei solch überzogenen Preisen dürfte man ja wohl einen angemessenen Ton am Telefon erwarten. Am Ende lässt du deine Mutter mit hochgezogener Braue den Hörer auflegen.

Du kräuselst kritisch die Stirn, liest noch einmal durch, was du da gerade geschrieben hast, dann setzt du einen jungen Telefonisten an die Stelle der Telefonistin. Besser? Nein. Du tauschst den Verkaufsfernsehsender gegen einen Onlineshop aus und probierst aus, wie es wirkt, wenn sich dein Vater nicht für Bügelhemden, sondern für weiße Leinensakkos interessiert. Du lässt ihn zur Maniküre gehen. So ein Quatsch. Du lässt deine Eltern ein Qualitätsbewusstsein bezüglich handverarbeiteter Baumwollbettwäsche einer schwäbischen Lakenweberei entwickeln, 350 Euro pro Garnitur, aber das kommt dir dann doch überzogen vor. Vielleicht eher handgeschöpftes Papier? Deine Eltern schreiben ihre Briefe nur noch auf provenzalischem Bütten. Das klingt glaubwürdiger. Könnte das nicht sogar stimmen? Aber dann fällt dir ein, dass dein Vater nie Briefe mit der Hand geschrieben hat, sondern immer nur auf seiner lärmigen, ollen Olivetti. Was wird das? Du ersetzt Eterna durch Nessushemd und lässt deine Mutter ins Eroscenter gehen, wo sie ihre Freier anschnauzt, wenn sie das Wort Blasen nicht deutlich genug sagen. Dann fängst du an, mit der Löschtaste Buchstaben um Buchstaben und Zeile für Zeile wieder vom Bildschirm zu pusten wie ein Amoktaxifahrer die Nutten vom Straßenrand.

Das Dokument ist wieder weiß, und du kriegst Schuldgefühle.

Ferdinand

Als du die Mokkakugel betrittst, geht endlich das Gewitter los, und der schizophrene Tag ergießt sich in Regen. Ein paar Punks stürzen nach dir durch die Tür herein. Es sind vier, sie setzen sich brav an den Tisch in der Ecke.

Die Kellnerin zieht ihr T-Shirt über den Bauch und den Gürtel mit der Geldbörse hoch, sie lächelt gequält, notiert ein Pils und drei heiße Schokoladen, draußen blitzt es, sie kommt zu dir und fragt, was es sein darf. Du wartest höflich, bis es draußen zu Ende gedonnert hat und nimmst dann mal ein Mokkakugel's-Finest-Frühstück, zwei Rühreier und dazu Extraspeck, bitte. Und einen großen Milchkaffee. Danke. Brav. Siehst du, die Kellnerin erkennt dich wieder und tauscht das falsche Lächeln gegen ein echtes aus. Gleich bringt sie dir deinen Milchkaffee und auf der Untertasse einen Extrakeks.

Lächel und sag schön danke. Gut gemacht. Nimm den Zuckerstreuer und lass deine Gedanken langsam auf den Milchschaum rieseln. Rühr vorsichtig um. Das Gewittergrollen draußen wird schwächer. Nimm einen ersten Schluck und wisch dir mit dem Handrücken den Schaum von der Nase. Jetzt kommst du endlich an.

In der Mokkakugel spielen sie keine Musik, das hattest du längst vergessen, obwohl das anfangs für dich der Grund war, hierherzukommen. Musik findest du nur gut, wenn sie gut ist, aber das ist eben viel zu selten der Fall, viel zu oft diese billigen Compilations, wenn es hochkommt, noch öfter läuft ja einfach Radio, was ja schon mal gar nicht geht, aber diese Gastro-Fuzzis verstehen ja nichts. Wie oft hast du das wie vielen Frauen gesagt? Na? Poser.

Aber gut: Keine Musik, so tritt die Atmosphäre klarer hervor. Hör sie dir gut an: Ein Stuhl wird verrückt, eine Tasse zurück auf die Untertasse gestellt. Die Espressomaschine gibt die Xanthippe und speit, ein Koch brüllt, vor dem Fenster fällt Regen. Es lebt und klingt ganz vertraut. Du brauchst nicht viel: Wo du Kaffee und immer einen Tisch bekommst, da bist du zu Hause.

Die Bedienung kommt, ihr Bauch hängt schon wieder zwischen Gürtel und T-Shirt-Saum heraus. Hast du damals eigentlich mit ihr geschlafen? Du bist dir nicht sicher, aber solange sie lächelt, ist das eigentlich auch egal. Sie platziert zwei Teller, einen Korb, etwas Hoffnung: dein Frühstück vor dir. Du isst alles auf, selbst die Tomate vom Tellerrand, und als du mit dem letzten Eck Brot das Schälchen Marmelade leer geputzt hast, starrst du auf die Spuren auf den Tellern. Du fühlst dich vollgefressen. Pappsatt. Und unsagbar müde.

Nimm ruhig noch einen Milchkaffee. Oder nein, warte, noch besser: ein Konterbier. Oder gleich einen Schnaps, ganz so wie der Verzweifelte in einem schlechten Roman. Irony is over? Nicht, solange du so fertig bist. Nimm den Tag aufs Korn, er könnte noch lang werden. Wenn er erst zum Klischee verkürzt ist, zu etwas, worüber du dich lustig machen kannst, macht er weniger Angst.

Heiner

Du wachst auf und der Papst ist tot und du fragst dich, warum du nicht wie er frei sein kannst, frei von Todesangst und vor allem frei von Scham. Bei seiner letzten Ostermesse hat sich der Papst als sterbender Mann vor die Gläubigen gestellt, ein mit einem Messgewand bedecktes Häuflein inkontinenter Altersschwäche, und hat seinen zitternden Ostersegen auf den Platz vor dem Petersdom gesabbert, während unten im Schatten von Berninis Säulenkolonnaden Wetten darauf abgeschlossen wurden, wie lange er es noch macht. Du wünschst dir, dich hätte das ermutigt. Was ist dein Tipp? Wie lange hast du noch?

Und was kann einem Kraft geben, der zu viel über Soziobiologie und Bewusstseinsforschung gelesen hat, um noch an Gott zu glauben? Was kann einem Kraft geben, der immer nur in die Kirche gegangen ist, weil er irgendwie dieses Gefühl mochte, diesen Moment, in dem sich die Schultern entspannen und das dazwischen sich in eine Haltung von Demut senkt? Einem, der an nichts glaubt als daran, dass die Viskosität von Weihwasser nicht der von normalem Wasser entspricht? Einem, der zwar Descartes' Irrtum verstanden hat, aber auch, dass der Buddhismus nur Auflösung, aber keine Lösung verspricht?

Oder muss die Frage anders lauten für einen, der gar keine Kraft mehr hat? Was nimmt sie dir? Warum bist du zu schwach, deine Frau zu lieben? Warum bist du zu schwach, deine Kinder zu fragen, wie es ihnen geht? Warum bist du zu schwach, sie um Hilfe zu bitten? Warum zu schwach, dich mit jemandem zu treffen, der dir Kraft gibt? Warst du tatsächlich immer Atheist gewesen oder nur nicht stark genug für einen Kampf mit dem Glauben? Und warum schaffst du es jetzt nicht einmal, aufs Klo zu gehen?

Du hast nie an so etwas wie Gott geglaubt. Du hast Insekten studiert, ein Bienchen geheiratet, das dir Kinder geboren hat. Du hast sie aufwachsen sehen und fandest sie manchmal entzückend, aber meistens nur interessant. Du hast ihre anale und orale Phase belächelt und dich daran erfreut, dass sie sich ganz nach dem Plan entwickelten, den ihnen die Natur in die Chromosomen graviert hatte. Abends hast du über Entwicklungspsychologie gelesen und heiteren Herzens festgestellt, dass Ulla ihren Job offensichtlich hervorragend macht. In Wirklichkeit waren deine Kinder nur eine empirische Überprüfung der Erkenntnisse von Jean Piaget.

Als deine Kinder nicht mehr nur Spielzeug, sondern auch Ratschläge brauchten, wusstest du nicht mehr recht weiter. Irgendwann hatten ihre Probleme nichts mehr mit Postpubertät zu tun, sondern mit dem Menschsein an sich. Du warst hilflos, als Linda mit 15 auf einmal ihren eigenen Kopf hatte, den sie auch noch mit Perlen schmückte und schminkte. Warst völlig unvorbereitet, als Ferdi auf einmal zum Zweifler wurde, der am Abendbrottisch seine dualistischen Dummheiten verbreitete und sich über deinen Monismus mockierte. Auf einmal hattest du es nicht mehr mit deinem Nachwuchs, sondern mit Charakteren zu tun – die zu alledem auch noch schwierig waren. Als Friederike auf einmal anfing zu heulen und nicht mehr aufhörte, Myriaden von Tränen, eine unterirdische Quelle aus einem schwarzen Stein, da hättest du Vater sein müssen – und hast sogar als Professor kapituliert. Angesichts der seelischen Untiefen, die sich plötzlich vor dir auftaten, hast du dich mit einem Mal ganz klein gefühlt. Friede hat gelitten und du, du hast lieber keine Fragen gestellt.

Ulla

Geh ins Bad und dusch dich. Geh sorgsam vor: Wasch dir die muffige Couch aus den Achseln und verpass deinem alten Schopf eine Farbglanzkur. Polier deine Möse, geh mit dem Intimwaschgel bis tief in die Falten rein. Frottier dich und balsamier deinen Leib mit Cellulitecreme und Coenzym Q10. Trag nicht so viel Make-up auf, so billig bist du doch nicht. Sei sparsam mit dem Lidschatten, er setzt sich sonst in den Falten ab, kaum, dass du ein bisschen schwitzt. Gib in jede Beuge einen Tropfen *Poison*. Bild dir ruhig ein, dass er Zeit an deinen Kniekehlen verschwenden wird. Du wirst es auch ohne das genießen.

Und jetzt zieh dich an. In der Wäscheschublade liegt kochfeste Leibwäsche, Miederware, fest und eng, Panzer für den Alltag der Ehe. Dazwischen baumwollene Spitze, unschuldig und pflegeleicht. Rosablühende Strings und unschuldig bestickte Push-up-Bras. Jede Menge schwarzer Schlüpfer. Schwarz ist gut, denn schwarz verfärbt sich beim Waschen nicht. Ganz hinten in der Schublade hast du zwei Tüten versteckt: Eine ist raschelnd weiß und vom Schreibwarenladen um die Ecke, in ihr sind die alten Höschen, die dir zu groß geworden sind, und ja, auch der Brief, an den du nie wieder denken magst – als wäre das möglich. Die andere stammt von einem teuren Wäschehaus. Sie ist aus festem Plastik, das inzwischen zerknickt und abgegriffen ist, aber das macht nichts, denn sie ist immer noch so robust, dass man von außen nicht auf ihren Inhalt schließen kann. Du nimmst die Tasche mit ins Bad und rußt Becken, Brust und Beine mit schwarzer Spitze ein.

Heiner

Du schreckst auf und Friederike ist tot und du hast Angst geschwitzt und dein Herz will weg, raus hier, Panik, weil raus, das willst du doch auch, nicht wahr, aber du weißt nicht, wohin, unter dir geht eine Ahnung, ein Abgrund auf:

Im Schweigen kannst du nicht leben.

Ruhig Blut, wir ahnen alle mal was, also komm, ruhig jetzt. Alles wird gut. Atme. Wisch dir den Schweiß von der Stirn. Schon gut, denk dir nichts, nimm einfach den Saum deines Unterhemdes, es ist niemand hier, keiner sieht's. Keine Ulla, keine Kinder, nur das Licht des Fernsehers brennt. Siehst du? Alles beim Alten.

Du hast einen Fernsehtraum geträumt und kein Wunder, dass der mies war: Das Zweite berichtet heute über die Opfer. Ein Politiker bekundet sein Beileid, Fahnen flattern auf Halbmast, erste Gräber liegen bereit, Angehörige beugen sich dem Tod. Ein Reporter brodelt live am Unglücksort, der Moderator fällt ihm ins Wort. Eine Zusammenfassung zeigt die Bilder des Tages: An einem Sandstrand wird ein Kind angespült, eine Frau stürzt aus einem brennenden Fenster, ein Mann versucht, sich mit einem Taschenmesser sein eingeklemmtes Bein abzuschneiden, der Kameramann reicht ihm ein Leatherman und hält drauf.

Schalt um, so etwas ist heute wirklich nichts für dich. Du bist aber auch ein bisschen selber schuld. Was sollte diese Expedition ins Volksfernsehen? Was hast du gehofft, da draußen zu entdecken, wo es für dich doch sowieso nur den Discovery Channel gibt? Du weißt es selbst nicht? Schon gut. Alles gut. Keine weiteren Abenteuer. Ein Knopfdruck, geliebte Tierwelt, dein Heim. Richte dich ein. Leg deinen Kopf auf der Armlehne ab, deck dich schön zu. Guck ruhig noch mal rum, es ist wirklich alles in Ordnung. Siehst du? Zwei Sofas und ein Tisch dazu, auf dem die Zeitung von heute und die Fernbedienung liegen. Ein Messingwägelchen mit Whisky und Wodka darin und einem Likör aus Südfrankreich, den keiner trinkt. Eine Schrankwand voller Bücher über Kunst, im Flur brennt das Licht. Alles ist richtig, alles vertraut. Der Kühlschrank in der Küche setzt gerade aus.

Ferdinand

Immer dasselbe mit dir: Kaum lässt man dich aus den Augen und mit dir allein, rührst du gerührt mit dem Finger im Bierschaum herum und versenkst dich in Selbstmitleid. Schaust zu, wie die Glut sich deine Zigarette hinabfrisst, ihrem Ende, dem Filter, entgegen. Du denkst, das sei jetzt dein Leben, kleiner Poet? Denkst an das Verglühen deiner Liebe und Beziehungszerfall? Reiß dich zusammen. Kipp einen Korn und sei tapfer, wenn ein schneller Schluck ins Genick dieses Gefühl aus dir ätzt. Das ist doch nicht das erste Mal. Du hast sie alle verloren. Anna, Barbara, Caro, Dora, eine Zenzi hattest du nicht. Trotzdem hast du es bei jeder immer wieder von A bis Z verbockt. Funktionalen Analphabetismus gibt es auch in der Liebe.

Ein Suchender bist du immer gewesen. Ein Flüchtling vor dir selbst. Du bist dir selbst entronnen, in die Freundschaft, in die Mannschaft, in die Bücher und in die Wissenschaft – und am Ende vor allem doch immer wieder in die Arme eines Mädchens.

Kaum, dass dir eine ein Lächeln schenkte, wolltest du gleich ihr Leben.

Sie waren alle gut zu dir: Sie öffneten ihre Arme, ihre Herzen, ihre Beine. Die Reihenfolge war unerheblich, am Ende hast du sie immer *ganz* bekommen. Sie haben dir ihre Zahnbürste überlassen, ihr Frühstück mit dir geteilt, sie waren dankbar um einen, der es ernst mit ihnen meint. Der ihre Nähe sucht. Der sie beim Einschlafen in den Arm nimmt und ihnen dabei ein Gedicht aufsagt. Sie ließen dich nicht mehr los, aber das wolltest du auch nicht anders. Wohin hättest du auch gehen sollen? Eine eigene Wohnung hattest du nie. Denn eine eigene Wohnung wäre leer gewesen, auch mit dir darin. Ein Sarg. Vor einem eigenen Kühlschrank hattest du Angst, weil dich alles, was du da reingestellt hättest, daran erinnert hätte, dass du es allein aufessen musst.

In den Armen der Liebe hast du dich frei fühlen können, weil Sichverlieben immer nur ihren Duft, ihren Nacken – die Gegenwart kennt. Aber Liebe frisst dich mit

Haut und Haaren, und irgendwann wollten sie alle deine Vergangenheit. Alle. Die Einzige, die nicht nach ein paar Wochen mit Fragen angefangen hat, war Maria gewesen, aber du und Maria, das war etwas anderes gewesen, jung und dumm, wie ihr wart, und vor allem immerzu drauf. Maria. Du spürst fast so etwas wie Wärme, wenn du an sie denkst. Maria frei von Fragen, der Herr sei mit dir. Sag Amen und bekreuzige deine Stirn mit ein paar Tropfen Bier.

Und jetzt weiter: Mit Ausnahme von Maria fingen sie irgendwann alle zu fragen an. Nach deinem Leben, dem, was du warst, bevor du ihres wurdest. Frauen sind so. Du hast das schnell kapiert, dich darauf eingestellt, hast ihnen irgendwas aus deiner Kindheit erzählt, die Geschichte mit dem Baumhaus im Wald, nur du und dein Freund und eine Blechdose mit Buttergebäck. Du hast ihnen von dem Schatz erzählt, den du im Garten vergraben hast: ein Matchbox-Auto, einen Schlüsselanhänger und einen Brief, in dem du versucht hast, der Nachwelt zu erzählen, dass die Wahl des richtigen Autos eine alles entscheidende Frage sei. Und die Geschichte der Grundschullehrerin, die dich bei deinem ersten Versuch zu spicken erwischt hat und vor der du so lange geweint hast, bis sie Mitleid bekam, deinen Eltern nichts erzählte und dir zum Trost einen Marienkäfer aus Schokolade schenkte. Du erzähltest von deinem ersten Faschingskostüm, du bist als Willi gegangen und Linda als Biene Maja, von Thekla erzähltest du nichts. Die Mädchen waren entzückt von deinen Geschichten und wollten unbedingt Kinderfotos sehen.

Sie bohrten weiter. Fragten nach denen, die vor ihnen waren. Sie wollten Informationen, über die Letzte, die Erste, ein Gefühl dazu und einen Grund. Wie viele, wie heftig, wie kurz oder lang, wieso und weshalb und warum am Ende nicht. Du konntest verstehen, dass sie das fragten. Sie hatten Hoffnung, mit dem, was war, das, was ist, besser verstehen zu können – und das, was ist, in Relation setzen zu können zu dem, was war. Sie wollten wissen, wie ernst es ist. Ihren Rang kennen in der Hierarchie deines Herzens. Frauen sind so. Du hast schonend versucht, ihnen klarzumachen, dass weder die Erste noch die Letzte, noch irgendeine andere irgendeine Bedeutung hätten, wenn deine Nase ihren Nacken berührt. Dass man das nicht vergleichen könne, weil doch diese Beziehungen mit der euren so wenig zu tun hätte wie eine Schwalbe mit einem Schwein. Sie sahen das ein und fragten perfider.

Du hattest verschiedene Versionen parat. Du musstest nicht einmal lügen. Jede dieser Versionen war wahr und fühlte sich im Moment der Erzählung richtig an: die vom einsamen Jungen mit dem Baumhaus im Wald, der später nur Frauen aus Büchern liebte. Die vom gebrochenen Weiberhelden, der nach dieser einen Erfahrung mit alledem abgeschlossen hat. Die Normalversion von dem, der angemessen lange Beziehungen mit angemessen langen Pausen dazwischen führte und zu allen seinen Verflossenen ein angemessenes und respektvolles Verhältnis wahrt. Mal warst du der Träumer, mal der Uneigentliche und mal der Versehrte. So hast du ihnen also deine Vergangenheit erzählt. Es fiel dir nicht schwer: Du hieltest sie fertig ausformuliert in dir bereit. Aber wenn du mit deiner Geschichte fertig warst, fühltest du dich eingesperrt – in ihr. Weil keine deiner Versionen vollständig war.

Deine Vollversion ist eine andere. Nur in der Vollversion taucht Friederike auf. Vielleicht würde mit der Vollversion auch das Pärchenprogramm besser funktionieren. Aber damit kämest du der Wahrheit so nah.

Genau genommen ist es nie die Beziehung, sondern

immer deine eigene Geschichte, aus der du fliehst. Aber egal aus was: Irgendwann musst du raus. Kaum gibt dir eine einen Platz, hast du deinen Fuß schon wieder in der Tür, um dich, egal wohin, Hauptsache: rauszuschleichen. Du hast niemals eine betrogen, nicht in ihrem Sinne: Fremdgegangen bist du nicht. Aber doch: gegangen. Ganz früher hast du mit Drogen experimentiert, später nur noch solide gesoffen. Ein paar Bier oder Schnäpse, sie machten dich nicht klarer. Inzwischen trinkst du gar nicht mehr so gern, aber raus musst du immer noch, und eine Kneipe bei Nacht ist doch der beste Ort, denn eine Kneipe liegt im Dazwischen: zwischen Tag und Tag, nicht Zukunft, nicht Vergangenheit. Nicht du, aber auch nicht die anderen. Sie nimmt dich auf, aber hält dich nicht fest. Du bekommst zu essen, hast aber mit dem Kühlschrank nichts zu tun. Die Nächte, in denen du raus musst, enden meistens erst morgens und mit einem Streit. Du kommst nach Hause, bist müde, und alles, was du weißt, ist, dass du schlafen, kuscheln, daheim sein willst und jetzt sicher bist, wo das ist: daheim. Du kommst nach Hause, als hättest du aus der Nacht zurück in den Stall gefunden. Aber sie, sie wollen eine Erklärung, eine Antwort, ein Bekenntnis – den Teufel, der dich ritt.

Ulla

Diesmal bist du in Zelle 104 gelandet, fast im Erdgeschoss also und damit immer noch auf Augenhöhe mit der lärmenden Stadt. Gut, dass die Fenster schallversiegelt und die Vorhänge lichtdicht sind. Im Bad rauscht Wasser und durch die verschlossene Tür nicht einmal die Ahnung von Licht. Das Zimmer ist dunkel. Du hast geschwitzt und dir die Decke über die Brust gezogen. Mit deiner rechten Pobacke liegst du in einer Pfütze aus Saft und Sperma.

Die rote Leuchtanzeige am Fernseher weist dich diskret auf die Uhrzeit hin: Es ist 18.23 Uhr. Vor gerade einmal 3 Stunden und 08 Minuten hat die Vorstellung begonnen, und du fragst dich, ob vielleicht nicht nur die Nummer des Zimmers austauschbar wäre, sondern auch die Figuren darin. Du oder er, Norbert oder Achim, wer legt hier weniger Wert auf wen? Der Gedanke ernüchtert dich nicht einmal, zumindest nicht so sehr, wie er es sollte.

Achim war nicht ins Roma gekommen. Ihr wart um 15 Uhr verabredet gewesen, du saßt wie immer pünktlich an einem Tisch hinten im Eck. Und weil Achim dich niemals warten ließ, bist du bald unruhig geworden, nach einigen Minuten sogar nervös. Jede Sekunde, die du warten musstest, ging ja vom Konto deiner Lust ab. Dir wurde bang um deinen Zeitplan. Du bekamst Angst davor, dass Heiner doch Verdacht schöpfen könnte.

Auf einmal nahm ein Mann auf dem Stuhl gegenüber Platz. Wie Achim trug er Schnauzer, ein helles Jackett, er legte einen Schlüsselanhänger mit versilbertem Golfball auf den Tisch. Er stellte sich als Norbert vor, Achim hätte ihn geschickt. Er setzte zu einem neuen Satz an: Achim hätte gewollt, dass ihr euch mal kennenlernt. Er grinste. Als er Prosecco und Gâteau au Chocolat mit Sahne bestellte, berührte er die Kellnerin mit den Fingerspitzen am Po.

Achim hat dich verraten.

Dein erstes Glas hast du gestürzt, als gäbe es danach Hoffnung. Nach dem zweiten Glas wurdest du locker. Beim dritten hast du zurückgegrinst. Als Norbert dich fragte, was ihr heute noch machen würdet, und dabei ganz leicht deinen linken Unterarm berührte, hast du die rechte Hand gehoben und die Rechnung verlangt. Du Flittchen hast sie sogar bezahlt.

Ihr habt euch ein Zimmer genommen und die Tür mit einer Karte und leisem Klick geöffnet. Ihr seid hineingegangen, du hast das Fenster geschlossen und die schweren Vorhänge zugezogen, im Zimmer wurde es düster, die Luft war vergilbt. Ihr habt euch auf die beiden Sessel gesetzt und für einen kurzen Moment nicht gewusst, was ihr tun solltet, ihr habt in den Raum gestarrt, als könnte die Dunkelheit euch einen Anhaltspunkt geben.

Auf einmal hat Norbert nach deiner Hand gegriffen, dich ein bisschen unsanft zu sich herangezogen. Du hast dich auf seinen Schoß gesetzt, ihr habt euch geküsst, Norberts Schmatzen war das einzige Geräusch, das in der stehenden Luft hing. Du bist tiefer auf ihn gerutscht, seine Zunge drang in dein Ohr. Er hat dich aufs Bett gehoben und mit seinem Knie zwischen deinen Beinen deinen Rock hochgeschoben. Du hast dich dagegengerieben und dabei Geräusche gemacht, die du nie, nie, nie auf Tonband hören möchtest, sie drangen nicht aus deiner Kehle, sondern irgendwo aus deinem tiefsten Inneren hervor, woher genau, das möchtest du gar nicht wissen. Deine Zunge war nass. Du hast deine Lippen erst von Norberts Mund gelöst, als er sich an deine Bluse machte.

Du trägst eine weiche Einlage in dem linken Körbchen deines BHs, von außen ist der Unterschied zur rechten Seite nicht zu sehen und kaum zu fühlen, nur tritt in einer Situation wie dieser auf der linken Seite eben kein Nippel hervor. Durch Situationen wie diese musst du immer wieder: Obwohl du vor Wollust Wände niederreißen könntest, musst du genau dann dein Tempo drosseln, die Hände des Kerls zur Seite drücken, die Erregung aus deiner Stimme drehen und hoffen, dass die nächsten zwei Sätze locker klingen:

Hör mal, du darfst jetzt nicht erschrecken.

Ich hatte Brustkrebs.

Natürlich bist du nie locker, wenn du das sagst. Und die meisten erschrecken trotzdem. Sie lassen den Satz in der Stille versickern, fassungslos. Dann versuchen sie, so zu tun, als hätten sie gar kein Problem, sondern sowieso gerade eben vorgehabt, nach Hause zu gehen. Sie küssen noch ein bisschen rum, ziehen dann ihre Hosen hoch, kramen ihre Sachen zusammen und halten den Blick gesenkt. Sie verleihen ihrem Abschiedskuss Nachdruck und etwas Ernst, und doch bleibt er flüchtig. Sie winden sich stammelnd aus deinen Armen, aus der Situation und für immer aus deinem Leben. Die Zimmertür schnappt gedämpft ins Schloss, die Wolke, die sie hinterlassen, riecht nach Schock. Du stellst dir vor, dass sie im Lift den Kopf in den Nacken legen und sich gegen den Spiegel lehnen, die Augen schließen und die Anspannung langsam gegen die Decke schnaufen. Dass immer nur ihnen so eine Scheiße passiert.

Zum Glück gibt es andere. Solche wie Achim. Achim, der deine Scham einfach übergeht und deine Brust entblößt. Der nicht verstört ist, sondern leise stöhnt, wenn er die roten, wulstigen Striemen über deinem Herzen küsst. Männer, deren Fetisch dein Stigma ist, sind selten. Aber wenn du sie triffst, dann wirst du sie immer wieder sehen.

Als du vorhin Norbert das mit dem Brustkrebs gesagt hast, hat er nicht hingehört, sondern einfach weitergemacht. Er hat hektisch die Knöpfe deiner Bluse aufgenestelt und deinen BH, ohne ihn zu öffnen, nach unten gezerrt. Das Silikonpolster ist aus dem Nylon gerutscht, über dem Spitzenrand leuchtete deine rote Narbe auf. Du hast ängstlich die Luft angehalten. Norbert hat geseufzt vor Lust, und dich hat es durchzuckt: Norbert hatte Bescheid gewusst. Achim hat dein Geheimnis als geile Geschichte beim Männerabend verkauft.

Norbert hat den Kopf zu deiner Brust gesenkt, ist mit dem Mund der Feuerspur der Skalpelle gefolgt, aber dein Begehren lodert an einer Stelle, die es nicht mehr gibt, auch eine nasse Zunge löscht es nicht. Manche glauben, ein Jucken im amputierten Bein sei der Gipfel der Qual. Du weißt: Es geht fieser. Du kennst den Gipfel der Scham. Du schämst dich für deinen Körper und seine amputierte Würde. Du schämst dich dafür, dass deine Lust dort glüht, wo sie nicht mehr glühen dürfte. Du schämst dich, wenn dich die Lust an deine Wunden gemahnt. Und du schämst dich, weil sie so stark und nicht zu stillen ist. Die Momente, in denen die Scham am größten war, waren die, wenn ein Mann dich aufgeknöpft und angekratzt auf dem Rücken hat liegen lassen. Wenn einer geflüchtet ist, dann kam es dir so vor, als hätte er in deiner ausgekritzelten Brust dein wahres Ich erkannt.

Norbert interessierte sich nicht für dein wahres Ich. Du musstest dich nicht vor ihm schämen. Du musstest nur um deine Erlösung ringen, aber die brachte seine Zunge nicht. Deine Lust ist ein Geist. Ein Hologramm zu ficken könnte befriedigender sein.

Heiner

Im Wohnzimmer reißt ein Höllenhund eine Hyäne, so klingen zumindest die Schreie. Etwas Schreckliches brüllt die Treppe hinauf und durch die Tür zu deinem Arbeitszimmer hindurch, in dem du auf dem Teppichboden kniest und dir auf die Unterlippe beißt, weil dieses Drecksding in deinen Händen aus Blei zu sein scheint, weil es so schwer ist und du einfach nicht den richtigen Schwung kriegst, um das Flaschenschiff so heftig zu schütteln, dass es zerbricht. Armer, kleiner Irrer. Sieh den

Tatsachen ins Auge: Die Flasche ist gar nicht so schwer. Du hast nur einfach nicht mehr genügend Wut in dir. Der Heizer hat Feierabend gemacht, das Neuronenfeuer im Maschinenraum wird schwach.

Du hast neun Wochen an dem Dreimaster aus dem 16. Jahrhundert herumgefieselt, mit Pinzette und zugekniffenem Auge. Du weißt nicht mehr genau, wann sich dir die Idee, ein Flaschenschiff zu bauen, wie Moos über die Hirnrinde gelegt hatte, aber irgendwie warst du besessen von dem Gedanken, dass das ein wunderbarer Zeitvertreib sein könnte, du stelltest es dir tüftlerisch vor, historisch auf eine Weise und auf alle Fälle: still. Du in deinem Arbeitszimmer, allein zwischen den schweigenden Bücherwänden: Biologie, Zoologie, Parasitologie, Entomologie und Anatomie, Tiergeographie und Verhaltensphysiologie, Phytopathologie und Phylogenetik, Pflanzenzucht und Pflanzenschutz, Botanik und Systematik, alles, was du je wusstest, verteilt auf ein paar Quadratmetern Regal. Inzwischen hat sich Staub auf das Geheimnis des Lebens gelegt.

Du hattest dir den Bausatz und extra noch Literatur über Schiffbau besorgt, du hast dich vor die Flasche an den Schreibtisch gesetzt, und von da an war es die Hölle gewesen, weil deine Augen zu schlecht, deine Hände zu zittrig und deine Konzentration zu fragil waren für solche Feinarbeiten. Neun Wochen – und du hattest nicht einmal den vorderen Teil des Rumpfes geschafft. Du hast aufgegeben und seitdem versucht, das Modell in deinem Arbeitszimmer einfach nicht zu bemerken. Wie lange? Sechs Monate? Ein Jahr?

Dein Scheitern durchschaudert dich, du schüttelst die Flasche und schlägst sie gegen den Boden, das hilft, vielleicht solltest du das auch mal mit dir selbst versuchen. Die Galionsfigur bricht ab, ein Ruder löst sich, die Ankerkette reißt, der Anker verhakt sich in deinem missratenen Rumpf, aber nun passiert nichts weiter: Du schüttelst und schüttelst, das Schiff klappert gegen das Glas, es löst sich noch ein Tau, aber mehr geht nicht kaputt. Jetzt hast du sogar im Versagen versagt. Du Rentner.

Was hast du nicht gesagt, was du mit deiner freien Zeit alles anfangen würdest. Was hast du nicht alles deinen Kollegen erzählt? Du wolltest reisen und dich für Baukunst interessieren. Du hast architektonische Ideen gemocht, die Vorstellung, dass Kirchen ursprünglich mal Abbildungen des Himmels sein sollten, man sich in der Zeit der Romanik den Himmel eben als Burg vorgestellt hat und in der Gotik dann als Stadt aus Gold und Edelstein. Wie ein Bulimiker Fressvorräte hast du Bildbände nach Hause geschleppt, hast sie erst auf dem Couchtisch gestapelt und sie angesehen, aber die Fotos haben dir nicht viel gesagt, du konntest darin nichts sehen vom himmlischen Jerusalem, nur hohe Hallen, die dann auch noch alle gleich aussahen, die einfach nur so hoch waren, dass sie den Gläubigen ja in die Knie zwingen mussten! Eine schöne Erklärung war das, mit der du dich darüber hinwegtrösten konntest, dass dich Architektur einfach nicht interessiert. Du hast die Bildbände ins Regal gestopft und bald schon ganz vergessen.

Und dann wolltest du dich endlich mal des Gartens annehmen, der in den Jahren, in denen nur Ulla und die Kinder zu Hause waren, vollkommen verkommen war. Nach dem Einzug hatte Ulla schon einmal versucht, einen Gemüsegarten anzulegen, sie hat mit viel Herz und Stein eine Kräuterspirale angelegt, ein Beet frei geschaufelt und Karotten gesät, Tomaten, und hinten im Garten einen Apfelbaum für Linda gepflanzt. Aber schon im ersten Sommer stellte sich heraus, dass Ulla zwar Ambitionen am Herd hatte, aber einen grünen Daumen, den hatte sie nicht. Die rechte Hand des Biologen hat keinen grünen Daumen, habt ihr scherzhaft beim Abendessen gesagt und gelacht, ihr fandet das ja nicht schlimm, und Ulla hatte ja den Gemüsegarten als Idee auch viel lieber gemocht als die wunden Knie und die real abgesplitterten Fingernägel nach den ersten Steckzwiebelversuchen im Beet. Du hättest ihr vielleicht helfen können. Aber du hattest für so was damals wirklich keine Zeit. Und vor allem keinen Nerv. Die Arbeit. Im nächsten Sommer hatte sich bereits der Löwenzahn über die Natursteinbegrenzungen gefressen, und ab dann hat die gemauerte Unkrautspirale nur noch beim Rasenmähen gestört. Damit hatte, als du in Pension gingst, endlich Schluss sein sollen. Du wolltest zeigen, was du kannst, hinter der Laube eine Eiche pflanzen, davor ein Blumenmeer gießen und es mit Zierwegen teilen, einen Teich anlegen mit Seerosen und einem Fisch darin.

Heiner Bargfeld, Privatbiologe

wolltest du werden, so hast du's den Kollegen verkauft, mit denen du dich damals noch getroffen hast, und du bist losgelaufen und hast im Gartenbaucenter Samen und Zwiebeln besorgt und den besten Torf, den du finden konntest. Du hast die Sachen mit dem Schubkarren vom Auto aus hinter das Häuschen im Garten gebracht. Du hast, wild entschlossen, aber ein bisschen planlos, zwischen ein paar Terrassenplatten Unkraut gezupft, aber dann bist du müde geworden und hast dich auf die Bank neben dem längst abgestorbenen Rhododendron gesetzt, um eine Pause zu machen. Auf der Bank ist es dir dann ein bisschen zu kühl geworden, du bist ins Haus gegangen, um dir eine Strickjacke zu holen, aber statt die Treppe nach oben zu gehen, hast du dich, erschöpft von der frischen Luft, vor den Fernseher gesetzt, hast irgendwann die Beine hochgezogen und bist liegen geblieben.

Die Säcke voll Torf haben inzwischen Löcher. Die Samen und Zwiebeln verrotten. All die schönen Pläne, du hast sie nicht einmal begraben.

Du hast Kochbücher gekauft und Reiseführer über Indien und Nepal. Du hast Butter getestet: indisches Ghee und ungesalzene Rohmilchware aus der Normandie, Sauerrahmbutter aus Nordirland, Butter von alpenkräuterverwöhnten Kühen aus dem Allgäu. Du hast Butter über Nudeln schmelzen lassen und sie auf ungewürztes Bauernbrot geschmiert, auf Baguette aus der französischen Bäckerei und auf Roggenvollkorn mit Sonne. Aber du warst immer noch Wissenschaftler und kein Gourmet und ein Koch schon gleich gar nicht. Das Brot war der einzige Unterschied, den du geschmeckt hast, und da bist du doch lieber beim Toast geblieben und hast auf Ullas Gequengel hin sogar zu *Becel*-Margarine gewechselt. An Wein hast du dich gar nicht erst gewagt, obwohl dir der Gedanke der Verkostung durchaus gefallen hat. Allerdings war dir schon nach ein paar Einladungen bei deinen Kollegen klar, dass du nie differenzierter etwas schmecken könntest, als dass ein Roter leicht, schwer, zu sauer oder zu süß ist. Hin und wieder und mit ganz viel Glück hast du vielleicht noch korrekt etwas Fruchtiges oder Blumiges erkennen können. Aber alles Weitere? Nein, gesprochen hat Wein nie zu dir, so, wie er das zu manchen deiner Kollegen tat.

Dann hattest du die Idee mit den Briefmarken. Bei einem Händler in der Stadt hast du einen Satz aus der Zeit deiner Kindheit gefunden, aber abgesehen von ein paar unbunten Erinnerungen an die höflichen Festtagskarten, die zu schreiben dich deine Mutter immer gezwungen hatte, hast du bei ihrer Betrachtung nichts weiter empfunden.

Du hast an frische Luft gedacht. Ein paar deiner alten

Kollegen waren bereits Mitglieder in einem Golfclub in der Nähe. Du hast überlegt, dass das eine nette Gelegenheit wäre, und hast ein Golfbag mit einem kompletten Satz Woods und Irons gekauft. Aber deine Kollegen taugten dir als Kameraden nicht.

Du bist in ein Auktionshaus gegangen, in der Vorstellung, es könnte anregend sein, moderne Malerei zu sammeln, junge, bezahlbare Künstler, aber du hast dich nicht einmal zur Anmeldung getraut und es während der Versteigerung nicht gewagt, aufzustehen und zu gehen.

Du bist ganz gut durch die Tage gekommen, bist dem Morgen bis zum Abend in irgendeine Idee entflohen. Du hast Zeit getötet, aber gestorben bist du nicht.

Gräm dich nicht. Nimm die Flasche, geh die Treppe runter und zieh sie diesem dämlichen Nachrichtensprecher über den Kopf. Oder füll sie mit Schnaps aus der Hausbar und stopf ihr eines dieser Baumwollschlüpferscheusale deiner Frau in den Hals, du könntest damit den Kühlschrank sprengen und die Küche gleich mit. Könntest du? Natürlich könntest du nicht. Nimm das Ding und klopp es in die Tonne. Wenn du versuchst, sie vom ersten Stock aus zu treffen, hast du vielleicht Glück, und deine Frau steht im Weg.

Ferdinand

Wenn es zu Ende geht, schreien oder weinen sie, manche werden still, andere schreiben Briefe, aber zu guter Letzt sind das alles nur unterschiedliche Stimmen für die immer selbe Zeile:

Was ist eigentlich dein Problem?

WAS IST EIGENTLICH DEIN PROBLEM?

Die Frage steht wie ein Kirchturm oder hängt oder

dröhnt oder versickert im Raum. Und du kannst nur mit den Schultern zucken und gehen.

Ulla

Norbert zahlt die Rechnung, du drückst dich an den Schaukästen bei den Liften herum. Du schielst um die Ecke, Norbert faltet den Beleg und steckt ihn in die Brusttasche seines Jacketts. Du beobachtest, wie der Concierge sich ein wissendes Lächeln verkneift, aber das kann auch nur deine Einbildung sein. Norbert geht auf die Drehtür zu, durch das Glas kannst du sehen, dass er die Straße nach links weitergeht. Ihr verlasst das Hotel nicht gemeinsam. Du wartest ab, bis du Deckung hast. Als endlich eine Gruppe von Geschäftsleuten an der Rezeption mit professionellem Gehabe die Rechnung oder Rabatt oder Respekt verlangt, stiehlst du dich durch die Lobby, dann setzt dich die Drehtür an die frische Luft.

Der Tag hat noch Licht. Es ging schneller als sonst, wahrscheinlich, weil du den Prosecco nicht genossen, sondern weggestürzt hast, gegen dieses Gefühl von Fremdheit. Vielleicht auch, weil es, wenn alles neu ist, bei dir immer schneller geht. Zu schnell, manchmal.

Heiner war dein erster Mann gewesen. Vielleicht nicht der erste, der dich geküsst hat und auch nicht der erste, der seine Finger gierig in deinen Schoß drängelte. Aber doch: dein erster richtiger Mann. Du weißt noch, wie es war, als du zum ersten Mal mit ihm geschlafen hast, wie du es eingefordert hast, wie du ihn auf dich gezogen hast, wie er in dich drang und du auf einmal deinen ersten Orgasmus hattest. Es ist dir nicht einfach nur gekommen. Es ist über dich gekommen. Ein Urknall. Ganz so, als hätte sich dein ganzes bisheriges Leben zu diesem einen

Moment zusammengezogen, als sei alles nur auf diesen Moment hinausgelaufen, auf diese zwei, drei Sekunden, die dich aus der Ordnung rissen. Du hast das als Zeichen genommen und Heiner geheiratet. Auch in den Jahren danach hast du dir die Gültigkeit des Zeichens bewahrt: Wann immer dir auffiel, dass es wieder ein bisschen schlechter läuft, hast du daran gedacht: Euer Universum hat gar nicht mehr dichter werden können als in diesem Moment, in dem es entstanden ist.

Als du Heiner zum ersten Mal betrogen und also zum ersten Mal mit einem anderen geschlafen hast, wurde dir klar, dass du das Zeichen falsch gedeutet hattest. Du bist auch in diesem fremden Hotelzimmer implodiert, ein zweites und ein drittes Mal, und am Ende hast du Angst bekommen vor deinem zuckenden Ich und dem Schreien deines Körpers. Deine Lust kann dich mit mehr Macht packen, als du an Selbstbeherrschung dagegenstellen kannst. Dein Urknall war ein schönes Märchen, es hatte nichts mit großer Liebe zu tun, sondern ganz allein mit deinem kleinen Ich. Deine Beziehung zu Heiner ist expandiert. Manchmal denkst du, dass zwischen Heiner und dir nicht nur sprichwörtlich Galaxien liegen.

Du bleibst stehen und schaust der Sonne hinterher, ein orange leuchtender Vorhang, der sich langsam über den Tag senkt. Die Schatten werden länger, es wird bereits kühl. Die schönen letzten Tage können eben nicht darüber hinwegtäuschen, dass noch längst nicht Sommer ist: Ostern steht vor der Tür. Du kramst das Handy aus deiner Ledertasche und schaltest es ein. Du tippst Ferdis Geburtstag ein, wartest ein paar Sekunden und siehst endlich die Uhr. Es ging tatsächlich schneller als sonst. Theoretisch könntest du noch ins Fitnessstudio, deine Sporttasche liegt im Auto allzeit bereit.

Du atmest in die Sonne und bleibst noch eine Minute

stehen. Das Handy in deiner Hand bleibt still. Sie haben keine neue Nachricht, nicht von Achim, nicht von Norbert, nicht von Linda, und Heiner hat dich offensichtlich auch nicht vermisst.

Du bist unschlüssig, ziehst dir den Schlüpfer aus dem Arsch und hast das Gefühl, dass der Prosecco sich bereits angesetzt hat. Also los, mach schon, wenigstens ein bisschen Krafttraining, das kann deinem Hintern nicht schaden. Danach könntest du verschwitzt nach Hause kommen und demonstrativ deine Turnschuhe lüften, so bliebe dein kleines Geheimnis sicher verwahrt.

Linda

Na siehst du, du hast es ja doch mal wieder geschafft. Wie immer. Drei Promille Restalkohol zu 120 Zeilen abgebaut. Der Chef ist froh, der Text im Druck, der Lärmpegel draußen auf dem Flur senkt sich. Deine Sekretärin ist seit fünf Minuten weg, und in der Redaktion dämmert der Feierabend. Das E-Mail-Zeichen taucht auf, du klickst es an: Roland fragt, ob du mit ins La Comtessa kommst, nur auf ein Glas. Max und Karin seien bereits drüben.

Du hast immer noch Kopfweh. Genau genommen wird es sogar schlimmer. Du presst die Hände gegen die Stirn. Deine Magenschleimhaut wirft Brandblasen, irgendjemand muss dir ein Organ entrissen haben, tief in deinem Bauch gärt eine infizierte Wunde. Dir ist kalt. Ferdi rät in solchen Situationen ja immer zum Konterbier. Männer.

Trotzdem: Du solltest was essen. Etwas Warmes. Wellness für den maladen Magen. Im La Comtessa gäbe es eine milde Minestrone, wäre das nicht genau das Richtige jetzt? Es ist ja auch noch nicht spät, das ist das Gute an einem Job bei einer Tageszeitung: dass man spätestens um sechs Uhr aus dem Büro fallen kann.

Also: Fahr den Rechner runter. Na komm, steh auf, es hilft ja alles nichts. Kannst du nicht oder willst du nicht? Du wartest, bis der Monitor sich mit einem leisen Zappen ins Jenseits schießt. Du starrst ins Schwarz und nimmst erst wahr, dass es kein Loch, sondern eine Fläche ist, als du das Spiegelbild deines Gesichts darin bemerkst – deutlich genug, um den Tatsachen ins Auge zu sehen. Also, los jetzt, hoch mit dir.

Als du ins Schummerlicht des La Comtessa tauchst, stehen die anderen an der Bar und kippen die erste Zwischenrunde Averna, die meisten halten ein Glas Barolo in der anderen Hand. Früher hast du gedacht, es müsse draußen dunkel sein, um Rotwein zu trinken, aber seit du in dieser Redaktion hier bist, weißt du, dass das nicht stimmt: Es genügt, an einem Tresen aus dunklem Holz zu stehen, dann ist die Frage nach der Intensität des Tageslichts egal. Ohne nachzudenken, bestellst du wie die anderen Barolo, der Kellner wirft eine weiße Serviette auf die Bar und stellt das Glas vor dich hin. Es ist groß, der runde Bauch ist klarpoliert, zwei Deziliter schweren Bluts. Du fühlst dich zu schwach, um das Glas zum Mund zu heben, du stützt dich mit dem Ellbogen am Tresen ab und kommst nicht mehr hoch.

Herrje, Kind, iss endlich was. Wolltest du nicht eine Minestrone? Na siehst du, es geht gleich besser. Tunk den Rest mit Weißbrot auf, gleich beruhigt sich dein Magen. Du nippst am Glas, nipp noch einmal, nimm einen Schluck, einen ganzen jetzt, die Sache läuft. Schluck für Schluck wird dein Kater schwächer. Die Handtasche an der rechten Schulter fühlt sich nicht mehr so schwer an, beim nächsten *Cheers* hast du fast schon wieder Schwung im Arm.

Man diskutiert die Artikel des Tages, gratuliert sich zu Überschriften, Karin liest eine Bildunterschrift vor, dann bist du dran mit deiner Kolumne. *Mal wieder wahnsinnig gut geschrieben,* sagt Max, und Roland setzt ein *Ja, ehrlich, Chapeau!* obendrauf. Karin verzieht den Neid in ihrem Gesicht zu einem Grinsen. Du schaust erstaunt in die Runde, dann lächelst du erleichtert – zum ersten Mal heute ohne dieses Ziehen in der Wangenmuskulatur. Du nimmst die Komplimente wie Geldgeschenke von Oma an: ein bisschen verschämt, erfreut, die Gier geschickt überspielt. Es ist nicht so, dass du nicht stolz wärest auf die Körbe von Leserbriefen. Du liest sie und fühlst dein Selbstbewusstsein gesalbt: Menschen schreiben dir, wie dankbar sie dir sind, weil deine Geschichten so *wahr* seien. Dabei ist die Wahrheit: dass du deine Kolumnen für die Leute schreibst, mit denen du gerade im La Comtessa stehst. Für Roland und Karin und Max und Sabine in Sydney, der du, seit sie mit dem Australienkorrespondenten verheiratet ist, in den eigentlich *du* verliebt warst, mit jeder Kolumne reinwürgen willst, dass du besser bist als sie.

Das Gute am Lob von Kollegen ist, dass denen egal ist, was du schreibst – Hauptsache, es ist gut erzählt. Das Gute ist, dass es ihnen bei einer Geschichte um deren Stil geht, nicht um irgendeine Kategorie von Wahrheit, bestem Wissen oder gar Gewissen. So seid ihr von der Zeitung: Wo andere mit Aufrichtigkeit meinen, ein anständiges Leben zu führen, nehmt ihr lieber Haltung ein.

Dein Problem heute Abend ist, dass du dich nicht wie Roland als weinfroher Filmkritiker siehst, nicht wie Karin als neurotische Rezensentin und nicht wie Max als Glossenschreiber mit rustikalem Weißbierdurst. Du hast keine Lust, als abgestürzte Tresenschlampe zu enden, als eine, die *eine tolle Schreiberin* ist, *aber leider immer versoffen und wahrscheinlich sexuell frustriert.* Natürlich hättest du Durst, weiterzutrinken und einfach einen Rausch über deinen Kater zu gießen. Genauer gesagt, schreit es in dir geradezu nach noch mehr von dem herrlich schweren Wein. Aber wenn du dir jetzt noch ein zweites Glas bringen lässt, willst du auch noch ein drittes, und dann kannst du morgen früh deine Selbstachtung im Wäschekorb zwischen den schmutzigen Strümpfen suchen.

Also, zieh deine Nylons unauffällig hoch, heb die Hand nach der Rechnung, kratz das Kleingeld zusammen und zahl. Verabschiede dich mit *noch was zu tun*, lächle, als ob dir das Aufhören so früh am Abend leichtfiele. Es wird gerade erst dunkel. Bleib kurz stehen und riech die ersten Sterne. Geh vor zur Hauptstraße und wisch ein gelbes Leuchten aus der blauen Nacht, setz dich ins Taxi und lass dich nach Hause schaukeln.

Heiner

Du hast es nicht zertrümmert. Das Schiff nicht, dein Leben nicht und den Schädel deiner Frau schon gar nicht, sie ist nämlich noch gar nicht wieder da. Wo wollte sie eigentlich hin? Ins Fitnessstudio? Zum Einkaufen? Oder wollte sie eine ihrer unterspritzten Freundinnen treffen, um mal wieder den ganzen Nachmittag nichts anderes zu machen, als sich Prosecco in die Goldkehlchen laufen zu lassen und dabei über die Anti-Aging-Wirkung von Lycopin aus Freilandtomaten zu sprechen? Lycopin aus Freilandtomaten – diese aufgeplusterten Plastikputen denken tatsächlich, die Natur hätte nichts anderes als ihre zornigen Stirnfalten im Sinn. Oh, wie dich das immer ärgert, wenn du Ullas Freundinnen siehst, mit ihren Peroxyd-Zähnen und Perlenketten. Wie sie an nichts anderes denken können, als *es* aufzuhalten! Wie sie sich aufführen, als gäbe es irgendetwas zu retten! Wie sie nicht die Tatsache sehen können, dass ihre Visagen doch ohnehin schon charakterfrei sind und ihre Körper seit dem Einsetzen der Geschlechtsreife verkommen!

Wenn du die Freundinnen deiner Frau siehst, möchtest du zum freien Radikalen werden.

Aber sei ehrlich: In Wirklichkeit sind dir Ullas Freundinnen doch egal. Nicht? Also: Reg dich nicht auf. Sei lieber froh, dass Ruhe ist. Ruhe und nicht dieses unerträgliche Schweigen. Genieß sie! Mach die Augen zu. Fühl sie, sie breitet sich in dir aus wie ein stiller See.

Der Atem an deinen Nasenlöchern,
gleitet die Kehle hinunter,
Brustkorb hebt sich,
senkt sich –
dein Ufer.

Siehst du, du wirst ganz ruhig. Wenn du aufmerksam bleibst, kannst du dein Herz spüren. Lausch in dich rein!

Dein Herz
bleibt
dein Herz
bleibt
ein Herz.

Halt, stehen geblieben! Wo willst du denn hin? Du läufst ins Wohnzimmer. Die Treppe runter. Du greifst dir die Fernbedienung und schaltest um. Ach so. Im Fernsehen kommt etwas, das dich interessiert. Ja, tatsächlich, gerade noch rechtzeitig. Also gut, setz dich hin, Beine hoch, gemütlich: Im Discovery Channel läuft eine Doku über den indischen Löwen, den grausamen, weil gerechten Herrscher des Gir-Reservats. Zieh dir die Decke unters Kinn, beiß rein, wenn du willst, aber schau dir das an: fast zwei Meter Muskelkraft, 225 Kilo Leben. Ein Musterexemplar. Er springt. Ein Brüllen, ein Bison, ein Beißen, ein Reißen, ein Blinzeln – Müdigkeit, die nie Flucht aus dem Sein, sondern immer nur Müdigkeit ist, nie schwerer als die letzte Mahlzeit. Gähnen, Sonnenfluten – Faulheit, der kein Zaudern, kein Zweifel an den Knochen nagt, sondern die nie mehr ist als schiere Erschöpfung des Fleisches. Das ist es, das Leben.

Das war der Grund, warum du angefangen hattest mit Biologie. Die Faszination darüber, dass alles nichtmenschliche Leben weder Empathie noch Selbstmitleid kennt. Selbstmitleid, aus dem die verachtenswerte Fähigkeit, sich der Reflexion hinzugeben, überhaupt erst erwächst. Selbstreflexion – völlig absurd. Was für ein Gedanke: über das eigene Denken nachzudenken. Dich hat fasziniert, dass da kein Ego ist, das glaubt, sich und seinen freien Willen zwischen Instinkt und Tat drängen zu müssen. Dass nichtmenschliches Leben nicht über Liebe spricht, sondern *sie tut*, weil es sich nicht mit den traurigen Resultaten der Illusion eines Selbst aufhält, sondern immer nur reines Werden ist – bis es vergeht.

Der Löwe war für dich stets der Inbegriff dessen, was du mit Würde meintest. Würde hatte für dich immer etwas mit der Fähigkeit zu tun, sich nicht zur Reflexion über das Sterben herabzulassen, nicht ins Fragen oder Fürbitten zu versinken, nicht zu versuchen, den Tod zu verstehen, zu bewältigen oder ihm gar zu entgehen, sondern einfach: zu sterben. Punkt. Wie hast du dich immer so schön ausgedrückt?

Die Angst angesichts des Todes ist so erbärmlich, dass sie nur der Mensch verspüren kann.

Punkt.

Pochen.

Dein Herz bleibt dein Herz bleibt ein Herz. Nur der Mensch verspüren kann. Dir klemmt was in der Kehle fest.

Dass du in letzter Zeit immer so panisch bist.

Ferdinand

Du würdest gern weitertrinken, aber das Problem ist, dass auf einmal eine Fruchtfliege im frischen Bierschaum steckt. Sie lebt noch. Du versuchst, sie zu retten, und obwohl du dabei vorsichtig bist, wird sie, kaum dass du deine Fingerspitze eintauchst, zwischen den Wänden zweier Bläschen zerquetscht. Du hebst sie vorsichtig von ihrer Wolke, betrauerst die kleine *Orosophila* kurz auf der Grabkuppel deines Fingers und schmierst sie dann am Rand des Aschenbechers ab.

Papa hat lange versucht, dich für die Insektenforschung zu begeistern. Du warst noch klein, aber trotzdem krabbelte keine Ameise ohne Vortrag vorbei, blieb keine Made im Müsli unbestimmt, kein Tagfalter durfte einfach nur Schmetterling sein, wahrscheinlich hätte dir Papa am liebsten sogar das Verhalten des VW Käfer erklärt. Das nervte ein bisschen, aber eigentlich mochtest du das auch: dass Papa alles wusste. Dass dir der Neid deiner Schulfreunde sicher war, wenn du einen neuen Schaukasten mit einheimischen Blatthornkäfern, australischen Windenschwärmern oder südamerikanischen Dickkopffaltern an die Wand neben deinem Bücherregal hängen konntest. Außerdem hattest du wenigstens in Bio immer eine Eins.

Irgendwann habt ihr in der Schule dann Sartre gelesen. Oder war es Jaspers? Camus gar? Egal. Auf alle Fälle hast du eines Tages beim Abendbrot deinen Vater gefragt, was er glaube, ob der Glaube des Menschen an seine Freiheit absurd sei oder notwendig, irgend so etwas, worum es genau ging, das weißt du schon gar nicht mehr. Du weißt nur noch, wie er angefangen hat, immer hastiger die Kartoffeln durch die Bratensoße zu schieben, wie er sich riesige Fleischstücke in den Mund geschoben hat, wie er auf dem zähen Braten herumgekaut hat und sich Zeit gelassen hat mit dem Schlucken und dass er dann nur geschnauft hat und gesagt hat: Ich weiß es nicht. Das war das erste Mal, dass Papa keine Antwort wusste. Dass ihm unwohl wurde und er hilflos aussah auf eine bestimmte Weise. Wie er sich mit einem Rest Bratensauce im Mundwinkel hinter einer Serviette versteckte, hastig einen Schluck Wein nahm und anfing, über irgendetwas anderes zu sprechen. Dir wurde klar, dass der Biologe vor der Philosophie versagt hatte. Versagen musste. Mit einem Schlag kam dir Papa unfassbar geistlos vor. Nach diesem Abend hingen die Schaukästen in deinem Zimmer nicht mehr sehr lange. Irgendwann hast du sie in den Keller gebracht, so wie du alle deine Hobbys dort früher oder später beerdigt hast.

Papa wollte, dass du deinen Zivildienst im Naturschutz ableistest. Als Vogelbeobachter auf Sylt oder als Forsthelfer im Bayerischen Wald. Er hat dir von Biotopen vorgeschwärmt, vom Wald, der Wildnis. Aber du hast damals die Großstadt für den einzig möglichen Dschungel gehalten, du wolltest frei sein. Frei, aber nicht allein, du hast dir eine Stelle in Berlin gesucht, ein Zimmer in Kreuzberg. Deine erste WG. Es war ein mieses Zimmer bei miesen Leuten. Du hattest einen miesen Job, aber trotzdem die beste Zeit deines Lebens.

Du warst im Hol- und Bringdienst in einem großen Krankenhaus, einer der Trottel, die bettlägerige Patienten von einer Station in eine andere schieben – von der Intensivstation in die Innere, von der Chirurgie zum Röntgen, von der Onkologie in die Path, jenes Zwischenlager zum Jenseits im Kellergeschoss. Die Gänge dort unten waren blass, schlechter beleuchtet, fast schon schummrig, nur an manchen Stellen flackerte eine Neonlampe ihr Ewiges Licht. Dieses Surren war manchmal das einzige Geräusch da unten, die Gänge waren verstummt. Nur an einer Stelle hatte ein galgenhumoriger Zivi mit rotem Edding auf die weiße Wand

Highway to hell

geschrieben. Wenn du allein in den Keller musstest und einen blauen Müllsack mit einem amputierten Arm oder Bein darin durch den Verdauungstrakt des Klinikgebäudes trugst, hast du versucht zu pfeifen.

Highway to hell – nachts tauchte das Nachbild dieses Satzes in deinen Träumen auf, wie das Negativ einer alten Angst.

Aber die Träume waren keine Albträume, und die Angst war nicht der Punkt. An den Tod hattest du dich nach sechs Monaten gewöhnt, und daran, Krankheit kilometerweise von Seitenflügel zu Seitenflügel zu schieben, auch. Bald hast du in der Orthopädie Rollstühle für eure Wettrennen im Keller geklaut. Wenn euch in voller Fahrt ein Bett mit einem Exitus darin entgegenkam, habt ihr lachend geflucht und seid ausgewichen. Den Bettenfriedhof haben einige von euch genutzt, um, Gelegenheit macht Liebe, eine Schwesternschülerin zu knallen. In der Wäscherei habt ihr gekifft, und ihr wart immer bereit, den Moment zu nutzen, um irgendwo Tabletten zu klauen. Irgendwie warst du eher *on the road* als auf der Arbeit.

An das, was dir wirklich naheging, daran hast du dich erst wieder erinnert, als du das letzte Mal bei Opa warst.

Du hast ihn im Krankenhaus besucht, oder was heißt: ihn? Opa ist 95, ein Jahrhundert, ein kleiner Junge, inkontinent, intubiert: das, was die Demenz von ihm übrig ließ.

Seine Seele haben sie mit einem Schlauch und ein paar Drähten am Sein festgeleint.

Du standest vor seinem Bett und wusstest nicht, wohin mit deinen Gefühlen. *Bargfeld, Johannes* stand auf dem Schild zu seinen Füßen, als gälte es, einem Zootier eine Bezeichnung zu geben. Das, was da lag, war zwar Opa, aber eben auch nicht mehr dein Opa. Du hast mutig seine Hand angefasst, aber die war so dünn; die Knochen waren von der Haut eher umwebt als umspannt. Er hat dir dabei in die Augen gesehen, aber was er gesehen hat, weißt du nicht.

Aber es ging nicht nur um Opa. Irgendwann bist du gegangen, du hast die Tür hinter dir geschlossen, der Besuch war vorbei. Es war ein Frühlingstag, du wolltest schnell zurück in die Sonne, wo die Straßenfeger der Stadt gerade den Winterstaub aus dem Fell bürsteten und an Mädchenbeinen die ersten kurzen Röcke knospten. Du bist also durch die Station zurückgegangen, die vielleicht voll belegt, aber einsam war, eiligen Schrittes durch den Dampf der Desinfektionsmittel, durch den Geruch von Krankheit, der über das grauende Linoleum der Gänge kroch. Du hattest nur *raus* im Kopf, da begegnete dir einer der Internierten in gestreiftem Morgenmantel, der einen traurigen Tropf vor sich her rollte, so vorsichtig, als sei er seine Zukunft. Er blickte nicht auf, als er an dir vorbeiging, und als er hinter dir verschwunden war, befiel dich dieses Gefühl aus deiner Zivildienstzeit wieder. Dieser Schrecken darüber, dass im Krankenhaus alles Leben zum *Fall* verkam. Dass alles, was draußen vor der Tür, im wirklichen Leben ja Mensch war, an der

Patientenaufnahme – bitte klingeln!

seine Selbstachtung gegen einen grünen Kittel tauschte – und dabei ja nicht einmal tauschen musste. Der Mensch: kraft der Visite reduziert auf eine Handvoll Symptome. Die Autonomie: abgegeben an ein System von Maschinen. Die Biographie: auf einen Krankheitsverlauf und Risikoverhalten verkürzt.

In der Klinik sind alle Männer Patient, so wie sie im Krieg alle Soldat sind.

Es war nur so ein Gefühl, das du später meintest, wenn es in Diskussionen um die Fehler der Schulmedizin ging oder in der Tagesschau um die Kürzungen der gesetzlichen Kassenleistungen oder wenn in der Zeitung stand, dass McKinsey jetzt auch ins Spital der Barmherzigen Brüder kommt. Wenn du gesagt hast, dass der Ansatz ein ganz anderer sein muss. Dass es so nicht geht. Dass es ein System für Gesundheit nicht geben kann.

Vor deiner Zeit als Zivi hattest du dir noch gut vorstellen können, Medizin zu studieren, Chirurg zu werden, Arzt ohne Grenzen, auf Mission in Afrika. Menschen zu helfen, ihre Gesundheit zu reparieren, mit blitzenden Skalpellen und fliegenden Nadeln. Oder Radiologe zu werden, ein Kommissar am Kernspintomographen, klar, sachlich, analytisch, im stahlblauen Röntgenbild mit eisigem Blick den tödlichen Fleck sondierend. Oder in die onkologische Forschung zu gehen und vielleicht am Ende tatsächlich derjenige zu sein, der den Krebs besiegt hat, in dessen Zeichen sie gegen die Brust deiner Mutter ins Feld gezogen sind.

Du hast es bleiben lassen, wegen dieser Ahnung, die dich damals beschlich – mehr ein Gedicht als ein Gedanke, ein ideeller Schmerz: dass der Körper nicht das Problem ist.

Der Körper ist nicht das Problem.

Du hast lange nicht an diesem Gefühl gezweifelt. Solange man Gefühle hat, bezweifelt man sie ja nicht – man glaubt. Aber bei deinem letzten Besuch zu Hause saßt du schon früh am Morgen im Wohnzimmer, als deine Mutter die Treppe herunterkam. Offensichtlich hatte sie nicht mit dir gerechnet, sie trug den Morgenmantel offen, ganz ohne Scham. Zum ersten Mal seit deiner Kindheit hast du sie nackt gesehen, ihre Schenkel waren blaugeädert und mit Flecken übersäht, dazwischen, du hast schnell weggesehen, war sie blankrasiert. Das Bild kommt dir immer wieder vor Augen. Wie buckelig sie aussah. Alt. Und gleichzeitig so – sexuell. Als Ulla dich bemerkt hat, hat sie den Mantel hastig zugeschnürt. Und du hast gespürt, wie dir dein kleiner Glaube aus dem Herzen gleitet.

Linda

Als du endlich im Fahrstuhl nach oben stehst, merkst du, wie sehr deine Füße schmerzen. Sie müssen geschwollen sein, mit roten Striemen, aber so ist das nun mal, wenn die eitle Schwester auf den stolzen Schritt nicht verzichten kann. Zieh die Schuhe aus, Aschenputtel, gleich hier, zwischen dem 12. und 14. Stock. Heute läuft dir eh kein Prinz mehr hinterher. Deine Wohnung liegt am Ende eines langen Flurs im 19. Stock, dessen spiegelglatter Granit dir jetzt wenigstens die geschundenen Spreizfüße kühlt.

Die Wohnung ist dunkel. Nur durch die Vorhänge dringt ein Hauch der elektrochromen Lichtwolke über der Stadt, der dünne Stoff wiegt sich in der hereinströmenden Nacht. Du bleibst kurz in der Tür stehen, lässt die Schuhe fallen und starrst. Schläfst du schon im Stehen ein, oder was?

Tapp durch die Diele und mach das Licht erst im Bad

an. Schau dir dieses Durcheinander an. Die Wirrnis, die du heute Morgen in deiner Hetze wie ein Netz über die Unordnung vom Vorabend geworfen hast. Die hautfarbene Strumpfhose auf den weißen Fliesen, eine Nachgeburt der Nacht. Das Handtuch daneben, der Diffusor vom Föhn, der Morgenmantel, obenauf ein winzig zusammengerollter String. Der Rasierapparat. Das Unterhemdchen. Den Rasierapparat, den hast du doch gar nicht gebraucht? Mach das Licht wieder aus. Jetzt aufzuräumen, das wäre wirklich zu viel. Du leidest unter Unordnung so sehr, dass du die Konfrontation mit dem Chaos im Bad aufs Wochenende verschieben musst. Am Wochenende räumst du auf. Am Wochenende? Seufz nicht so. Tu nicht so, als wüsstest du das nicht schon längst: Am Wochenende ist Ostern, Heimreise, ein Pflichttermin, dem entkommst du nicht. Aus deinem Aufräumwochenende wird wohl nichts. Also morgen. Morgen machst du sauber. Ganz sicher. Gleich nach der Arbeit. Du lässt dich nicht ins La Comtessa verführen.

Apropos. Die Minestrone von vorhin – du hast immer noch Hunger. Geh in die Küche, mit den kalten Füßen über die kalten Fliesen, öffne den Kühlschrank, streck dem eisigen Hauch das Gesicht entgegen. Du blinzelst in das verschwiegene Licht. Nichts von dem, was darin steht, hilft dir jetzt weiter, Wasabi und grünen Pfeffer könntest du dir höchstens noch durch die Nase ziehen. Das Einzige wäre der Champagner, der dort seit zwei Jahren kalt gestellt ist, eine kühle Flasche Kühnheit für das nächste Mal, wenn es einen Mann zu verführen gilt. Aber inzwischen liegt auch der schon so lange so leblos zwischen den Gittern, dass du dich fragst, ob er überhaupt noch bis zum nächsten Wochenende hält.

Du schließt den Kühlschrank wieder und fröstelst trotzdem. Du bist so selten zu Hause, dass sich das Heizen kaum lohnt. Geh doch einfach schon ins Bett, verkriech dich in die Kissen und schließ mit den Augen auch diesen Scheißtag ab. Und dann ist auch noch bald Ostern.

Na gut, ein bisschen zu früh zum Schlafen ist es tatsächlich noch. Setz dich wieder auf und leg dir die Decke über die Schultern. Schnapp dir den Commander und mach den Fernseher an. Oder nein. Lass ihn aus. Das hat ja auch keinen Sinn. Der Ärger über das miese Programm, das Tag und Nacht die Welt verpestet, ballt sich ja schon in dem Augenblick in deinem Bauch, in dem der schwarze Schirm das Bild noch zusammenbraut. Wirf den Commander achtlos in die Ecke, er schliddert über das Parkett und landet blöd am Kleiderschrank. Das Letzte, was du wolltest, passiert: Der Fernseher schaltet sich nun doch an, und wie! Er braust auf, ein Tumult, zu laut, wer zum Teufel hat das Drecksding so laut gestellt? Dir reicht es jetzt aber. Du rennst zu dem Apparat, der auf einem kleinen Schemel steht. Du willst ihm wütend die Fühler abbrechen, aber dann drückst du doch nur die Standby-Taste und machst ihn aus. Sich selbst zu beschäftigen kann ganz schön stressig sein.

Und nun? Du könntest etwas lesen, aber du weißt nicht, was. Deinen Nachttisch hast du mit Foucault geschmückt, Die Geschichte der Sexualität, du nimmst das Buch in die Hand, aber die Sätze sind sperrig wie rohe Spaghetti, so weit kriegst du dein müdes Maul heute nicht mal mehr gähnend auf. Im Buchladen nimmst du beflissenes Lieschen immer nur Bücher mit, die man gelesen haben sollte, Systemtheorie, Philosophie, postmoderne Schizophrenie. Luhmann, Adorno, Baudrillard. Gedichte, Bachmann, Ostermaier, Schrott. Romane, Sebald, Musil und den Zauberberg, Bücher, die bei euch in der Feuilletonredaktion schwer im Gespräch sind, die zu lesen du dann aber doch zu schwach bist. Am liebsten hättest du jetzt einen schnöden Krimi, einen Thriller, irgendetwas, was dich an der Hand nimmt und in seine Welt entführt wie in einen Traum, dem du ja auch mühelos folgen kannst, ohne den Boden zu berühren. Stattdessen kaufst du Lyriksonderdrucke und Adorno-Gesamtausgaben. Du ziehst einen Bücherstapel unter deinem Bett hervor, schlägst das Oberste davon auf, aber da stehen Worte, von denen du nicht verstehst, warum sie sich so wichtig nehmen. Siebzehn Wörter pro Satz, und jedes trommelt sich selbstgefällig auf die Brust. Du kannst mit Lyrik so wenig anfangen wie mit Zwölftonmusik. Melodien, denen du nicht folgen kannst. Kann es sein, dass du so blöd bist? Kann es sein, dass du dich für nichts als dich selbst interessierst? Du legst das Bändchen beiseite und fühlst dich wie eine Frau ohne Eigenschaften.

Ferdinand

Dafür, dass du tatsächlich mal geglaubt hast, dein Körper sei nicht mehr als die kotproduzierende Versorgungseinheit deines Geistes, nicht mehr als ein das Rückenmark entlangwucherndes Geschwür deiner Hirnanhangdrüse, ein notwendiges Übel also, das in Kauf, aber nicht unbedingt in Pflege genommen werden muss: Dafür stellst du dich gerade aber ganz schön an. Dein Mund schmeckt nach verbranntem Kaffee, das Frühstück versucht sich durch deinen Darmtrakt zu würgen, Müdigkeit hat sich zwischen deine Schulterblätter gespreizt, sie drückt dir den Nacken runter, du versuchst dich aufzurichten, aber das ist nicht drin. Es ist, als wolle dein Körper das nachspielen, was in deinem Kopf los ist. Oder ist es andersherum? Und deine Psyche beugt sich dem Unwillen deines Fleisches? So oder so rum: Dein Körper ist ein Problem.

Du hast mal gedacht, es sei möglich, der Realität mit Gedichten zu begegnen. Das war nach deiner Zeit als Zivi. Du hast gedacht, du könntest deine Existenz in Versen formen, du könntest, indem du Gedichte schreibst, ein Dichter werden, so wie der Bodybuilder ja auch erst durchs Gewichteheben zum Bodybuilder wird. Du hast kurz deinen Nacken gedehnt, dich an die mechanische Schreibmaschine gesetzt, an der dein Vater schon seine Diplomarbeit getippt hatte, du hast ein weißes Blatt Papier aus dem Druckerfach deines PCs genommen, hast es eingedreht, den Bogen auf die Walze aufgespannt, du hast dich aufgerichtet und versucht, deine Gedanken wie Pfeile anzuspitzen, aber das, was rauskam, war nie exakt, sondern scheiße. Die Worte waberten so rum auf dem Papier, sie trafen es nie, nie trafen sie das, was du meintest. *Ich habe keine Form finden können, in die meine Gefühle gepasst hätten,* hast du später immer erklärt, wenn dich eine gefragt hatte, warum du aufgehört hättest zu dichten. *Ich war so zerrissen, dass ich das Gefühl hatte, kein Versmaß könne diese Zerrissenheit, die wirklich maßlos war, flicken,* hast du gesagt. *Schmerz ist konkreter als Poesie,* hast du gesagt, und: *Weder Jambus noch Daktylus waren mein Takt.* Schön hast du das gesagt. Sehr schön. Die Mädels haben's geschluckt und geschluckt, weil du so klug bist. Aber sei ehrlich: Du hattest einfach kein Talent zum Schreiben. Linda hat Talent, du nicht.

Manchmal glaubst du, Linda wollte deshalb nie viel mit dir zu tun haben: weil du so talentlos bist. Weil sie sich mit dir vor ihren Feuilletonistenfreunden schämte. Nicht einmal auf einen Kaffee triffst du sie, obwohl ihr ganz nah beieinander wohnt, in ein und derselben Stadt sogar in benachbarten Vierteln. Komisch, nicht? Ihr seid beide aus München geflüchtet, weit, möglichst weit weg, seid am Ende beide in Berlin gelandet – aber ihr denkt nicht einmal daran, euch in der Ferne hin und wieder ein bisschen Heimat zu gewähren. Es ist, als wäret ihr zwar gleich weit weg von Zuhause, aber in verschiedene Richtungen gegangen. Als lägen dein Berlin und ihr Berlin an den beiden verschiedenen Enden des Bandes, das euch aneinanderknüpft. Ihr seid Geschwister und wundert euch nicht mal darüber, dass ihr euch fast ausschließlich daheim in München seht. Dabei ist es gar nicht so, dass nur sie es vermeidet, dich zu treffen. Auch du drückst dich davor. Und das liegt, sei ehrlich, nicht nur daran, dass Linda sich für dich schämt. Auch du kannst nicht mit Linda: weil sie zwar Genie hat, aber kein Empfinden, weil sie zwar schön schreibt, aber im Gegensatz zu dir nicht spürt. Du, du spürst. Sie nicht. Ihr fehlt der Schmerz, dieses abstrakte Ziehen, dieses theoretische Unbehagen, das dich unbedingt schreiben lassen wollte: dieses unbestimmte Gefühl, dass irgendwas rauswill, Hilfe will.

Nur: Dass die Poesie viel zu konkret ist für deinen vagen Schmerz, ist dir erst klar geworden, als du Dürrenmatt gelesen hast:

Ein Schrei ist kein Gedicht.

Aber kann nicht ein Gedicht ein Schrei sein?

Irgendwann stellte sich die Frage nicht mehr. Als das mit Friede passierte, konntest du nicht einmal schreien.

Nachdem du aufgehört hattest zu dichten, hast du dich in die Literaturwissenschaft gestürzt. Bevor du dich in Germanistik eingeschrieben hattest, hast du gedacht, es sei möglich, in Gedichten der Welt zu begegnen. Doch dann hast du im Proseminar I eine Sonderschulpädagogin namens Melinda getroffen, die tatsächlich daran geglaubt hat, man könne Lyrik interpretieren. Du hast versucht, mit ihr zu sprechen, ihr zu sagen, dass das nicht geht. Wolltest sie davon überzeugen, dass die ganze Germanistik falschliegt. Einen ganzen Abend lang hast du versucht, mit ihr zu diskutieren, bei Grissini und Rotwein und Ikea-Teelichtern, den Hintern in ein tibetisches Meditationskissen gedrückt. Du hast es versucht, immerhin, aber irgendwann wurde dir klar, dass sie nicht aufhören würde, dummes Zeug von sich zu geben, es sei denn, du brächtest sie zum Schweigen. Ohnehin war dir nach der zweiten Flasche Wein eher danach, mit deiner lallenden Zunge die ihre zu lecken und so ihren Wortschwall zu unterbrechen. Ohnehin war dir unter deinem Strickpulli heiß. Als du dich zu ihr vorbeugtest, war es aber gar nicht nötig, sie niederzuringen. Ihr Blick zeigte zwei Promille und null Widerstand. Die widerspenstige Melinda war mit einem Mal weich und anschmiegsam.

Nachdem diese erste Nacht erst einmal vollbracht war, hattest du bis zum Ende des Semesters statt Rose Ausländer nur noch rosa Schlüpfer im Kopf. Als ihr mit der Erforschung eurer Geschlechtsteile fertig wart, war auch das Semester zu Ende und das Spiel mit den Fragen begann. Melinda machte sich daran, deine Historizität zu dekonstruieren, aber da hattest du bereits die Schnauze voll von Narrativitäten. Du hast einfach aufgehört zu antworten, wenn sie dich fragte, und ihr damit die Freiheit überlassen, dich zu interpretieren – ob ihr das gelang oder nicht, ist letztendlich egal, auf alle Fälle war sie am Ende der Semesterferien deiner so überdrüssig, dass sie danach direkt zur Seminarlektüreliste Genderstudies überging.

Du hast Melinda nicht wiedergesehen. Nach deiner germanistischen Eskapade bist du zu Kunstgeschichte gewechselt. Kunstwissenschaftler haben sie sich dort genannt, haben aber an die ikonologische Methode geglaubt.

Was an sich schon eine Groteske war.

In der Musikwissenschaft dasselbe Spiel, auch hier: Seminare voll von Menschen, die dachten, man könnte sich Kunst analytisch nähern. Die sich mit spitzen Federn daranmachten, einem Werk die Gräten zu ziehen, seine Konstruktionsprinzipien zu sektieren, und hofften, so seinen Kern zu offenbaren. Menschen, die glaubten, man könne sich dem Unsagbaren auf dem Wege der Beschreibung nähern. Du hast die Seminare kaum ertragen, du hast die proktospastischen Predigten der Professoren gehasst, du hast deine Dozenten verachtet und vor allem die Studenten, das, was sie sagten, und noch mehr das, was sie nicht sagten. Du hast den Eifer in ihren Augen gesehen, den Geifer, wenn sie wie in der Schule mit den Fingern schnippten, weil sie tatsächlich sicher waren, sie hätten etwas zu sagen. Du hast sie ganz genau beobachtet: Wie die Ignoranz aus ihren stumpfen Augen triefte und wie sich ihre blödbenebelten Gesichter plötzlich in einer Sekunde der Einsicht erhellten, wie sich die Vorhänge öffneten und sie stolz erstrahlend einen Gedanken präsentierten, der fremdwortornamentiert, aber doch unfassbar dumm war! Stupidität torkelte im selbstverliebten Suff durch einen Raum, in dem doch eigentlich, ja: Weisheit walten sollte. Und du? Du kamst dir so unendlich viel schlauer vor als die anderen. Und missverstanden. Einsam. Du hast dich in deinen Stuhl gelümmelt, dich mit Wut umwölkt und dreingeschaut wie ein heranrollendes Gewitter. Ein einziger Gedanke hat in dir gegrollt. Der Versuch, das Unsagbare zu beschreiben, ist doch Blasphemie, mehr konntest du nicht denken, *das ist doch blasphemisch,* vorne haben sie *kreuzdumm!* Bilddiagonalen kopiert und *sinnlos wie ein Gebet!* Daktylen diktiert und *hohler als der Glaube an Gott* Takte gezählt, und du hieltest *Idioten!* deinen Stift umkrampft und hast deinem Collegeblock wieder und wieder

Blasphemie!

auf den grauen Papprücken tätowiert.

Ein Schrei ist kein Gedicht.

Du hast es mit Philosophie versucht, aber auch dieses Studium hat dich nach kürzester Zeit angekotzt, weil man sich den Problemen des Geistes doch nicht mit dem Geist nähern kann. Du hast noch ein paar Mal eine Vorlesung in Mathematik versucht, aber da saßen Professoren, deren Glaube an die Harmonie der Dinge unverwüstlich schien, und Studenten, die sich eins auf die Reinheit ihrer Ideen wichsten. Jünger einer Harmonie, von der du wusstest, dass sie – Elementarteilchen hin oder her – doch nur konstruiert sein kann, weil Gleichungen am Ende doch immer nur symphonisch sind, Zahlenkompositionen, sonst nichts. Und was soll am Ende rauskommen, wenn die Konstante in deinem Leben die Null, Leere, ist? Die algebraische Reinheit kam dir angesichts der Flecken auf deiner Psyche so falsch vor, dass auch die Mathematik ihre Rechnung bald ohne dich machen musste. Natürlich hast du nie auch nur ansatzweise kapiert, was vorne an der Tafel geschrieben wurde, aber darum ging es auch nicht. Dein Leben blieb eine Gleichung mit mehreren Unbekannten.

Du bestellst noch ein Bier, das jetzt so langsam aber dann mal dein letztes sein sollte. Die Kellnerin bringt es dir, inzwischen ist es eine neue, nicht mehr die mit dem hübschen Bäuchlein über dem Schurz. Sie stellt es auf den Tisch vor dich und nimmt dein leeres Glas mit. Du ziehst an deiner Zigarette, nimmst noch mal einen Zug und drückst sie in den Schaum. Es zischt kurz, du stehst auf, gehst vor zur Bar, um zu zahlen. In Wirklichkeit ging es immer nur darum, dass Friede dich verlassen hat und du nie verstehen konntest, wieso.

In der Umkleide herrscht Gedränge. Frauen binden sich Turnschuhe auf, schälen sich aus verschwitzen Aerobic-Tops und klebrigen Leggings. Mit einem Handtuch unterm Arm huschen sie zur Dusche, in weißes Frottee gerollt trippeln sie wieder heraus. Beine werden eingecremt, Höschen über Oberschenkel gezerrt. Du siehst rote Solariumsabdrücke auf weichen, hügeligen Hintern, rasierte, halb rasierte und unrasierte Mösen, Brüste, die über den Nassfächern von Funktionssporttaschen baumeln. Normalerweise wärest du Teil der Meute, die BBP-Stunde von Fernando ist gerade vorbei. Schade.

Im Bereich mit den Kraftmaschinen latschen fast nur Männer übers Parkett. Die Geräte sind in sportorthopädischem Weiß lackiert, die paar Gummibäume dazwischen helfen da kaum. Ein aufgegangener Autohausbesitzer strampelt auf dem Fahrrad dem Herzinfarkt entgegen, ein drahtiger Typ mit Stirnband und Nickelbrille zählt auf dem Laufband ruhig seine Kilometer weg, die einzige Frau im Raum steht traumatisiert auf dem Crosstrainer und sieht MTV. Das Studio ist hell, die Wände sind fast völlig verspiegelt, davor stemmen ein paar Jungs mit vollverchromten Hanteln gegen die schmalen Schultern unter den Trägern ihrer Muskelshirts an. Sie blicken ihrem Spiegelbild dabei fest in die Augen, das letzte bisschen Atemluft hinter die Lippen gepresst, Stirn und Wangen röten sich, Adern treten hervor, Eisenplatten werden auf Stangen geschoben, Gewichte klacken, es surrt. Ein Übergewichtiger leidet am Butterfly-Gerät, er öffnet und schließt die schlaffen, käsigen Arme wie ein schwacher Brummer, der nicht fliegen kann. Er weiß, dass der Versuch zwecklos ist, aber nicht, was er sonst noch tun kann. Nur: In Fitnessstudios jammert man nicht, sondern begegnet dem Job mit gebührendem Ernst, erledigt die Sache so, als habe man sie eigentlich nicht nötig, ein weiterer lästiger Termin, Routine, mehr nicht. Hier verbringst du also deine Tage.

Leg dir ein Lächeln auf die Lippen. So eine bist du nicht. Du bist hier, weil dir das Training Spaß macht, und sollte je einer die Vermutung wagen, du seiest hier, um dir die Lust auf Schokolade aus dem Leib zu peitschen – da hörte der Spaß dann aber auf.

Du klemmst dich in den Crosstrainer und zählst scheinheilig lächelnd die Runden runter wie eine Nonne den Rosenkranz.

Ein Lobgesang auf diese Mühe und ihre herrliche Monotonie: Du denkst nicht und vor allem nicht an diesen Brief, der in der Wäscheschublade zu Hause liegt, das ist das Wichtigste. Dein Geist steckt in deinem Körper, und der ist beim Sport in der Gegenwart verankert, in den Pedalen dieses Geräts. Immer auf der Stelle, strampelt er gegen das Früher und gegen das, was noch kommt.

Linda

Du siehst auf die Uhr. Langsam wird es spät. Zu spät für die Kleinen. Wenn du eine Familie hättest, könntest du jetzt langsam mal die Kinder ins Bett bringen, dein Mann säße noch am Computer, ein Glas Rotwein neben der Maus, auf dem Bildschirm ein Aufsatz über Systemtheorie, drei Zeilen noch, dann hätte er für dich Zeit, Schatz. Du könntest die Kinder vor dem Zähneputzen noch mit einer Kleinigkeit zu naschen zu etwas Zuneigung zwingen, vielleicht mit einem selbst gebackenen Haferflockenkeks oder einem Stück Schokolade, ein Bussi für ein Betthupferl, sie würden sich still die Finger lecken, dann in einen Frotteepyjama schlüpfen und sich nebeneinander auf ihre Schemel vors Waschbecken stellen. Kleine verkrampft kreisende Finger, Karies und Baktus in den Abfluss gespuckt, faszinierte Blicke folgen reinweißem Schaum. Wenn du eine Familie hättest, dann tappsten dir jetzt winzige Würmchen müde ins Kinderzimmer hinterher, sie ließen sich von dir zudecken, einen Gutenachtkuss geben, Papa käme auch noch für einen eiligen Schmatz auf die Stirn hinzu, ein letzter Blick, das Licht aus, und die Tür zum Flur müsste einen kleinen Spalt offen bleiben, wegen der Gespenster, die sich als Segelflieger und Aufziehclown getarnt haben. Hui Buh.

Seit wann spukt dir denn so was durch den Kopf? Wirbelt da etwa eine biologische Uhr mit ihrem Sekundenzeiger den Hormonhaushalt durcheinander?

Mach dir nichts vor. Kinder. Bei dir tickt nichts, und wenn, dann nicht laut genug, als dass du den Countdown schon mitzählen könntest. Kinder? In Wirklichkeit magst du die doch gar nicht so richtig gern, zumindest nicht lieber als, sagen wir, Double-White-Chocolate-and-Cookies-Eis und das kannst du dir ja auch ganz gut verkneifen. Gut, manchmal findest du Kinder putzig, manchmal auch witzig. Und hin und wieder sitzt du in einem Café, beobachtest einen Sechsjährigen am Nachbartisch und findest ihn sogar schlau. Aber – auch, wenn du das nicht zugeben magst – eigentlich geht dir das bei manchen Disneyproduktionen genauso. Also: In was für einen Scheißfilm träumst du dich da gerade rein? Bausch doch nicht so etwas vage Gefühltes zu großen Visionen auf! Dein Leben einer Kindheit widmen? Lachhaft. Du kannst ja nicht einmal sagen, ob deine eigene Kindheit schön oder schäbig gewesen ist. Wenn du versuchst, dich daran zu erinnern, kommen vielleicht drei oder vier Bruchstücke hoch, wenige Splitter – und die berühren dich einfach nicht. Du warst sechs Jahre lang Einzelkind gewesen, dann hast du eine Schwester bekommen, die dir zum Missmut deiner Mutter seltsam egal war, aber du hättest nun mal lieber einen Yorkshireterrier mit pinker Schleife am Schopf gehabt als ein Geschwisterchen mit einem hellrosa Lätzchen unterm sabbernden Maul. Als Ferdi dann zur Welt kam, da warst du bereits acht. Dein Bruder war für dich erstmal nur ein monströser Packen Pampers mit etwas Rotem darin, das schreit – nichts, womit man hätte etwas anfangen können, und vor allem: weit entfernt davon, sich für deine Barbies zu interessieren. Als Friederike dann endlich in dem Alter war, da schnitt Ferdi ihren von dir geerbten Barbies die Haare ab, was dir egal war, immerhin hattest du da bereits selbst Brüste. Und überhaupt: Ferdi. Wenn Friede und Ferdi spielten, plärrten und lärmten sie, unerträglich für ein pubertierendes Gemüt, sie schlugen sich kreischend die Köpfe ein, und steckten sie schon im nächsten Moment wieder zusammen, um dir, der großen Schwester, einen Liebesbrief, einen BH oder den letzten Nerv zu rauben. Du hast die beiden nicht gehasst, du warst einfach nur zu alt für sie. Während sie gemeinsam versuchten, aus leeren Joghurtbechern Fallen für die Silberfischchen im Badezimmer zu bauen, und sich hinten im extra für sie ausgebauten Gartenhäuschen gegenseitig mit ihrem heimlichen Nutella-Vorrat beschmierten, hast du bereits deine ersten Ladungen Sperma geschluckt. Du und Kinder? Nein. Könntest du statt deiner Klitoris mal eine Wunderlampe reiben, auf deinem Wunschzettel stünden weder Bäuerchen übers Babyfon noch ein Haus voller Lego-Tretminen besonders weit oben.

Und trotzdem sehnst du dich immerzu nach Kindern. Nach einem Mann. Einem Haus mit großer Küche, sauberem Badezimmer und einer gut sortierten Hausbar, der hin und wieder ein paar wohldosierte Tropfen entnommen werden, und zwar niemals vor 20 Uhr. Dein Leben wäre geordnet. Klar. Zentriert wie ein Eiskristall, geometrische Auswüchse formiert um deinen Verstand. Ein Eiskristall an einer Fensterscheibe, wie du ihn das letzte Mal als Kind an den Fenstern des Gartenhäuschens gesehen hast, weil du die letzten Jahre hinter schallschutzisolierten Thermofenstern in Szenevierteln gewohnt hast. Du lebst zwischen Designermöbeln und fühlst dich dabei formlos. Unstrukturiert. Nicht biographisch, sondern wabernd. Zerfließend. Schlieren im Chardonnay. Ein paar volle Windeln gäben deinem Dasein vielleicht wenigstens ein bisschen Struktur.

Zumindest lässt sich der Digitalwecker auf deinem Bettkasten nicht aus der Ruhe bringen und zählt unbeirrt die Minuten weg. Schon wieder eine Stunde mit Hirngespinsten rumgebracht. Kinderkino. Euthanasieprogramm für allzu wache Stunden. Immerhin dazu taugen die dummen Gedanken: Du kriegst mit ihnen schlaflose Nächte rum. Es wird langsam spät. Zu spät für die nicht vorhandenen Kleinen. Und bald auch zu spät für dich, dir doch noch welche zuzulegen. Scheißen Sie sich mal nicht in die Hose, junge Dame. Du brauchst keine Kinder, du brauchst eine Aufgabe. Seit du nur noch deine Rentnerkolumnen zu schreiben hast, hast du einfach zu wenig zu tun.

Ulla

Du schaltest das Licht aus, lässt aber den Motor noch einen Moment laufen. Den Mond anschnurren. Die Mauern des Hauses leuchten in seinem knochigen Schein. Die Fenster sind dunkel und reflektieren die Nacht. Nur im Wohnzimmer lässt der Fernseher seine Geister durch die Gardinen flackern.

Was wäre, wenn du jetzt einfach umdrehen und wegfahren würdest? Wenn du einfach nicht mehr wiederkämest? Nie mehr wieder?

Die Antwort ist klar. Der TV-blaue Spuk würde weitergehen. Heiner würde es wahrscheinlich nicht einmal bemerken. Er würde einfach vor der Glotze liegen bleiben, in seine Decke gehüllt, in das Rechteck starren, er würde einschlafen dabei, immer wieder, aber das wäre kein Unterschied. Seinen Arsch extra ins Bett hieven würde er nicht. Ob er so schlau wäre, sich von Tonino etwas bringen zu lassen? Nein, dazu telefoniert er zu ungern. Er würde so lange zum Kühlschrank gehen, bis der leer wäre, dann würde er die restlichen Vorräte essen, Dosenmais und die Erdnussbutter von Ferdis letztem Besuch. Irgendwann würde er Haferflocken trocken aus der Packung löffeln – das hast du schon erlebt. Er würde den Würfelzucker kauen, der nur deshalb noch im Schrank ist, weil schon so lange keine Gäste mehr bei euch waren. Und am Ende würde er harte Spaghetti knabbern, langsam zwar, aber wahrscheinlich würde er sich einreden, dass sie ihm schmecken. Wenn nichts mehr da wäre, weder im Schrank noch im Vorratsregal, würde er einfach vor dem Fernseher liegen bleiben, bis er tot ist. Vielleicht würde man ihn finden nach ein paar Wochen, im Fernseher würde immer noch der Discovery Channel laufen, eine Doku aus der Sahara, aus Grönland oder dem brasilianischen Regenwald, und er wäre inzwischen sein eigenes Biotop geworden, das verwesende Fleisch mit dem Sofa verwoben, Maden in den Augenhöhlen, die Fernbedienung in der Hand. Natürlich würde man ihn finden, weil sich die Zeitungen vor der Tür stapeln würden. Es sei denn, du hättest sie vorher abbestellt. Biest.

Fahr den Wagen nicht in die Garage. Würg den Motor in der Einfahrt ab, spuck beim Aussteigen Gift oder Galle oder wenigstens sauren Speichel aus und zerreib ihn mit der Schuhsohle im Kies. Der Weg zum Haus schnarrt unter deinem Schritt, du gehst die zwei Stufen hinauf und ziehst dabei leise deinen Schlüssel aus der Tasche. Du brauchst kein Licht, um das Schloss gleich zu finden. Du lässt ihn leise hineingleiten und sperrst mit angehaltenem Atem auf. Willkommen daheim, deine Ehe hat dich wieder.

Heiner

Alle Mann an Deck, Achtung, sie kommt! Schnell die Tür zu, versteck dich, lösch das Licht im Bad. Setz dich auf den Fußboden, atme leise, dann findet sie dich nicht. Hähä. Hörst du? Sie geht durch den Flur, sie zieht ihre Schuhe aus. Wo ist sie jetzt? Du hörst sie nicht. Geht sie … ah, sie steigt die Treppe rauf, sie versucht, leise zu sein, das Dummchen. Sie bleibt vor der Tür zum Schlafzimmer stehen. Was macht sie jetzt? Oh je, oh, oh, sie kommt näher, alle Achtung, ganz leise sein, zieh den Kopf ein, sie findet dich nicht.

Ulla

Bist du sicher, dass du da nicht gerade eine Türe hast knallen hören? Das Haus hat seine Gelenke knacksen lassen, aber jetzt verhält es sich ruhig. Es lauert. Du lauschst noch einmal in seine Tiefe hinein, aber da rührt sich nichts. Es ist dunkel, belass das lieber so. Immerhin: Im Wohnzimmer ist der Fernseher an und versprengt tonlos sein Lichtspiel im Raum. Das Sofa, auf dem Heiner normalerweise vor sich hin dämmert, ist leer. Die Decke ist aufgeschlagen, die Fernbedienung liegt auf dem Teppich. Ist er etwa schon im Bett? Und warum lässt der Idiot den Fernseher laufen? Geh die Treppe rauf. Mach leise. Vielleicht schläft er schon. Psst! Du kannst sogar die Strapse in deiner Handtasche rascheln hören. Du solltest sie da rausnehmen. Sicher ist sicher.

Heiner

Oh, oh, sie kriegt die Tür nicht auf. Sie drückt die Klinke runter und rüttelt daran. Sie ruft dich, antworte besser nicht. Sie ruft dich noch einmal, diesmal dreht sie dieses Keifen in die Stimme rein. Antworte nicht, tu, was du immer tust: Äff sie einfach innerlich nach. Heiner? Heiner? Was machst du denn da drin? Mach die Tür auf! Heiner! Ich muss ins Bad! Mach auf! Was ist denn los? Heiner! Du musst gar nicht abwarten, was sie sagt, du kennst sie so gut, dass du den Text ohne Probe mitsprechen kannst. Du weißt genau, wie sie mit wachsender Wut die zweite Silbe deines Namens in die Länge zieht und immer wieder dieses Keifen reindreht, dieses Keifen, auf das du nicht mehr reagieren magst, dass du nur nachäffen kannst, ein quengelndes Echo im Kopf, aber wenn man nur der auditorischen Repräsentation lauscht, dann hört man das echte Schrillen nicht so. Klar. Die Vorstellung ist der Realität stets vorzuziehen, selbst in diesem Fall ist das noch so.

Oh, jetzt wird sie aber laut. Jetzt schreit sie. Jetzt übertönt sie dich. Jetzt musst du reagieren. Aber bloß nicht aufsperren, sonst findet sie dich! Äff sie nach, imitier sie mit deiner Stimme.

Heiner, bist du verrückt geworden?

Mach sie nach, wiederhol die Sätze:

Heiner, bist du verrückt geworden?
Mach auf!
Mach auf!
Spinnst du jetzt komplett?
Spinnst du jetzt komplett?
Heiner, ich hol die Polizei
... die Polizei

Soll sie doch, du bleibst hier sitzen, nicht wahr? Den nackten Hintern im weichen Teppich. Wo ist eigentlich deine Hose? Egal, es ist ja warm hier, die Fußbodenheizung im Bad war das Beste, was dir in den letzten zehn Jahren passiert ist. War Ullas Idee, du wolltest sie nicht, aber Ulla hat so lange gequengelt, bis das Echo in deinem Kopf verhallt ist und du ja gesagt hast. Manchmal hatte Ulla doch ganz gute Ideen. Dir fallen bloß leider immer weniger ein.

Ulla

Was hat dieser kranke Vollidiot? Was ist nur mit ihm los? Du könntest auf der Stelle kotzen. Wenn du dafür nicht ins Bad müsstest, in das sich dein kranker, idiotischer Ehemann eingesperrt hat, würdest du kotzen. Kotzen. Dieser Idiot, Idiot, Idiot. Dein Herz rast, nicht nur aus Wut, sondern, sei ehrlich, auch weil du dir ein bisschen Sorgen machst. Früher hat er so was nicht gemacht. Sich eingesperrt. Im Gegenteil. Früher hat er die Klotür immer sperrangelweit offen gelassen. Als wollte er dir beweisen, dass du keine bist, vor der er sich schämt.

Na gut, kram eine Münze aus dem Portemonnaie, heble damit den Schlitz, der »besetzt« anzeigt, in eine senkrechte Stellung. Zittere nicht rum, dann geht es ganz leicht, als die Kinder noch im Haus waren und dich mit ihren albernen Spielchen malträtierten, hast du das ständig getan. Ein ruhiger Dreh, Metall klickt, schon ist das Schloss entriegelt. Du reißt die Badezimmertür so heftig auf, dass du vor dir selbst erschrickst. Im Bad brennt kein Licht, trotzdem erkennst du, dass Heiner auf dem gelben Badezimmerteppich sitzt. Er hat die Beine angezogen und hält sie umschlungen, er presst sein Gesicht gegen die Knie wie ein weinendes, kleines Kind. Er trägt das Oberteil des Pyjamas, den du ihm zum siebzigsten Geburtstag geschenkt hast und, das kannst du kaum glauben: keine Hosen. Er trägt einfach keine Hosen. Sein alter Arsch, der auf dem Boden eher liegt als sitzt, ist völlig nackt. *Was …?*, bricht es aus dir heraus, aber der Rest der Frage verzweifelt schon in deiner Kehle. Du versuchst, die Frage mit deinen Augen zu formulieren, du blickst in einer Mischung aus Fassungslosigkeit und Bestürzung auf diesen Haufen Heiner hinab, aber der Haufen ist in sich zusammengesunken und sieht dich nicht.

Du bleibst eine Minute in der Tür stehen, aber er blickt nicht auf. Du drehst dich um und gehst ins Schlafzimmer, weil du sowieso nichts mehr verstehst, weil du dich umziehen willst und weil du hoffst, dass Heiner von allein aus dem Bad verschwindet, so, wie man ja auch immer hofft, dass sich ein abgelaufener Fruchtjoghurt im Kühlschrank von allein wegschmeißt. Du stopfst die Strapse in die Tüte in der Wäscheschublade, schälst dich aus dem Rock, der Bluse, du legst hastig deine schwarze Unterwäsche ab, du verstaust das Silikonkissen und schlüpfst in das schwarze Nachthemd aus Makosatin. Du merkst, dass Heiner den Flur entlangschleicht. Das Bad ist frei. Endlich.

Geduscht hast du schon, du musst nur noch mit ein wenig Reinigungsmilch für reife Haut das letzte bisschen Apricot und Erdbeerrot von den Wangen pflücken.

Das Wattepad wird unter der Wimperntusche schwarz. Du putzt die Zähne und schabst mit der Zahnseide ein Stückchen Nuss zwischen zwei Backenzähnen hervor – der Verräter muss im Gâteau au Chocolat gesteckt haben. Noch eine dicke Schicht Nachtcreme auf die Falten, obwohl du weißt, dass sie nicht hilft. Nichts hilft, aber es hilft nichts, du nimmst eine Valium zur Vorsorge und gehst ins Bett, obwohl es eigentlich noch viel zu früh dafür ist.

Heiner muss wieder im Wohnzimmer vor dem Fernseher sitzen, du hörst aus dem Wohnzimmer leise den Lärm. Er ist alt. Er macht dir Angst. Er macht dir Angst vor deiner Zukunft, die, das weißt du, alles andere als rosig sein wird. Du ziehst die Decke höher, drehst dich auf die Seite. Alles andere als rosig. Dir wird schlecht. Heiner wird alt, dement wie sein Vater, aber bevor es dir leidtun kann für ihn, tut es dir in erster Linie mal leid für dich. Glückwunsch, du bist mit einem Mann verheiratet, der langsam senil wird. Du wirst irgendwann mehr Zeit mit Krankenschwestern verbringen als mit deinen Freunden. Du drehst dich auf die andere Seite, schwerfällig. Dir fällt ein, dass Linda anrufen wollte. Ob sie es getan hat? Meistens kündigt sie es nur an und meldet sich dann doch nicht. Schaltet ihr Handy aus und behauptet, der Akku sei alle gewesen. Sie hat schon immer gelogen. Sie hat schon immer nur die halbe Wahrheit gesagt. Ihre Wahrheit reichte immer nur bis zum nächsten Augenblick. Ich ruf dich heut Abend an. Ich bin Mitternacht wieder da. Ich stell ihn euch beim nächsten Mal vor. Ich kann euch kein Abo der Zeitung besorgen, die machen so was nicht. Ich ruf dich heut Abend an. Heut Abend. Was ist das für Linda? Heute Abend? Vielleicht solltest du es nochmal bei ihr probieren. Ihr müsst langsam ein bisschen die Osterfeiertage planen. Du solltest versuchen,

Ferdi irgendwo zu erreichen, er muss auch kommen, aber er kommt ja überhaupt gar nicht mehr, seit er studiert, seit er studiert oder seit das mit Friede passiert ist. Du musst ihn anrufen, gleich morgen, vielleicht weiß Linda, wo er steckt. Es wäre wichtig, dass Ferdi wieder öfter kommt. Aber er kommt ja fast gar nicht mehr. Du solltest Linda jetzt gleich anrufen, aber inzwischen magst du nicht mehr, weil du inzwischen schon ganz schwer vom Valium bist. So schwer. Wenn du nur nicht so müde wärst. Wenn du nur nicht verheiratet wärst. Wenn nur das mit Friede nicht passiert wäre. Aber bevor du dich doch wieder mal in Schuldgefühlen wälzt, rollen deine Augäpfel hinter die Lider, und du fällst in einen Schlaf, der so tief ist, als hättest du nicht nur ein Hypnotikum genommen, sondern dich an einem Trog voll Valium satt gefressen.

Heiner

Nur ein kleiner Aussetzer. Beruhig dich. Es war doch gar nichts. Eigentlich doch nicht. Du bist in Ordnung. Was war denn los? Wann hat diese Tansania-Doku begonnen? Und wie spät ist es jetzt? Es ist Nacht. Nachts stimmt etwas nicht mit dir. Nachts sind die Tage anders als sonst. Ob Ulla schon schläft? Es ist doch noch nicht so spät. Früher ist sie nie so früh ins Bett, jetzt legt sie sich ständig schon vor dir hin. Wahrscheinlich, weil sie so wenig isst. Viel Sport treibt. Sport. Kommt nicht wenigstens irgendwo Fußball im Fernsehen? Da! Nein, doch nicht. Du solltest dich zudecken, aber halt, warte lieber noch, du musst bestimmt gleich aufs Klo. Wenn du dich vorher zudeckst, ist es schwerer, wieder aufzustehen. Hast du heute schon was gegessen? Zwei Meter, so ein Löwe, Wahnsinn. Du bist nicht müde. Geh am besten jetzt aufs Klo, sonst vergisst du es wieder. Schlafen die Kinder schon? Ihr müsst morgen früh raus. Rechtzeitig aufstehen, damit du noch aufs Klo kannst, bevor die Kinder das Bad blockieren. Geh am besten sofort, sonst hast du es gleich wieder vergessen, weil nachts nicht nur mit dir, sondern vor allem auch mit deiner Blase etwas nicht stimmt.

Linda

Du bräuchtest mal wieder einen Mann. Dir ist langweilig. Dir ist immer langweilig, wenn du allein zu Hause bist. Schlecht drauf. Verloren zwischen den Wänden, die eigentlich dein Heim sein sollten. Gipsbeton. Dein Nest. Vielleicht hättest du doch noch im La Comtessa bleiben sollen. Was die jetzt wohl reden über dich? Ob sie gelacht haben, weil du nichts mehr verträgst? Du so schnell ehrlich am Ende bist? Du musst ganz schön durch ausgesehen haben. Durch und frustriert. Emotional zerzaust. Sie wissen, dass zu Hause nichts auf dich wartet. Keine Arbeit. Auch kein Mann. Kein kleines Mädchen, dem du vor dem Zubettgehen die Haare kämmst. Wenn einer von euch früh nach Hause geht, dann nur, weil er durch und am Ende ist. Nicht heimwill, sondern heimmuss. Wahrscheinlich schütteln sie den Kopf über dich.

Was denkst du da eigentlich für wirres Zeug? Was ist los? Du könntest den Abend nutzen. Dir mit dieser Blue-Corn-Maske aus dem Body Shop das Gesicht mal wieder peelen. Dir endlich die Nägel neu lackieren. Du könntest sogar das Bad aufräumen, wenn du dich nicht so anstellen würdest. Du könntest endlich mal die Fehlkäufe der letzten sechs Monate aussortieren und sie in die Tüte mit den Sachen stopfen, die du für die Altkleidersammlung aufbewahrst. Du könntest einen Exfreund klarmachen, damit du am Wochenende endlich mal dieses neue Glitzertop ausführen kannst. Du könntest ein paar Kontakte aufwärmen, irgendeiner würde sich schon finden, der dir Komplimente macht und versucht, sich über deinen Wahnsinnskörper in dein Bett zu schmeicheln. Wenn nächstes Wochenende nur nicht dieses Scheißostern wäre. Jammer nicht. Du könntest es dir auch einfach machen und den Champagner trinken, zur Feier des Tages. Oder dir die Flasche zwischen die ausrasierten Schenkel schieben, zwischen die stoppelig geschorenen Schamlippen, tief hinein. Nein. Kein Alkohol. Nicht schon wieder. Champagner allein? Wie einsam muss man sein.

Ferdinand

Jetzt bist du aber doch ganz schön betrunken. Wie viele Biere hattest du? Sechs? Sturzvoll sein ist etwas anderes, aber trotzdem fühlst du dich so, als hingen in deinem Kopf mehr Promille als Sterne am Firmament. Die Stufe vor der Tür zur Mokkakugel wärest du fast hinuntergestolpert. Dein Gleichgewichtssinn geigt dir eins. Pass ein bisschen auf, wenn man schon kein Ziel hat, sollte man wenigstens noch geradeaus gehen können.

Die Nacht ist kühler, als du gedacht hättest, du würdest dir gerne etwas überziehen. Deine Jacke fällt dir ein. Sie liegt immer noch in dem Nest, aus dem du heute Morgen gestoßen wurdest. Du überlegst kurz, dir einen Ölzweig ins Maul zu stecken und zurückzugehen. Oder einem Pakistani eine Rose abzuknöpfen und sie auf ihrer Fußmatte zu zertreten. Eine Rose bleibt keine Rose, so wie alle deine Lieben immer zerbrochen und verdorrt sind. Unkraut vergeht nicht, und du landest immer wieder aufs

Neue in dieser Situation, der Wurzellosigkeit. Aber besser kein Halt unter den Füßen als ein Zweig im Gebiss.

Dein Problem ist: mit Poesie nicht zu lösen. Dein Problem ist: dass du langsam mal ins Bett solltest. Dein Problem ist: Du hast keines. Du weißt nicht, wohin, aber du weißt, dass du dich darum kümmern müsstest. Du müsstest endlich irgendjemanden anrufen, eine Exfreundin, einen Freund, deine Schwester, aber du fühlst dich sogar zu schwach, den lieben Gott um Hilfe anzuflehen.

Lama asabthani? Lama asabthani?

Lachhafter Versuch. Lass das Gelalle. Du bist allein. Halt dich an deinen Hosentaschen fest und versuch, nicht zu torkeln. Wenn du damit beginnst, ist die Nacht gelaufen, das weißt du doch. Betrunken wirst du keinen Unterschlupf finden. Wer holt sich schon eine Schnapsleiche ins Bett? Wenn du zu besoffen bist, dann bleibt dir nur noch deine Kreditkarte und ein Hotel. Als du das letzte Mal allein und sternhagelvoll warst, bist du mitten in der Nacht in einem Zimmer im Hilton aufgewacht. Dass es das Hilton war, wusstest du nur, weil das auf dem Aschenbecher neben dir stand. Ansonsten wusstest du weder, wie du dorthin gekommen warst, noch, wieso du mitten auf dem Fußboden lagst – bäuchlings und vor tonlos laufendem Fernseher, in dem sie gerade zeigten, wie eine Hyäne eine Hirschantilope zerfetzte.

Du hast dich gefühlt wie ein Stück Aas, das sogar die Geier verschmäht haben. Du hast deinen Kadaver aufs Bett gehievt und hättest am liebsten ins Kissen gebissen, aber dafür warst du zu schwach.

Wenn Alkohol seine Wirkung verliert, wirst du grundsätzlich depressiv. Vielleicht, weil die Leber von allen Organen das traurigste ist. Zwei alte Lappen, die das Gift aus dem Körper wischen und dafür Galle produzieren. Vielleicht aber ist seit Friedes Unfall auch einfach nur dein Hirnstoffwechsel aus dem Takt. Weil du deine ganze Kindheit über immer nur über das lachen konntest, worüber Friede gelacht hat, und du dich immer nur vor Friedes Hirngespinsten gefürchtet hast, und wenn Friede Durst hatte, wolltest du ebenfalls trinken, und als Friede beschlossen hatte, die Pet Shop Boys gut zu finden, da hast du dann eben die Pet Shop Boys gehört. Du wolltest immer so sein wie sie, die große Schwester, ihr kleiner Bruder, das eine kann ohne das andere nicht sein, nicht Schwester, nicht Bruder, nicht groß, nicht klein. Als Friede dann nach Budapest gegangen war, um Medizin zu studieren, wurdest du natürlich eigenständiger, hast dich aber immer noch bei allem, was du tatest, gefragt, was Friede wohl dazu sagen würde. Wie sie handeln würde.

Und? Was würde Friede jetzt tun? Würde sie Linda etwa um einen Platz auf der Couch anflehen? Natürlich nicht. Auf einmal wird dir schmerzhaft klar, warum Friede damals nicht um Hilfe gerufen hat. Sie hätte Linda niemals angerufen, weil sich die beiden immer fremd geblieben waren. Und sie hätte dich nicht angerufen, weil ihr euch immer zu nahe standet. Zwischen dich und Friede hätte kein Problem mehr gepasst.

Nein, Friede würde niemals einen von euch um Hilfe bitten. Sie würde sich in diese Nacht einfach fallen lassen. So, wie sie sich in jedes Dunkel gestürzt hat und zuletzt in das Nichts.

Friede. Einfach weg.

Du fragst dich, ob das sein kann: dass die Spiegelneuronen in deinem Kopf nichts mehr haben, was sie spiegeln könnten. Dein Hirn einfach hohl dreht. Was ist ein Spiegel ohne etwas, das sich darin spiegeln kann? Ist ein Spiegel mehr als das Bild, das er zeigt? In Situationen wie dieser jetzt, wenn du allein und betrunken bist und diese Gedanken an Friede wie Dampf aus deinem Bauch aufsteigen, kann die Nacht noch so klar und kalt sein: Du fühlst dich benebelt. Ein beschlagener Spiegel, aber keiner da, der ein Herz hineinmalt.

Auf einmal bist du am Ufer der Spree, an einem von Bäumen gesäumten Weg. Sand scharrt, ein kleiner Schreck, ein Penner krächzt, leg dich zu ihm oder spuck dein abscheuliches Schicksal in den Fluss. Du hast kein Bett heute Nacht, du könntest die Fragestunden bis zum Morgengrauen unter einer Brücke verbuddeln, dort, wo das Wasser dunkel etwas von der Antwort murmelt, die du nicht verstehst. Aber damit hättest du diese Nacht ja doch wohl maßlos überinszeniert.

Wenn du noch eine halbe Stunde spreeabwärts gehst, kommst du direkt beim Joseph raus. Dem Club, der früher dein Lieblingsclub war. Dem Club mit der längsten Schlange der Stadt. Dem Club, in dem die Musik immer so hasserfüllt wie eine Pumpgun im Anschlag war, die Gesichter der Baristas hinterm Tresen in Unerschrockenheit erstarrt. Dem Club, in dem Mädchen ihre bloßen Bäuche in den Blitzkrieg der Strobos reckten, ihre flachen, weichen Bäuche, und dabei die Augen schließen mussten, wegen ihrer tiefen Gefühle. Als du noch mit Maria zusammen warst, wart ihr quasi von Freitagabend bis Sonntagmittag dort. Maria. Als du noch mit Maria zusammen warst, fandest du das enorm lustig: mit Maria ins Joseph zu gehen. Du mochtest die Assoziationskette: unbefleckte Empfängnis, Klaren trinken, ohne sich zu besudeln, torkeln, ohne zu kleckern, hinterher Sex mit Verhütung. Na gut, ihr habt das letzte Glied der Kette meistens ausgelassen, weil ihr an Abenden im Joseph meistens so sehr auf Pille wart, dass ihr danach überhaupt nicht hättet vögeln können. Stattdessen habt ihr euch das Gefieder geputzt und die Wangen gestreichelt, den verschwitzten Hals, die Kehle; ihr habt euch den hetzenden Puls geherzt, habt euch im Serotonin-Überfluss gebadet, ihr habt mit den Schnäbeln geklappert, und eure Wimpern haben geflattert im Glück. Augen zu, Mund auf: *Sweet Dreams are made of this*. Ecstasy liebt dich, wie dich noch keine geliebt hat.

Inzwischen bist du fast am Joseph angekommen. Tu bitte nicht so, als sei das reiner Zufall. Mag sein, dass dich die Spree hierher zurückgespült hat, aber, sei ehrlich, gegen die Strömung gekämpft hast du nicht. Tu nicht so, als würdest du zögern. Natürlich gehst du hinein.

Als du im Joseph noch quasi zu Hause warst, hast du dich immer, ohne zu zahlen, am Türsteher vorbeigedrückt. Aber jetzt ist der Türsteher neu, das Mädchen an der Kasse ist neu, und die Eintrittspreise haben sie auch angepasst. Sieben Euro will die Kassenschlampe von dir. Sieben Euro, früher hat man vielleicht sieben Mark gezahlt, aber gut, das muss drin sein, stell dich nicht so an, du besuchst das Joseph ja nicht mehr als dein Wohnzimmer, sondern als ein Museum. Museum heißt aber noch lange nicht, dass das Gebotene Kunst ist. Also: Schau bitte nicht so demütig drein. Dass sich Clubbesucher am Einlass immer so devot geben müssen.

Vorhang auf, Ferdi rein: Nach der klaren Luft am Fluss haut dir der Club seine Faust ins Gesicht. Der Beat zerschlägt die Zeit wie mit der Axt in Achtel, offensichtlich ist wenigstens das Programm noch das Alte: Nebel, Blitze, dazu der Bass, der dir abwechselnd gegen Zwerch- und Trommelfell tritt und garstig durch deinen Gehörgang scheppert. Hammer, Amboss, dein Puls wird vom DJ geschmiedet. *Put your hands up in the air,* in die die Lichtmaschine ihre ununterbrochenen Salven schießt. Ob der Raum voll oder leer ist, erkennst du nicht – nur hier und da ein verzweifelt zuckendes Hosenbein, eine Hand, die sich aus dem Trockeneis-Rauch streckt, als wolle sie nicht ertrinken. Hitze. Durst. Du steuerst die Bar an, läufst hier und da in einen Menschen rein, streifst mit dem Arm verschwitzte Haut, stolperst über eine leere Flasche am Boden. Auf einmal taucht ein Gesicht vor dir auf, das dich an früher erinnert, an einen Typen, den du kanntest. Er starrt dich an und erkennt dich nicht, aber du bist dir auf einmal sicher, dass er schon damals hier war, sein Name fällt dir nicht mehr ein, aber er ist es. Der Typ, Tom? Tobi?, sieht aus, als sei er keinen Tag weg gewesen und hätte auch vor, hier zu sterben. Sein Gesicht ist grau wie ein zerfallener Plattenbau, die Pupillen groß wie Bombenlöcher. Ob du auch so abgestürzt wärest? Nein, du hattest es immer unter Kontrolle, immer das Steuer in der Hand.

Nur jetzt gerade läuft das alles so ein bisschen aus dem Ruder. Du wirst schließlich in die Nähe der Bar gespült, ein UFO, das aus dem Dunkel auftaucht, sie müsste eigentlich die Auserwählten retten, nicht die Verdammten. Du drückst dich zwischen ein paar Schultern durch bis dorthin, wo der Tresen dir Halt gibt. Hier ist es kühler, die Sicht ist klarer, türkise Absinth-Flaschen werden von unten beleuchtet, Gläser glänzen, die Regale sind aus Stahl. Jeder Handgriff des Barmanns sitzt, schwer cool der Mann, ein Gesicht wie ein Bulldozer, seine Augenringe hängen auf sechs. Er schaut dich mit seinem Jim-Beam-Blick an, aber du bestellst eine Cola und kommst dir vor wie ein Kleinkind, das an der Tanke nach Mini Milk fragt, aber noch mehr Alkohol schafft dein Magen heute nicht. Du kippst das Fläschchen, während irgendein Idiot in deinem Rücken im Rhythmus der Musik auf der Stelle springt. Er drückt deine Brust stoßweise gegen die Theke. Du musst hier mal ganz schnell raus.

Als du die Tür zum Herrenklo öffnest, fliegt dir ein Junge mit orangefarbenem T-Shirt entgegen. Er blutet an der Stirn und schreit. Am anderen Ende des Ganges geben zwei Baseballjacken gerade den Gorilla, der eine streicht sich schnaufend den gegelten Schopf aus dem Gesicht, der andere klappt ein Butterfly-Messer auf. Rechts von dir in der Ecke hockt ein dickes Mädchen in Trainingshosen und brüllt irgendetwas in einer Sprache, die du nicht verstehst. Trotzdem ist dir klar, worum es geht. Zumindest ist dir klar, dass es nicht um das Mädchen geht. Um das Mädchen selbst geht es eigentlich nie. Du schließt die Tür und gehst eine weiter.

Bei den Waschbecken des Mädchenklos sitzen mehr Jungs als Mädchen, aber ob Männlein oder Weiblein, sie sind alle gleich drauf. Es ist wie früher, als du grundsätzlich nur aufs Mädchenklo bist. Es wird immer noch glasig geblickt und schädelbreit gegrinst, ganz so, als sei der Club zwischen damals und heute kein einziges Mal runtergekommen. Zwei Mädels kuscheln sich an die weißen Kacheln, ein Junge mit nacktem Oberkörper zuckt rhythmisch mit seiner Schultermuskulatur und sieht sich im Spiegel beim Kaugummikauen zu. Du steigst über die ausgestreckten Beine der Leute, die an die Wand gelehnt am Boden sitzen, und quetschst dich an einem Mädchen vorbei, das in silbernen Hüfthosen im Türrahmen lehnt und sich langsam den Bauch streichelt. Du lässt die Hosen runter und setzt dich aufs Klo, ziehst die Schultern zusammen und hoffst, dass niemand da draußen die Geräusche hört, die dein Darm möglicherweise gleich macht. Du hast zu viel Bier getrunken. Du musst kacken und würdest das gerne heimlich tun. Ohne Geräusche. Wenn du jetzt auch nur eine Sekunde unkonzentriert bist. Konzentrier dich. Lass es nicht sausen. Es knattert, aber diskret. Das Platschen geht in dem Rauschen der Party draußen unter. Das ging gerade noch gut, aber dafür stinkt es bestialisch. Du spülst schnell. Dir ist schlecht.

Du bist hier nicht zu Hause. Dein ehemaliger Lieblingsclub ist inzwischen zum Schweinestall geworden, die Unterschicht hat sich eingenistet. Parasiten. In der Kabine stinkt es nun nach Verwesung. Du spülst. Du würdest gern kotzen. Die Leute von früher, alle weg. Alles Scheiße. Alles Proleten. Alles wird gut, du Armer.

Du legst die Unterarme auf die Knie und lässt den Oberkörper hängen. Der Gestank verflüchtigt sich langsam. Du bist besoffen, du hast bald die zweite Nacht durchgemacht, deine Glieder sind triefend schwer, aber trotzdem klamm, eine Ladung Wäsche, die man über Nacht vergessen hat und einen Tag zu spät aus der Maschine holt. Ausgespült. Durchgedreht. Ein Socken, dem der Partner fehlt. Ob dich heute noch jemand von der Leine nimmt? Und warum hat Friederike die Seile gekappt? Und warum fällt dir immer, wenn es dir schlecht geht, Friederike ein? Na gut. Schließ die Augen und kuschel dich noch einmal zwischen die Knie. Erhol dich ein bisschen. So traurig es ist: Deine Nacht hat gerade erst angefangen.

Heiner

Deine Backen zucken zusammen vor Schreck. Die Klobrille ist ziemlich kalt, brrr, und das nur, weil Ulla das Fenster offen gelassen hat, obwohl es doch Nacht ist und es die ersten Mücken gibt, Mücken, die das Licht lockt, sie folgen dem Licht mit demselben Zwang, mit dem Frauen um Kaschmirpullis im Sonderangebot kreisen. Gut, dass du nachts immer im Dunkeln pinkelst und nur die Tür zum Flur einen Spalt offen lässt. Wenn die Kinder bei offener Tür schlafen dürfen, dann werde ich doch wohl bei offener Tür aufs Klo gehen dürfen, hast du immer gesagt. Hoffentlich ist das Licht im Flur nicht so hell. Dass nur die Mücken nichts riechen. Dungmücken. Haarmücken. Pilzmücken. Trauermücken. Gallmücken. Schmetterlingsmücken. Netzmücken. Stechmücken. Kriebelmücken. Zuckmücken. Gnitzen. Schnaken. *Nematocera*. Haben dich alle nie besonders interessiert. Stechmücken, *Culicidae*, sind eher ein Ärgernis als ein Forschungsobjekt, hast du immer gesagt, die Kollegen haben gelacht über ihren Mensatabletts mit dem Standardgericht I und dem Schälchen mit Bohnensalat und Bananenquark, sie haben gelacht und nicht geahnt, wie ernst der Gedanke dahinter ist, *Aedes sticticus*, ein Ärgernis, fast so schlimm wie *Culex pipiens*. Dein Schwanz baumelt knapp über dem Wasser in der Schüssel, aus der Mücke hast du schon lange keinen Elefanten gemacht, nix mehr los da unten, und jetzt läuft auch nix, obwohl du doch gerade eben noch musstest. Du hast es mit den Insekten gehalten wie mit den Frauen, ein bisschen was muss schon dran sein, *Nematocera*, zu zarte oder zu dünne Frauen, das ist alles nichts für dich. An Ulla war ja auch mal was dran. Na, na, na, Heiner, das war jetzt aber böse, aber es stimmt ja auch, und seit sie ständig auf Diät ist, gefällt dir nicht einmal mehr ihr Arsch. Ein Trauerspiel.

Du rutschst ein Stück zurück, dein Hintern schiebt sich jetzt vom inzwischen angewärmten auf den hinteren Teil der Brille, der immer noch tödlich kalt ist. Jaaa, brrr, nicht wahr? Aber kein Wunder, wenn nachts das Fenster offen steht. Du solltest es zumachen, aber das würde bedeuten, aufstehen zu müssen, und dazu bist du jetzt doch zu müde, obwohl du gerade eben noch so wach warst. Müde. Würdevolle Mürbigkeit des Fleisches. Inzwischen muss es schon spät sein, Ulla schläft schon, sie war beim Sport, da schläft sie wie ein Baby, friedlich, wie früher nach dem Sex, ein oder zwei samtige Seufzer, und noch während sie dir über die Wange gestreichelt hat, ist sie weggeschlummert, satt, zufrieden, wie heute nach dem Sport. Unter Mücken kann es manchmal zu suizidalen Kopulationen kommen, Kamikazeficks, wenn das Männchen nach der Begattung seinen Genitalapparat im Weibchen stecken lässt, wegfliegt und stirbt. Wozu wir doch fähig sind, Spermakonkurrenz, alles unbewusst, lieber sterben, als einen anderen ranzulassen.

Es läuft nichts. Du sitzt auf dem hinteren Rand der Brille, öffnest die Oberschenkel und schaust deinen ergrauten Penis an, mitfühlend. Wie der Kollege da hängt und nicht kann. Du nimmst seine Wurzel in die rechte Hand und schüttelst ihn ein bisschen hin und her. Trotzdem läuft nichts. Nix mehr los da unten, alter Sack, grau und verschrumpelt, ein Wurm im Schnabel eines Vogels, ein totes Kaninchen im Maul eines Jagdhundes, und auf einmal fängt dein Hasenherz wieder an zu hoppeln. Dir fällt eine Zahl ein, die sie neulich im Fernsehen gebracht haben. Du hast dich getäuscht: Der Mensch stirbt nicht für das eigene Sperma. Die meisten Selbstmordversuche werden von Menschen unternommen, die 70 Jahre und älter sind.

Ulla

Jetzt hat dich dieses Arschloch aufgeweckt und damit ist es gelaufen. Wenn du erst einmal aufgewacht bist, dann kannst du soviel Valium drin haben, wie du willst, dann kannst du die Nacht vergessen. Du hörst ihn stöhnen. Du wälzt dich auf die andere Seite. Er hat mal wieder die Klotür offen gelassen. Er hat von Anfang an die Klotür offen gelassen. Schon immer kein Schamgefühl gehabt. Schon in eurer ersten Nacht ist er, gleich nachdem ihr miteinander geschlafen hattet, aufs Klo gegangen und hat die Tür offen gelassen. Wasser zu lassen, das war für ihn eine ebenso natürliche Angelegenheit wie Wasser zu trinken. War für ihn ebenso natürlich wie Essen, Aufstoßen und erbärmlich stinkende Gaswolken in den Raum zu stellen, so wie andere Leute einen Kommentar zur Lage der Nation. Der Fisch stinkt vom Kopf her. Heiner nicht. Politische Kommentare hat sich Heiner immer gespart. Gott sei Dank.

Am Anfang haben sich Heiners Schamlosigkeiten immer noch angefühlt wie Vertrauensbeweise. Er hat das ja nicht in der Öffentlichkeit gemacht, sondern nur vor dir. Im Vertraulichen. Trauten Heim. Absolutes Vertrauen, als sei eure Beziehung eine Verschwörung nach außen, deren Geheimnis es ist, dass sie keine Geheimnisse kennt. Keine Tabus. Aber in Wirklichkeit hat er sich ja nur deshalb nicht vor dir geschämt, weil er dich nicht als jemanden wahrgenommen hat, vor dem er sich hätte schämen müssen. Weil er dich nicht geachtet hat. Weil er dich für vulgär genug hielt, sein tagtägliches pressendes Stöhnen, sein immergleiches *der drückt mich nimmer* nicht vulgär zu finden. Der drückt mich nimmer. Zufrieden. Stolz. Als hätte er ein trojanisches Pferd aus dem Darm gedrückt. Einen Gegner beseitigt. Jede offene Klotür eine Beleidigung, jeder Furz ein Sieg. Erst jetzt im Alter scheint er seine Kampflust zu verlieren. Seit er alt ist, macht er die Klotür immer öfter zu. Zumindest, wenn du in der Nähe bist. Oder wenn er glaubt, dass du in der Nähe bist. Er schließt die Klotüre zu und dich aus seiner Intimsphäre aus. Teufel weiß, was er macht, wenn er sich einsperrt. Ein Fegefeuer in der weißen Schüssel? Kochendes Pech, beißender Schwefel, und am Rand hängt ein Klostein mit Bergfrühlingsduft? Du willst es gar nicht wissen. Eigentlich müsste dir das nur recht sein, dass er sich einsperrt. Weil du Heiners Intimsphäre schon so lange nur noch als penetrante Impertinenz empfunden hast. Eigentlich müsstest du froh sein, wenn er die Tür in letzter Zeit immer öfter tatsächlich schließt, ganz so, als hätte es nur vier Jahrzehnte Vorwürfe gebraucht, um einen kleinen Punkt für dich zu verbuchen. Du müsstest froh sein. Wenn es nicht andererseits auch beleidigend wäre. Dich auszuschließen. Ein Geheimnis zu machen. Aus so einer Kleinigkeit wie einem großen Geschäft. Einen Graben zu heben durch euer Leben, ein Loch zu schaufeln für etwas, was doch längst kein Geheimnis mehr ist, für etwas, was er ja doch nicht mit ins Grab nehmen wird. Er beginnt, dich auszuschließen. Du hast wirklich keine Ahnung, was er dort macht. Du fragst es dich auch gar nicht. Stellst nur fest, dass er dich immer öfter ausschließt. Sobald du in der Nähe bist, schließt er sich ein.

Vielleicht liegt das daran, dass Heiner kein Biologe mehr ist, sondern Pensionär. Früher hast du dir das manchmal mit seinem Biologensein erklärt, dass Heiner keine natürliche Schamgrenze hat. Weil er die Natur einfach natürlich finden muss. Und du hast dich gefragt, wie es dann folglich wäre, mit einem Gynäkologen zu schlafen. Ob einer, der berufsmäßig Schamlippen aufklappt, in einer Muschi noch etwas anderes sehen kann als einen Fall, eine symptomatische Zone. Ob ein Gynäkologe in deiner Muschi blättern würde wie in einem medizinischen Wörterbuch. Hast du dich gefragt. Ob er mit deiner Vagina lateinisch sprechen würde. Du hast dir das manchmal vorgestellt, dass einer mit deiner Möse lateinisch spricht, es hat dich erregt. Du kannst kein Lateinisch. Du bist die Einzige in dieser Familie, die weder Latein noch Englisch kann. Heiner hatte Bücher voller lateinischer Namen. Die Kinder hatten Latein und Englisch in der Schule gehabt. Und du? Du hast nicht mal Abitur. Du wusstest ja nicht einmal, was die Namen auf den Speisekarten bedeuteten, in den Restaurants, in denen du früher bedient hast. Erst später hast du von deinen neuen Freundinnen, den Akademikergattinnen gelernt, was das alles ist: Entrecôte, Panna Cotta, Clotted Cream. Irgendwann rollten dir die Worte genauso leicht über die Zungenspitze wie ihnen. Es ging ganz leicht. Du hast den Feinschmecker gelesen und ELLE bistro, aber selbst als du bereits Nigiri- und Maki-Sushi auseinanderhalten konntest, hast du dich immer noch wie die Kellnerin im Schürzchen gefühlt. Nicht bei deinen Freundinnen, nein, für deine Freundinnen warst du eine von ihnen. Aber für Heiner warst du das Mädchen vom Tresen geblieben. Er hat dich das dein Leben lang spüren lassen: dass du nicht mehr als eine dumme, ungebildete Kellnerin warst. Ein Bienchen. Ein flottes zwar, aber höchstens zu einem Summen in der Lage, niemals zu einem Kommentar. Wie oft standest du in seiner Bürotür, um ihn zum Essen zu holen, und er hat dich fortgewunken wie eine Fliege vom Waldfruchtsorbet? Wie oft hat er dich genervt aus dem Raum gewischt, nur weil er sich über einem Forschungsbericht die Haare zerzauste? Wie oft hättest du ihm gern dieses blöde Flaschenschiff über seinen C4-Quadratschädel gezogen, dieses Ding, das daran schuld war, dass er zwei Monate oder Jahre lang alles andere, und vor allem dich, vollends vernachlässigt hat? Was hast du dir die Seele aus dem Leib gebrüllt, als er nichts anderes mehr als diese blöden Indienreiseführer im Kopf hatte? Als ob es in Indien etwas anderes gäbe als Reis, Schweiß und Elend? Und? Hat Heiner hat je auf deine Einwände reagiert? Nein. Nie. Wenn er die Klotür offen lassen wollte, hat er sich taub gestellt und so getan, als hörte er von dir nichts, nur ein Summen. Dir ist zum Schreien zumute. Was würde Heiner machen, wenn er dich jetzt durch die offene Klotür heulen hörte? Wenn er hören würde, wie sein Bienchen wütende Tränen in seine Einzelwabe weint? Würde er kommen? Und was würdest du tun, wenn er käme? Du würdest es ihm nicht erlauben, dich zu trösten. Du würdest ihn aussperren, dein Gesicht im Kissen verstecken und seine fragende Hand abschütteln, als sei er ein Insekt. Ihn vertreiben wie eine unnütz gewordene Drohne. Du hasst ihn, aber hasst du ihn genug, um deinen Stachel auszufahren und ihn zu stechen? Na? Siehst du? Also lass stecken. Ansonsten könntest du jetzt auch rüber ins Bad gehen und ihm die Klobürste ins Maul schieben, so tief, dass ihm das Stöhnen ein für alle Mal vergeht.

Linda

Dein fundamentales Problem ist, dass dir das Fundament fehlt. Du stehst nicht mit beiden Füßen auf der Erde, sondern schrammst mit deinen zerschürften Fersen immer nur am nächsten Abgrund vorbei. Du bräuchtest mal wieder einen Mann. Bräuchtest? Du brauchst einen Mann. Du hast immer einen Mann gebraucht. Seit deinem 14. Lebensjahr hast du kontinuierlich in Beziehungen gelebt. Wenn du das sagst, kommt das zwar immer allen ein bisschen albern vor, weil man mit 14 vielleicht Tagebuch führt, aber doch keine Beziehung, weil man mit 14 vielleicht mit jemandem geht, dabei aber doch nicht viel mehr wagt als einen hastigen, vielleicht auch tiefen, auf keinen Fall aber innigen Kuss knapp über der Wasseroberfläche des Familienbeckens im Freibad. Und selbst, wenn man frühreif ist, dann spielt man doch nur Miteinanderschlafen, so, wie man vorher im Kindergarten Vater-Mutter-Kind gespielt hat. Mag sein, dass man dabei an seine Rolle glaubt. Aber man liebt sich doch nicht, nur weil man ein paar Minuten miteinander stöhnt.

Deine erste Beziehung war aber nicht albern. Du warst 14 und er 19, er hatte dich autostoppend am Straßenrand gefunden, an der Hauptstraße deines Vorortes, du warst gerade auf dem Weg gewesen zu einem deiner ersten eigenständigen Shopping-Ausflüge in die Fußgängerzone der Innenstadt. Du hattest dich zurechtgemacht für die Parfümerieverkäuferinnen, die dich ernst nehmen sollten, eine gefälschte Gucci im Haar, vier Zentimeter Absätze unter den Fersen und die Sechs-Millimeter-Zuchtperlen aus Mutters Schmuckkästchen im Ohr. Hast Brust raus, Daumen raus einen kühnen Zug um die Mundwinkel drapiert und dabei souverän in die Ferne geblickt, als auf einmal ein Alfa neben dir hielt, die Tür öffnete sich, der Wagen war tiefergelegt, sodass du eher in den Sitz gefallen als eingestiegen bist. Der Fahrer fragte dich, wohin, und du hast dich bemüht, ihm nicht ins Gesicht zu sehen, als du etwas von Innenstadt murmeltest: Du warst kühn, aber cool warst du nicht. So ganz wohl hast du dich in der Rolle der Tramperin nicht gefühlt. Ihr habt angefangen zu reden, du hast keinen blassen Schimmer mehr, worüber, weißt nur noch, dass du aus dem Fenster gestarrt hast, wo die Stadt vorbeibrauste, und du schüchternes Ding es nicht gewagt hast, den Fahrer direkt anzusehen, obwohl er so vertraut mit dir plauderte und das Geplauder euch bis in die Innenstadt trug. Du hast auch kaum aufgeblickt, als er auf einmal beim Café Roma hielt, er den Motor ab- und den Vorschlag rauswürgte, man könnte doch noch irgendwo einen Kaffee trinken, und du hast mit Blick auf das Handschuhfach genickt und zugestimmt, obwohl du Kaffee damals nicht ausstehen konntest. Du hast die Tür des Alfas mit einem Rums geschlossen, der so laut war, dass er sogar deine Herzklappen übertönte.

Du hattest das Gefühl, dass vor lauter Herzpochen sogar die Perlen an deinen Ohrläppchen vibrieren müssten, und hast dich trotzdem bemüht, so ruhig zu wirken, als gingest du nur mal eben bei McDonald's aufs Klo. Als sei das hier ein Fuffzig-Pfennig-Tagesgeschäft: Klar, wo man doch schon da sei, seid ihr eben ins Roma gegangen, ihr habt euch zu einem Tisch auf der Terrasse bringen lassen, du bist dem Kellner in die Sonne gefolgt, und er ist schräg hinter dir in deinem Schatten geblieben und hat dich dabei ganz galant gerade so an der Schulter berührt, dass er dich eben nicht berührte. Du hast stolz dein Kreuz gespannt, denn dass ein Mann eine Frau auf diese Weise durch ein Lokal führt, das kanntest du bislang nur aus Filmen. Du fühltest dich wie Audrey Hepburn auf dem Weg zu *Frühstück bei Tiffany*. Am Tisch sahst du, dass dein Begleiter zwar nicht so schön war wie George Peppard, dafür aber einen goldenen Siegelring trug. Den hat er dezent in die Sonne gehalten, souverän Cappuccino bestellt, und zwar mit Milchschaum, nicht mit Sahne – das hattest du vorher noch nie gehört. Er erzählte dir irgendwas von Italien, dann etwas von einem Landhaus irgendwo im Toskanischen, er kam auf seine Eltern zu sprechen, und dann erst unterbrach er endlich, ach ja, übrigens, und stellte sich dir vor: Hans Prinz von Hohenlohe. Er hat seinen vollen Namen genannt. Und du hast gar nicht so schnell nach Luft schnappen können, wie das Zucken durch deinen Körper fuhr: Du hattest dir einen Prinzen aus dem Einfallverkehr geangelt, einen Alfa-Fahrer, einen nicht besonders schönen, aber immerhin doch: einen Mann, der deinen Traum im Titel trug. Als du ihm sagtest, dass du Linda heißt, hast du im Kopf bereits ergänzt: Linda

Prinzessin von Hohenlohe. Im Traum trugst du bereits seinen Titel.

Du hast das Shopping sausen lassen und bist mit ihm noch ein paar Stunden im Café gesessen. Nach dem zweiten Cappuccino hast du wieder Herzklopfen bekommen, und du warst dir nicht ganz sicher, was davon noch der Espresso war und was schon deine Emotionen. Dein Kreislauf hat angefangen, Wiener Walzer zu tanzen, als du in der Nachmittagssonne den Prosecco getrunken hast, den er mit seinem Siegelring aus der Luft gewunken hat. Du wurdest schwach. Du hast ihm immer länger in die Augen gesehen. Und du hast deine Hand geöffnet, als er nach ihr griff. Dir ist ein bisschen mulmig geworden, als er trotz des Proseccos darauf bestand, dich nach Hause zu fahren, und noch viel mulmiger, als er wissen wollte, wo du wohnst, weil du auf einmal das Gefühl hattest, dass euer Vororthäuschen eines Prinzen nicht angemessen war, dass du, würde er es sehen, bei ihm verkackt hättest. Du ließt dich von ihm eine Straße weiter am Kiosk absetzen, du hast behauptet, du müsstest noch etwas besorgen. Er hielt dort, du warst außerhalb der Gefahrenzone, aber dir wurde trotzdem schon wieder mulmig, weil du fürchtetest, dass er einen Kuss wollen könnte, und gleichzeitig, dass nicht. Er verabschiedete sich mit einem Kuss auf die rechte Wange, und weil du vor lauter Hektik nicht geschnallt hast, dass das ein Bussi-rechts-Bussi-links werden sollte, seid ihr ungeschickt zusammengeprallt, und du stammeltest etwas und konntest dich in deiner peinlichen Bestürzung nicht einmal sofort über Bord werfen und aus dem Wagen flüchten, weil er, ich insistiere darauf, dich wiederzusehen, unbedingt noch deine Nummer notieren wollte. Als er wegfuhr, warst du Prinzessin und Erbse zugleich.

Ihr habt euch wiedergesehen. Im Roma noch einmal,

beim nächsten Mal zu einer Spritztour ins Grüne, Hans hatte das Hardtop abgenommen und brüllte gegen den Fahrtwind und die Fetzen aus der Stereoanlage an, dass der Alfa älteren Baujahrs sei als du. Später hat er auf einem Feldweg gehalten, die Musik leise gedreht und beim Knutschen auch die Hartschalen deines BHs entfernt. Am nächsten Abend hast du seine Freunde kennengelernt, die alle irgendwie *Jeunesse dorée* waren, ein Begriff, den du erst Jahre später gehört hast und den du seither mit Hans' Clique verbindest. Ihr seid in Bars gegangen, in denen erwachsene Männer mit Anzügen Pils tranken und Frauen mit Goldschmuck am Handgelenk sich lachend blonde Strähnen aus dem Gesicht strichen. Du hattest das Gefühl, dass du dazugehörst, obwohl du deine Cartier aus einem Sonderangebot bei Bijou Brigitte hattest. Ihr seid manchmal ins Kino und ein oder zwei Mal sogar zu einer Ausstellungseröffnung gegangen. Ziemlich bald habt ihr auch miteinander geschlafen, wobei du anfangs zittrig warst und dich gefürchtet hast, zu oft hattest du vom reißenden Schmerz des ersten Mals gelesen. Aber es tat gar nicht so weh, und du wurdest sicherer, obwohl dir deine eigene Muschi damals noch so fremd war wie ein exotisches Stück Südfrucht im Supermarkt. Du wusstest nicht genau, was mit ihr anzufangen war, aber du hast bereits etwas ersten Genuss geahnt. Die ersten Tropfen, ein heißer Stein, ein tiefer Augenblick, Hans im Glück.

Nach einer Zeit hast du aufgehört, Ekstase zu spielen. Deine Lust hat dich verstummen lassen, du hast dich nach innen gerichtet, eine stille Empfängnis. Als er dich zum ersten Mal über die Kante in einen Orgasmus gestoßen hat, hast du nur leise die Luft angehalten und die Augen verdreht, hast nur tief in deiner Seele geseufzt. Du warst 15 inzwischen, aber du warst auch eine Frau. Und vor allem: Du hattest eine Beziehung.

Deine Freundinnen in der Schule waren argwöhnisch oder neidisch, so ganz sicher warst du dir da nie. Hin und wieder hat Hans dich mit seinem Alfa von der Schule abgeholt, und wenn du zu ihm einstiegst, hattest du so viele Blicke im Rücken, dass sich die Haut in deinem Nacken automatisch noch ein bisschen straffte. Du warst so selbstsicher, dass sich die anderen kaum trauten, irgendwelche Fragen zu stellen. Wenn du Tanja oder Sonja mit verzücktem Blick und abgeklärter Stimme über deine Gefühle beim Orgasmus belehrtest, schauten sie finster und nickten ernst, ganz so, als wüssten sie, worum es bei der ganzen Sache ging.

Worum es bei der ganzen Sache ging, das haben Mama und Papa nie so richtig kapiert. Vielleicht lag das daran, dass sie gedacht haben, du seiest noch nicht so weit, so etwas zu tun, aber wahrscheinlicher ist, das sie selbst einfach noch nicht so weit waren, über so etwas zu reden. Sie waren arglos, als du begannst, bis Mitternacht auszugehen, und blieben es auch, wenn du drei Stunden später kamst. Vielleicht haben sie ihrem Misstrauen aber auch einfach keine Leine gelassen, vielleicht haben sie gemerkt, wie leicht reizbar du ihnen gegenüber warst, und wollten es vermeiden, euer entzündetes Verhältnis mit scharfen Verboten noch weiter wund zu kratzen.

Erst als Töchterchen Tiffany die goldgeschmückten Fingerchen nicht einmal mehr am Frühstückstisch blitzen ließ, bestanden sie darauf, endlich einmal den jungen Mann zu Gesicht zu bekommen, um den es ging. Aber das ging nicht. Auf gar keinen Fall. Papa konnte bestehen, worauf er wollte – du hättest nicht nur einen blutigen Streit, sondern sogar einen Buckel voller Striemen in Kauf genommen, um zu verhindern, dass dein junger Mann die Wahrheit über deine Eltern erfuhr. Du konntest Hans nicht nach Hause bringen. Nicht solange da einer

Sandalen trug. Nicht solange da diese zwei durchgehockten Sofas im Wohnzimmer standen und nicht solange deine Scheißgeschwister mit dreckigen Tennissocken und viel zu großen Heavy-Metal-T-Shirts Toast Hawaii aus der Mikrowelle verschlangen. Du konntest ihn nicht in ein Haus bringen, in dem es nach Erbseneintopf roch, denn obwohl es bei euch doch nie, nie, nie Erbseneintopf gab, nahmst du, seit du Hans kanntest, diesen Geruch ganz deutlich wahr. Bei euch daheim roch es wie bei Proleten, selbst wenn es zu Mittag Krabbenconsommé mit Champagner gab. Vor jedem Date mit Hans hast du dich heimlich in eine Wolke aus Mutters Fläschchen *Coco Chanel* gestellt.

Als du das letzte Mal an Weihnachten nach Hause gekommen bist und dich an Mamas freudigen Umarmungen vorbei ins Wohnzimmer gedrängt hast, war dieser Prollgeruch von Erbsensuppe immer noch da. Und eine weitere Note hatte sich in die Stube geschlichen: der Geruch von alten Leuten. Dieser säuerliche Dampf, der aus tiefen Falten steigt. Betablockerschweiß. Östrogenpisse. Ganz deutlich und so aufdringlich, dass du dich nicht freuen, nicht erschrecken, ja nicht einmal ein Gefühl von Nachhausekommen empfinden konntest, sondern einzig und allein die Ausdünstungen, die sich dumpf wie ein nasses Taschentuch über deine Stimmung legten, dein psychästhetisches Zentrum anästhesierten.

Ostern wird der Horror, so viel ist klar.

Ferdinand

Herrje, das kann doch nicht so schwer sein. Du musst nur die Jeans über den Arsch bekommen, ein Knopf, Reißverschluss hoch, die Gürtelschnalle ins letzte Loch. Aber du hörst nur deine Ohren pfeifen und deine Lungen rasseln: Abschiedsblues. Fang jetzt nicht wieder an, sentimental zu werden. Heute geht es einzig und allein darum, heil aus der Nacht zu kommen. Allerdings musst du dazu erst mal aus dieser Klokabine raus. Also: Hosenstall zu. Nimm die Klinke in die Hand, öffne mit einem Ruck die Türe, balancier zwischen den Beinen der Vollgedröhnten im Vorraum hindurch. Geh zu einem der Waschbecken und weih dein Antlitz mit pisswarmem Wasser. Und jetzt: Kämpf dich zur Tanzfläche durch. Dräng dich mitten in die Horde, heb die Arme und erteil den armen Seelen deinen torkelnden Segen. Fall dem Beat in den Rücken, dreh dich im Kreis, immer die Arme in der Luft, die dir natürlich prompt ausgeht, denn natürlich hast du keine Kraft mehr zum Tanzen, aber der Fisch in der Pfanne ist ja in aller Regel auch schon tot. Nach einer Minute ist dein Puls auf 160 bpm, du bleibst stehen, Schwindel, Gefühle, der Boden öffnet sich unter deinen Füßen, du machst die Augen zu, der Abgrund ist in dir. Du versuchst tief einzuatmen, kriegst aber nur Rauch ohne Sauerstoff, dir wird eng um die Brust, etwas umklammert dich, schreit deinen Namen, eine Erinnerung küsst dich, du verlierst das Gleichgewicht und landest seitlings im Dreck des Dancefloors. Eine leere Bierflasche rollt vor dir weg und verschwindet zwischen zwei Turnschuhen mit Plateau, aus denen Beine in Netzstrümpfen wachsen. Als du dich wieder aufrappelst, drückst du mit der Handfläche eine glühende Kippe am Boden aus.

Wie gesagt: Deine Nacht hat gerade erst angefangen.

Eine letzte Stufe noch, Vorsicht, so ein Mist, jetzt stolperst du doch. Ullas Schuhe. Pumps, die dir damals wie heute zur Falle werden. Immerhin bist du diesmal nicht gestürzt und findest schnell in dein Gleichgewicht zurück. Du versenkst dich im Sofa und bringst dich unter der Decke in Stellung. Du wartest darauf, dass dir jemand ein bisschen Schlaf zuspielt. Jede Nacht das Gleiche, eins zu eins ist längst vorbei, wie lang schon, du ahnst es. Dein Schlaf ist schreckhaft, und ins Ehebett wagt er sich schon lang nicht mehr.

Der Fernseher läuft noch, ohne Ton. Natürlich kommt um diese Zeit nichts, was dich interessieren würde. Aber nichts, das ist immer noch besser, als nicht schlafen zu können. Da, immerhin: Im Ersten beginnen gleich Nachrichten, Junkfood für deine gefräßige Vergesslichkeit. Die meisten Menschen können sich schon wenige Minuten nach der Tagesschau an kaum eine Meldung mehr erinnern. Du gehörst dazu. Der Fernseher schweigt himmelblau, die Uhr tickt tonlos zur vollen Stunde und zählt dich aus. Du lässt den Kopf auf die Sofalehne sinken, der Nachrichtensprecher sieht zu jung und einsam aus. Du stellst dir vor, dass er allein im Studio ist. Dass er seinen Text in die Kamera spricht, ein schwarzes Glasauge, ein Weltall, die Nacht. Dass er ihn für einen einzigen Zuschauer spricht, für dich, ernst, müde und feierlich, und nicht ahnt, dass du ihn stummgeschaltet hast, ihn betrachtest wie einen einsamen Goldfisch im Glas. Na los doch, hab Erbarmen. Gib ihm seine Stimme zurück. Aber nicht zu laut, sonst wacht das ganze Haus auf, kommen die alten Geschichten wieder nach oben, kommen die dummen Gedanken hervor.

Sie kommen auch so. Du kannst nicht mehr schlafen,

schon lange nicht mehr. Du schläfst nicht, wenn Ullas leises Schnarchen oben im Schlafzimmer seine ruhigen Runden dreht, du schläfst nicht, auch wenn dein Puls immer langsamer geht. Du schläfst nicht, wenn sich draußen das Mondlicht stumm gegen das Fenster wirft, wenn deine Armbanduhr in der Schublade des Nachtkästchens tickt, wenn in deiner Bettdecke das Daunenmeer rauscht. Du schläfst nicht mehr, du verfällst in Totenstarre, du starrst wach und wächsern an die Zimmerdecke.

Über dir sitzt ein Weberknecht. Er beobachtet dich.

Nacht für Nacht geht das so. Es ist immer das Gleiche. Du starrst an die Decke und versuchst zu schlafen. Deine Gedanken kreisen, dein Hirn dreht hohl, du strampelst auf der Stelle. Du drehst dich linksherum und rechtsherum und trittst irgendwann die Flucht vor die Glotze an.

Der Nachrichtensprecher murmelt immer noch euer Geheimnis, eine einsame Erzählung vom traurigen Zustand der Welt. Er sieht dich durch sein schwarzes Auge an, und du, am anderen Ende, machst endlich die Augen zu und siehst deinem Schlaf ins Gesicht, rollst weg, ein paar Minuten nur, und schon drängt wieder ein Traum hervor, er ist blutig, er schießt dich wieder zurück ins Wach, du schreckst hoch, du kannst nicht mehr schlafen, aber wieder und wieder nickst du ein, wachst auf, krallst dich in deine Decke, der Schlaf schüttelt dich ab, er will dich nicht, als seiest du ihm lästig, so wie du dir selbst eine Last bist. Du atmest schwer. Wenn du so durch die Nacht stolperst, denkst du nicht darüber nach, ob du senil oder schuldig bist, denn wahrscheinlich bist du beides, und am Ende hast du ja doch einfach nur Angst.

Nur *ein* Hund ist des Hasen Tod. Da liegt der Hase im Pfeffer.

Wenn das hier eine Art Feldexperiment sein soll, dann hat sich der Versuchsleiter nicht gerade viel Mühe gegeben. Diese Frau sieht älter aus als Maria. Ihre Haut ist schlecht, zwischen Wangen und Mundwinkeln pflügen sich tiefe, dunkle Furchen durchs Gesicht, Falten, die typisch sind für Menschen, die zu lange ihre Leber missbrauchten. Die Frau sieht müde aus, obwohl sie es ganz offensichtlich nicht ist. Maria hat sich verändert. Früher, da hat etwas gelodert in ihrem Gesicht, aber darauf deutet heute nichts mehr hin. Du fragst dich, was das für ein Feuer war, damals, aber du erinnerst dich nicht; und du fragst dich auch, wieso von diesem Feuer nicht einmal mehr ein Glühen übrig ist, ob ihr die Glut einer zertreten oder ausgespuckt hat; aber du denkst nicht daran, dass das vielleicht nur deine Liebe war, die damals bei ihrem Anblick brannte. Asche zu Asche, dass das tatsächlich Maria ist. Sie sieht aus, als hätte die Nebelmaschine sie ein paar Nächte zu lang geföhnt, die Haare stumpf, der Teint fahl und gräulich. Dass das tatsächlich Maria ist.

Dabei war das doch eigentlich mal wieder typisch Maria: Sie ist dir in die Arme gesprungen, hat dich mit ihren knochigen Knien umklammert, hat dich in Grund und Boden umarmt, dich niedergerissen und wieder aus dem Staub geklaubt, hat deine Rechte mit beiden Händen umklammert und dich hinter sich her aufs Mädchenklo gezerrt, aufs Mädchenklo deportiert, du hast dich ziehen lassen und hast dabei nur auf ihren Hintern in diesem Ledermini geschaut, Kunstleder, das sieht sogar einer, der so etwas eigentlich nicht sieht. Du kannst es immer noch nicht ganz glauben. Dass das tatsächlich Maria ist. Aber heute glaubst du eh nichts mehr.

Maria lehnt sich gegen ein Waschbecken, du machst es

ihr nach und hältst dich am Beckenrand neben ihr fest. Ihre Pupillen sind riesig. Sie klemmt sich ein Grinsen zwischen die krampfenden Kiefer, sieht dich mit atompilzgroßen Pupillen an und stellt die nächste Frage nicht einfach, sondern fletscht sie zwischen den Zähnen hervor: *Wie lange ist das her?*

Die Frage dringt in dein Ohr und verwandelt sich in einen Seufzer. *Wie lange ist das her?* Natürlich weißt du die Antwort ganz genau. Sieben Jahre ist es her. Du könntest es ihr auf den Tag genau sagen. Weil der Tag, an dem du Maria verlassen hast, der war, an dem auch Friede gegangen war. Du hast Maria an Friedes Todestag verlassen. Ohne Gründe anzugeben, so, wie Friede ja auch gegangen ist, ohne irgendetwas zu erklären.

Du hast damals mit Maria zusammengewohnt, hattest dich, wie immer, in einer Mädchenwohnung eingenistet. Als du Maria verlassen hast, war sie gerade nicht zu Hause, du gingst, und das ungemachte Bett war leer. Wo war sie gewesen? Weißt du es wirklich nicht mehr? Ihr wart am Abend noch gemeinsam im Joseph gewesen, dann ist sie weitergezogen auf irgendeine Afterhour, vermutlich hatte sie wieder heimlich etwas mehr genommen als du, vermutlich hatte sie sich in irgendeiner Klokabine oder auf irgendeinem Kleinwagenrücksitz von irgendjemandem auf eine Line einladen lassen, aber sie war dir keine Rechenschaft schuldig. Vor allem nicht, solange du den Wohnungsschlüssel hattest und einfach schon mal vorgehen konntest. Wenn du nicht auf sie warten musstest, war es dir egal, wo sie blieb. Du bist also schon mal vor, wolltest ins Bett, obwohl ja an Schlafen gar nicht zu denken gewesen war, ihr hattet auf zu vielen Pillen getanzt, um jetzt nicht auf einer Erbse zu reiten, Schlaflosigkeit, die Augen im Anschlag, die Haarspitzen auf Empfang, der Kopf eine Flimmerkiste, die ihre eigene Frequenz empfängt. Rückkopplungen im neuronalen Netz. Du lagst also im Bett, deiner Gondel, hast dich durch deinen Abtörn geschaukelt, aus der Alpha-Phase ins Omega und wieder zurück, halbwissend, Halbschlafschweiß, und auf einmal hat zwischen Wach und Wach das Telefon geklingelt, du hast es erst nicht gehört, es hat geklingelt, und du hast versucht, dich aufzurichten, es hat geklingelt, und du hast an Maria gedacht, die von irgendwo aus irgendwie was will, es hat geklingelt, und du bist über deine Beine gestolpert, und bevor es noch einmal klingeln konnte, warst du endlich dran, du hast die Stimme deiner Mutter gehört, flüsternd, du hast sie nicht verstanden und warst genervt, was sie denn jetzt schon wieder wollte, du hast, weil du deine Stimme nach dem Dämmerschlaf noch nicht getestet hattest, viel zu laut in den Hörer gesprochen und ihr gesagt, dass sie lauter reden müsse, lauter, sonst könnest du sie nicht verstehen. Du hast also genervt in die Leitung gelauscht, als deine Mutter dir auf einmal gesagt hat, dass Friede tot ist.

Du hast aufgelegt, aber in deinem Kopf klingelte es weiter. Klingelte. Nur noch dieser eine Satz, Friede ist tot. Friede ist tot, und du hast das Nötigste zusammengerafft und in deinen Rucksack gestopft, Friede ist tot, du hast die Wohnung verlassen, ohne eine Nachricht zu hinterlassen. Friede ist tot, und du hast Maria nie mehr wiedergesehen.

Wie lange ist das her? Du antwortest nicht, sie antwortet sich selbst: *Sieben Jahre? Oder mehr?* Sie fängt an zu reden, zu erzählen, vermutlich hat sie gekokst, sie erzählt dir, was sie gemacht hat in den letzten sieben Jahren, aber du hörst ihr nicht zu, weil du ganz genau sehen kannst, was sie gemacht hat, sie hat sich durch Nächte gegraben und die Nächte sich in ihr Gesicht. Du beobachtest, wie sich ihr Gesicht beim Sprechen verzerrt, vielleicht kommt es dir aber auch nur so vor. Du schaust sie an und bist ein bisschen verwirrt, weil du immer noch nicht glauben kannst, dass diese Visage Maria gehört, weil du immer noch nicht glauben kannst, dass du hier bist mit ihr, so als sei die Sache mit Friede gar nicht passiert, du könntest jetzt eine Pille nehmen, dann wäre es vielleicht wie früher, auf dem Mädchenklo mit Maria, die redet und mal wieder zu viel.

Aber es wird nicht wie früher. Es sind sieben Jahre und ein Leben vergangen.

Du siehst Maria aufmerksam ins Gesicht. Du versuchst herauszulesen, was hinter den Tintenflecken in ihren Augen steht, ob da irgendein Vorwurf oder eine Frage zwischen ihren Lidern hängt, aber da ist nichts. Ihr Blick richtet dich nicht, er richtet sich gegen nichts, das Einzige, worauf er verweist, ist die Dosis Drogen, die sie eingenommen hat. Kann sein, dass sie nicht sauer auf dich ist, weil gerade zu viele *Sweet Dreams* durch ihre Blutbahn pumpen, kann aber auch sein, dass sie sich gar nicht mehr an das erinnert, was damals passiert ist. Vielleicht hatte sie es nicht einmal richtig gemerkt, als du auf einmal weg warst. Oder doch? Du hast dir manchmal vorgestellt, dass Maria weint. Einmal, als du mal wieder so leer warst und aber doch so gerne deine Gefühle rausgelassen hättest, deine Trauer um Friederike so gerne in ein Kissen geheult hättest und das aber nicht ging, wegen dieser Leere, einmal in dieser Situation, da hast du dir vorgestellt, dass Maria zu Hause in ihrer Wohnung sitzt und um dich weint.

Träumer. Sieh sie dir an. Maria. Wie sich der Dreck aus ihrem Blut als Mitesser durch die Haut drückt, wie ihr die Amphetamine die Kiefer zermalmen, wie statt eines Restes Stolz nur noch ihr Koksego in der Brust schwillt. Sieh sie dir ganz genau an: Das Geplapper sprudelt aus ihrem Mund, als hätte der Rausch sie einfach nur zu sehr geschüttelt. Sie redet nicht mit dir, sie redet. Du glaubst, sie hätte geweint? Selbst wenn du ihr das Herz gebrochen hättest, sie hätte es mit einer halben Pille und einer Line am nächsten Freitagabend wieder geflickt. Vielleicht solltest du nachziehen. Weil noch mehr Alkohol ja heute auch keine Lösung ist.

Linda

Es muss ja gar kein Prinz sein. Musste nie einer sein. Als Hans dich nach siebeneinhalb Monaten verließ, wegen einer mit echter Cartieruhr und falschen Wimpern, hast du dich drei Wochen lang in dein Zimmer gesperrt, Wimperntusche und Plastikperlen geheult und dein Leben mehr gehasst als sein kaltes Herz. In der vierten Woche hast du dich auf neue High Heels gestellt und bist in die Stadt getrampt, um dir im *Roses* seinen besten Freund zu schnappen. Du wusstest natürlich, dass dein Ruf damit dahin sein würde, aber das war dir egal. Dein Ego war ja ebenfalls weg, und der Racheakt würde wenigstens deine Schmach tilgen. Statt Hans die andere Wange hinzuhalten, hast du seinem besten Freund beide Backen entgegengestreckt, auf allen vieren, das Höschen zwischen den Knien. Das war deine Form des Abschieds aus der *Jeunesse dorée*.

Dein nächster Freund war Jakob, ein Medizinstudent im praktischen Jahr, er war zehn Jahre älter als du und seit sieben Jahren mit einer Frau zusammen, die er nicht mehr liebte. Eure Affäre dauerte ein halbes Jahr und fand in erster Linie in der leer stehenden Wohnung seines im Ausland lebenden Bruders statt. Er bestand darauf, vor und nach dem Sex zu duschen, was dich irgendwie daran erinnerte, dass Mama immer darauf bestehen wollte, dass ihr euch vor dem Essen die Hände wascht. Als seine Freundin trotzdem etwas roch und ihn zwang, sich zwischen dir und ihr zu entscheiden, wolltest du dich in Tränen baden, konntest aber nicht einmal weinen. Um eine Wanne mit 80 Litern Tränen zu füllen, hättest du genau 76 Jahre durchheulen müssen. Immerhin das hattest du von ihm gelernt.

Dann kam Andi. Wie Andi es mit dem Duschen hielt, hast du gar nicht erst herausfinden können. Ihr habt euch auf irgendeiner Gartenparty bei irgendwelchen Leuten, die du kaum kanntest, kennengelernt. Er trug die Haare so lang wie damals Nuno, der Gitarrist von *Extreme*, er spielte auch in einer Band, trug ebenfalls Lederhosen und hatte nach einer Woche keine Lust mehr auf dich, weil du es nicht mochtest, dass er nach dem Sex in die Bierflaschen neben der Matratze aschte. Trotzdem hast du dich in den nächsten drei Jahren nur noch in Männer mit langen Haaren verguckt. Mit einem davon, er hieß Axel, aber du nanntest ihn Axl, wie den Guns N' Roses-Sänger, mit Axl also hast du dir sogar ein Tattoo stechen lassen, eine Sonne um den Bauchnabel für jeden von euch. Ihr seid gemeinsam ins Tattoo-Studio, das eher eine Rockerstube war. Er hat den Anfang gemacht und wollte, obwohl sich seine Bauchmuskeln unter der feinen Nadel beachtlich zu spannen begannen, nicht, dass du ihm die Hand hältst. Er hat sie dir aus den Fingern gezogen, um seinen Schmerz allein zu ertragen und gequält an die Decke zu starren wie einer, bei dem der Zahnarzt bohrt. Du warst beleidigt gewesen, aber als ihr nach einer Stunde Platz tauschen solltet, hielt er dir immerhin seine hin. Du hast sie dankbar angenommen, und als der Schmerz, unter dem dir der Glatzkopf mit seiner Maschine die Strahlen in die Haut nähte, immer stechender wurde, hast du sie gedrückt, als sei sie eine Zitrone. Du hast dein Gesicht verzogen, und dir wurde klar, dass deine Gefühle für deinen Rockerfreund auf dem Hocker neben dir in keiner Relation dazu standen. Kaum hattest du das Schutzpflaster aus Frischhaltefolie abgenommen, hast du ihn verlassen. Von da an wolltest du nur noch Beziehungen, die Zukunft haben.

Da war Martin, der Assistent an einem Lehrstuhl für Management war und sein schmales Gehalt fast ausschließlich in Helmut Lang investierte. Dann gab es da diesen Lektor, der es liebte, mit dir ausgedehnt und teuer essen zu gehen, der im Bett aber zu schnell und vor allem zu billig war, um recht zu sein. Der Letzte, den du versucht hast zu lieben, war Max, Sohn eines Kleinmertensheimer Schraubenherstellers. Der Großvater hatte sich seinen Reichtum hart erarbeitet, der Vater ließ sich nun von einem Fahrer ins Büro bringen, das Problem war: Der Sohn hatte alles Ordinäre seiner Familie geerbt. Auch wenn Max dir zuliebe hin und wieder mit zum Thailänder ging, blieb seine Leibspeise doch Blutwurst mit Bier. Er wählte die falsche Krawatte und die falsche Partei und ging dabei so großzügig mit seiner Kreditkarte um, dass du innerhalb eines Jahres einen Schrank voller Designerfummel hattest, die dir nicht standen. Das ästhetische Empfinden von Max reichte nicht einmal so weit wie die Style-Seiten in Maxim, aber das war nicht so wichtig.

Du wurdest aus einem Geschlecht geschissen, in das nach dir noch viele krochen. Du entstammst einer Familie, die niemals Haltung hatte, sondern allerhöchstens noch Tischmanieren und Disziplin. Du wurdest in einen Namen geworfen, der keine Tradition, nur eine Geschichte hat. Du würdest in jeden Namen flüchten, um den deinen hinter dir zu lassen.

Heiner

Du schlingerst in eine Lache voll Schlaf, ganz kurz nur, und schon schnellst du wieder heraus. Das Telefon hat geklingelt. Die Polizei war dran. Sie hätten neue Erkenntnisse, es sei kein Unfall gewesen. Als du nicht antwortest, fragen sie, ob du nicht aufs Revier kommen könntest, sie bräuchten noch ..., aber du schüttelst schnell den Kopf und lehnst ab. Es war kein Unfall. Tut mir leid, das stimmt nicht, sagt der Moderator, vielleicht weiß der nächste Anrufer die richtige Lösung, es geht um 3000 Euro, 3000 Euro, meine Damen und Herren, hallo, wer ist in der Leitung? Heiner? Woher rufen Sie an, Heiner? Aus München! Und wie alt sind Sie, Heiner aus München? 24 Jahre, ein junger Hüpfer also, was machen Sie? Student, aha, mal sehen, ob der Herr Akademiker die richtige Lösung weiß. Was sagen Sie, Heiner: A, B oder C? Heiner? Hallo? Aufgelegt. Angsthase.

Ulla

Der Gedanke dämmert dir im Halbschlaf. Du wachst aus einer Narkose auf. Du liegst in einem OP und bist immer noch benebelt. Gerade eben haben sie dir dort, wo dir die Brust fehlt, eine Portion Steinpilzfüllung implantiert. Auf einmal merkst du, dass du mit gespreizten Beinen auf einem Silbertablett liegst, die Scheinwerfer sind in Wirklichkeit Kerzen. Der Apfel in deinem Mund ist so groß, dass du ihn weder ausspucken noch davon abbeißen kannst. Deine Kiefer schmerzen.

Langsam lichtet es sich. Der Nebel, das sind nur die Kerzen, die rußen. Du spürst etwas in der Hand, es ist das Tranchiermesser.

Die dumme Kellnerin könnte den Herren jetzt endlich die Quittung geben, aber du kannst dich nicht von dem Tablett erheben, denn du merkst, dass du selbst es trägst.

Der Traum wirft dich in die Realität zurück. Deine Glieder sind schwer, die Gedanken kommen nur langsam. Aber sie kommen. Mit ihnen taucht ein schlechtes Gefühl auf, Wut vielleicht. Gleichzeitig werden deine Gedanken noch schärfer. Glück ist nicht analytisch. Hass hingegen wetzt den Verstand, als sei er ein Messer, das Blut sehen will.

Trotzdem: Vielleicht nicht das richtige Werkzeug, um anzufangen, in der Vergangenheit rumzustochern. Versuch lieber, weiterzuschlafen. Decke über die Wut und jut. Geht nicht? Alles klar, da quillt was über. Die Brain-Drainage ist bereits gelegt, also lass laufen, Schwester, da kommt jetzt eine Menge Dreck raus. Aber das bist du ja gewohnt, du bist nie mehr als die Putze gewesen, die Kellnerin, die, die sich kümmert, und die, die kuscht. Die, die abspült und es ausbaden muss. Du bist immer noch die Einzige in der Familie, die weint und wischt, die Kinder haben sich ja schick aus dem Staub gemacht, scheinheilig mit dem Taschentuch aus dem Kleintransporter wedelnd, sie haben dich mit all dem Staub und diesem grauen Mann allein gelassen, diesem Rentner. Alles musst du allein machen. Du, die Putze, bist es, die Heiners Dreck aus dem Klo wischt, die seine fleckigen Unterhosen wäscht, alles allein, du liegst im Bett, allein, allein das Gesicht ins Kissen gedrückt, allein von einem Schnauzer durchgefickt, allein mit deiner amputierten Brust. Du bist ganz allein zu dieser Operation gegangen, so, wie du schon allein bei der Mammographie warst. So, wie du allein in der Küche saßt, als sie dir am Telefon den Befund gesagt haben und *wir sollten baldmöglichst operieren.* Du hast den Krebs ganz allein durchgestanden, bist wie Jeanne d'Arc gegen ihn ins Feld gezogen, aber sie haben dir die Brust ganz abgenommen. Das Holz vor der Hütte, abgehackt. Dir deine Weiblichkeit weggestrichen und dir stattdessen ein Silikonpolster in den BH gestopft.

Sie haben dir einen Platz in einer Selbsthilfegruppe angeboten, dort hättest du über alles reden können, sie wollten, dass du darüber redest, als könnte man deine Brust wieder heraufbeschwören! Du hast nicht darüber gesprochen. Nur das Nötigste. Du hast deiner Familie nur gesagt, dass du wegen eines Tumors für ein paar Tage ins Krankenhaus musst, tapfer lächelnd, als gingest du in ein Kurhotel zum Kneippen. Natürlich haben die Kinder verstanden, was passiert, aber mit ihnen darüber geredet hast du nicht. Man muss nicht viele Worte darum machen, wenn sie einer Frau die linke Brust entfernen und alle umliegenden Lymphknoten gleich mit, wenn sie die faule Stelle großzügig wegschneiden, Schimmel verankert sich tief, viel tiefer, als er sichtbar ist, und Schmerz treibt seine Sporen weit in seinen Nährboden hinein.

Der Krebs ist jetzt weg, aber die Wunde klafft tiefer.

Du hast es in aller Stille ertragen. Alles allein ertragen. Dich um alles allein gekümmert, so, wie du dich ja immer um alles allein gekümmert hast. Sogar Friederikes Beerdigung hast du allein organisieren müssen, keiner hat dir geholfen, als sei es eine Selbstverständlichkeit, dass eine Mutter ihre Tochter zu Grabe trägt. Jeder hat so getan, als sei er es, der am schwersten zu tragen habe. Linda hat gejammert und vor Jammern nichts Sinnvolles mehr gesagt, war zu keinem Rat mehr in der Lage. Heiner ist einfach ergraut, von einer Sekunde zur anderen, er hat sich aus dem Leben in die Dämmerung zurückgezogen, er, der immer so pragmatisch war, hat sich auf einmal aus allen Entscheidungen rausgehalten, du hast ihm den Katalog mit den Särgen gezeigt, und er hat einfach nur den

Kopf geschüttelt, die Entscheidung abgeschüttelt, und du standest da, mit dem Katalog in der Hand, der so schwer wurde wie eine Kiste aus Zink. Und Ferdi? Ferdi hast du angerufen, du hast es ihm gesagt, und er hat aufgelegt und ist nicht gekommen, er hat sich erst in der Aussegnungshalle blicken lassen, er hat dich nicht einmal in den Arm genommen, dich nicht, Heiner nicht, nicht einmal Linda. Er hat dich nicht in den Arm genommen, nicht getröstet, als du unter Tränen fast zusammengebrochen bist am Grab. Er hat eine rote Rose in das Loch geworfen, eine Zeit lang hinabgesehen und etwas gemurmelt, dann hat er aufgeschaut und sich umgesehen, seine Augen sind an dir hängen geblieben, er hat dir in dein verweintes, rotes Gesicht geblickt, eiskalt. So kalt, dass es dich wie eine plötzliche Totenstarre packte. Er hat dich angesehen, als seiest du eine

Mörderin!

und schon eine Sekunde später hat er sich umgedreht und ist gegangen. Er ist später noch einmal zum Leichenschmaus gekommen, aber da war er schon betrunken und hat nur noch wütendes Zeug gebrabbelt und die Rehmedaillons auf seinem Teller nicht geschnitten, sondern zerfetzt. Er ist noch vor dem Dessert gegangen, hat dich allein gelassen, mit den kondolierenden Verwandten und diesem Kollaps an dir fremden Freunden. Er hat Heiner die Rechnung bezahlen und Linda allein die Hände von Friedes Kommilitonen schütteln lassen, obwohl er doch der Einzige gewesen war, der wenigstens ein paar von ihnen kannte. Er hat dich allein gelassen mit Heiners Vater, der da schon kaum mehr laufen konnte und vor jedem Gang den Mund abgewischt bekommen musste und der jedes Mal, kaum dass du ihm den Mund abgewischt hattest, fragte, wo denn nun Friede eigentlich sei. Er hat dich allein mit dem dementen Opa gelassen, allein mit *wo ist denn nun eigentlich Friede,* allein unter den stumm fragenden Augen der Verwandtschaft, allein mit der Laufmasche, die sich wie Lunte durch deine schwarzen Strumpfhosen fraß, allein mit ihrem damaligen Freund, Linus, einem Mann, mit dem – *wo denn nun Friede auf einmal steckt* – angeblich schon zwei Jahre zusammen gewesen sein soll und den du noch nie zuvor gesehen hattest. Und allein mit der Rede, in der dieser Linus, den du noch nie zuvor gesehen hattest, von einer – *wo ist denn nun Friede eigentlich* – erzählte, die nie im Leben deine Tochter war. *Wo ist denn nun eigentlich Friede?* Ferdi hat dich allein gelassen. Als er beim nächsten Mal vor der Tür stand, wann war das? An Weihnachten? Als er an Weihnachten wieder vor der Tür stand, hat er dich angelächelt, als sei nichts geschehen. Ist ins Haus gekommen und war außerordentlich freundlich, viel freundlicher als früher. Er hat gelächelt, und obwohl er dich nie wieder so angesehen hat wie in dem Augenblick am Grab deiner toten Tochter, hast du die Eiseskälte in seinem Blick immer wieder aufs Neue gespürt, so als würdest du in einen liebreizenden See blicken, der an seinem Grunde gefroren ist. Ferdi. An Weihnachten kommt er immer zu Besuch, an Ostern auch und an deinem oder Heiners Geburtstag. Immer dann taucht er auf, wenn er auf ein bisschen Geld ins Säckel und eine warme Mahlzeit im Magen hofft. Er hat sich nie für irgendwas bedankt, so, wie sich nie jemand für irgendwas bei dir bedankt hat, undankbar alle, und dieses Ostern wird es nicht anders sein. Du wirst dich wieder einmal selbst übertreffen beim Kochen, und die Männer werden sich den guten Geschmack mit Pils versauen. Und das an Ostern. Ostern. Du musst dringend Linda anrufen, ob sie kommt. Sie weiß sicher auch, wo Ferdi sich rumtreibt. Ferdi, der mal wieder verschwunden ist, Teufel weiß, wo er steckt. Dass er es nur nicht wagt, dich an Ostern mit Heiner und Linda allein zu lassen. Und überhaupt, wo ist Heiner? Wieso ist er immer noch nicht im Bett? Wieso hängt er Tag und Nacht vor der Glotze? Diese Glotze. Das Regierungsprogramm seiner Tage, gewählt von der Stimme seines Blutes, 36 Kanäle Aderlass, öffentlich-rechtliche Dialysestation. Die Hostie, die er täglich entgegennimmt. Oder doch: sein Hospiz.

Wo steckt denn nun eigentlich Friede?

Ferdinand

Als ihr aus dem Club kommt, kannst du nicht glauben, dass es immer noch dunkel ist. Der Mond leuchtet nach wie vor wahnhaft, ein paar Sterne halten durch, nur Maria kann nicht mehr. Sie hat sich bei dir eingehängt, lehnt sich an dich und schielt nach einem Taxi. Es fühlt sich fast wie früher an. Ihr habt nicht darüber gesprochen, wohin die Reise geht, aber du solltest jetzt auch besser keine Fragen stellen.

Maria wohnt immer noch in der Neubauwohnung von damals. Sie liegt in einem der Wohngebiete, in die Menschen unter 35 eigentlich nicht ziehen, aber dafür hält die U-Bahn direkt vor der Tür. Im Erdgeschoss ein Discount-Markt, drei Ärzte und ein Rechtsanwalt darüber, Gummistiefel im Treppenhaus, die Fußmatte vor der weiß gelackten Wohnungstür ist pink und warnt in dunkelblauer Schönschrift: *Ich kann nicht kochen.* In der Wohnung riecht es nach Teppichboden, im Flur steht ein neues Schuhregal, aber das Sneakers-Sandalen-Stiefel-Chaos drumherum und der Jackenberg über der dünnen Stahlrohrgarderobe sind immer noch die Alten.

Maria stolpert aus ihren Plateauschuhen und schlüpft

in ein Paar Puschelpantoffel mit Hundegesicht. Ohne sich umzudrehen, wankt sie ins Schlafzimmer, knipst die Lavalampe an, die früher im Wohnzimmer stand, und fällt ins Bett, angezogen, sie zieht nicht einmal die Netzstrümpfe aus. Sie teilen ihre Oberschenkel in zarte Rauten. Auf der weichen Decke breiten sich ihre Beine wie ein volles Fangnetz aus. Erinnerst du dich noch an das Bettzeug? Es war ihr Lieblingsüberzug, dunkelblaue Baumwolle mit aufgedrucktem Sternenhimmel und einem grün-lilafarbenen Raumschiff aus irgendeiner Comicserie darauf. Sie hatte ihn noch aus ihrer Kindheit, er hatte unbeachtet in irgendeiner Kiste gelegen. Irgendwann, da hatte sie schon längst angefangen, Drogen zu nehmen, hat sie ihn wiederentdeckt und fand, er sei super abgespaced. Sie hat ihn fast nie gewechselt, obwohl er manchmal vor Spermaflecken und speedgesäuertem Nachtschweiß geradezu stand. Maria fand es spießig, ständig das Bett neu zu beziehen, aber in Wirklichkeit war sie einfach nur zu faul dazu gewesen. War es dieses Bettzeug, in dem du lagst, als damals das Telefon geläutet hat? Hattest du dich tatsächlich gerade in einem Baumwollweltall gewälzt, als die Nachricht vom Tod deiner Schwester dein Leben über einen Superhaufen warf? Warst du in diesem Moment, in dem dein Leben eschatologisch wurde, in Comicbettwäsche gehüllt? Und wie viele Typen haben inzwischen ihre Flecken in das Laken gemacht?

Du legst dich auf den Bauch direkt neben sie und ziehst dir das kleine Herzkissen, das du ihr mal von Ikea mitgebracht hast, unter den Kopf. Deine rechte Wange ruht auf rotem Samt, du sinkst nicht ein und kannst mit beiden Augen ihr Gesicht sehen, es ist ganz nah. Dir ist nachdenklich zumute, du betrachtest sie, als sei sie ein schlafendes Kind. Marias Augen sind geschlossen, aber du kannst beobachten, wie sie sich unter ihren Lidern bewegen, von links nach rechts und zurück, ein Tintenstrahldruckerkopf, Maria schreibt einen Traum in die Luft. Ihr Hirn verdaut die Nacht, ihr Körper treibt ihr den Teufel durch die Poren aus. Sie schwitzt wie liegen gebliebener Käse, dessen Rinde ein Make-up-Rand ist; und trotzdem hast du das Gefühl, dass du jetzt gern ihre Wange streicheln würdest, dass es schön wäre, die Linien ihres Mundes nachzufahren. Du denkst daran, wie es wäre, ihre Brustwarzen zu küssen. Was ist das da in deiner Hose? Bekommst du eine Erektion? Nein. Du denkst an Sex, obwohl du nicht einmal die Hand hochkriegst.

Du willst sie streicheln, aber du kannst es nicht. Natürlich nicht. Du kannst es nicht, weil das Gefühl nostalgisch ist, sonst nichts. Weil du eigentlich nicht Maria, sondern dieses nostalgische Gefühl streicheln müsstest. Dieses Gefühl, das einzig und allein darauf beruht, dass dich das Samtherz an deiner Wange und der Geruch von Schweiß und Rauch und Maria an Momente erinnert, in denen du glücklich warst. Happy Pills. Also beherrsch dich. Du würdest ja auch nicht mit einem Knäuel Zuckerwatte schmusen, nur weil es gut riecht.

Seufz nicht so laut. Das hier, das mag vorbei sein, aber deine Nacht fängt gerade erst an. Nur noch ein kleiner Moment, du wirst sehen. Vorher: Mach die Augen zu und lass sie wie Pendel schwingen. Du glaubst, Marias Herz in der Matratze pochen zu spüren, aber das kann auch dein eigener Rhythmus sein. Ihr Atem geht unregelmäßig, du torkelst in den Schlaf.

Und auf einmal: fährt ein Zucken durch Marias Körper. Ein Stromschlag. Dein Herz setzt aus. Sie fährt auf, schaut dich an, als habe sie im Traum Entsetzliches gesehen. Du starrst sie an, der Schreck bläht deinen Blick und knüllt dir die Worte im Mund zusammen. *Was ...?*

Maria schüttelt den Kopf, sie springt aus dem Bett, sie läuft in die Küche, sie muss über irgendetwas gestolpert sein, es scheppert, du hast keine Ahnung, was. Maria flucht, dann lacht sie und flucht lachend nochmal. Du entspannst dich, das Warnsystem in deinem Bauch zieht den Code Red zurück, dein Herzschlag beruhigt sich. Offenbar ist es nicht so schlimm. Wenn sie jetzt immer noch lacht, dann kann es nicht so schlimm sein. Ein Missverständnis. Viel angenehmer als das Gefühl, etwas verstanden zu haben, ist die Erleichterung, wenn man merkt, dass man etwas falsch verstanden hat, richtig?

Maria kommt still schmunzelnd zurück ins Schlafzimmer, du lächelst sie an, erwartungsfroh. Sie lässt sich aufs Bett fallen und schließt wieder die Augen. Du wartest auf eine Erklärung, aber Maria atmet nur. Und atmet. Atmet, als sei nichts passiert. Jetzt musst du aber fragen, sonst findest du heute keinen Schlaf mehr. Frag. Was denn war? Maria grumpft, hebt die Hand vom Kissen und lässt sie, statt abzuwinken, plump wieder fallen. *Ach nichts.* Ach nichts? Nichts? Das sah aber nicht so aus. *Ach nichts.* Du stellst fest, statt zu fragen, die Frage zieht sich zu einer Feststellung zusammen wie ein Biss in eine Zitrone. Ach nichts. Maria grumpft noch einmal. *Ich find sie grad nicht.* Später. Sie findet sie grad nicht? Später? Das drängt jetzt aber. Drängt in dir. *Was findest du grad nicht?* Marias Stimme klingt genervt. *Ich hab irgendwo noch Post für dich. Aber frag mich nicht, wo.* Sie fühlt sich offensichtlich um ihr Chilling-Stündchen gebracht. *Ich such morgen, ja?*

Keine Sorge, du fragst sie nicht. Post. Dass sie dich deswegen so erschreckt. Frauen. Immer kurz vor Bombe. Was interessieren dich deine Rechnungen von vor sieben Jahren? Du drehst dich auf die andere Seite, an der linken Wange fühlt sich der Samt anders an als an der rechten.

Vor sieben Jahren. Friede. Vor sieben Jahren. Friede hatte dir schon mal ein Päckchen an Marias Adresse geschickt. Das Päckchen mit Kinderfotos, die sie nach einem Besuch bei euren Eltern aus dem Keller geklaut hatte, weil die dort nur in einer Kiste …, Kinderfotos, du erinnerst dich an das Päckchen genau, Marias Anschrift und links oben Friedes Budapester Adresse, ihre hektische, enge Schrift mit den langen Oberlängen, den i-Punkten, die immer ein Stück zu spät auf dem falschen Buchstaben hingen. Marias Adresse, mit dünnem Edding auf braunes Packpapier gekritzelt.

Vor sieben Jahren.

Post.

Du wirst unruhig, die Nacht kannst du dir abstempeln.

Du weißt, welcher Brief das ist.

Du hast dich immer nach Wahrheit gesehnt, aber aus lauter Angst davor hast du nie, nie, nie nach den Gründen gefragt.

Linda

Kann das denn sein, dass du heute gar keinen Schlaf bekommst? Bald beugt sich die Nacht dem Morgen, bald musst du raus. Du verkriechst dich tiefer unter der Decke, duckst dich vor dem drohenden Tag. Du solltest besser gleich aufstehen. Morgens liegen zu bleiben, das bekommt dir nicht, und das weißt du. Bleib besser nicht liegen. Du weißt, was sonst passiert. Du schlägst die Decke um und lauschst in die Stille. Du hörst deinem letzten Stündlein beim Schlagen zu. Du versuchst, die Augen zu schließen, und versteifst deinen Rücken. Du bekommst: Angst. Du wirst es verbocken. Du wirst keine Kinder bekommen. Du wirst nicht einmal einen Mann bekommen, weil du eine egozentrische, frustrierte Alte bist. Der, der dich will, den willst du nicht haben, da, wo du bist, willst du nicht bleiben, da, wo du herkommst, nie wieder hin. Kein Schwanz liebt dich. Welchem Mann käme eine wie du schon als Mutter in den Sinn? Und selbst wenn: Du würdest es verbocken. So, wie du alles verbockt hast, du hast ja nicht einmal deine Schwester, hast nicht einmal Friede ... Hey, halt, nein, Mädchen, beruhig dich. Keine Selbstvorwürfe. Du hättest nichts tun können, das hast du dir doch schon oft genug gesagt. Friede hätte ohnehin nicht gehört auf dich, fremd, wie ihr euch wart, eher entfernte Bekannte als Schwestern. Ihr habt euch euer ganzes Leben lang nicht füreinander interessiert, du wärest die Letzte gewesen, von der Friede sich hätte helfen lassen. Hättest du sie angerufen, hätte sie vermutlich nicht einmal deine Stimme erkannt. Also, zum allerletzten Mal: Du. Kannst. Nichts. Dafür. Und sei froh, dass das so ist. Sei froh, dass du nicht an der Stelle deiner Eltern bist. Mama und Papa tragen so schwer an ihrer Schuld, dass sie sich nicht einmal mehr in die Augen schauen können. Sie gehen sich aus dem Weg, so schlimm war es früher nie, sie vermeiden es, sich zu berühren. Tangenten. Sie sind kein Ehepaar mehr, sondern Randexistenzen am Lebensradius des anderen.

Mit Ausnahme von Ferdi hat keiner von euch Friede explizit geliebt – und trotzdem ist an dem Tag, an dem Friede gegangen ist, alles, was in deiner Familie so etwas wie Liebe hätte sein können, gestorben. Mit Friede am Baum ist noch etwas anderes zerschellt, Hoffnung vielleicht, eine Möglichkeit. Die Möglichkeit, dass ihr doch noch so etwas hinkriegt wie ein Familienleben mit lachenden Runden unterm Tannenbaum, mit guten Zeiten und alten Tagen in den seniorenfreundlichen Oberdeckkabinen der Queen Mary II. Was euch bleibt, ist nur die Hoffnung, dass ihr nicht aufwacht aus eurem Albtraum aus gemeinsamen Weihnachtsfesten und Osteressen. Papa, der sich hinter der Zeitung versteckt wie ein kleiner Zeh vor der Pediküre. Mama, die ihr Haupt starr im Sonderheft des Feinschmeckers versenkt, weil ein Kopf voller Gourmetrezepte besser ist als einer voller Gedanken und der Glaube an das perfekte Fünfgängemenü haltbarer als der an ein Häppchen Glück. Und Ferdi und du, die ihr eure ganze Aufmerksamkeit auf das zarte Fleisch auf dem Teller vor euch richtet, um nicht die verkrampfte Runde um den Tisch zu sehen. Wenn Ferdi und du zu Ostern daheim seid, dann haltet ihr die Blicke gesenkt und die Ellbogen eng am Körper, so viel Raum fordert das Verdrängen ein. Denn deine tote Schwester ist nur die eine Sache. Es hängt noch viel mehr Ungesagtes im Raum: Mamas Affären, Opas drohender Tod, Papas voranratternde Tattrigkeit, Ferdis Versagen in tatsächlich allen Bereichen des Lebens.

Und dann ist da auch immer noch die Frage nach deiner Fortpflanzung, die nie gestellt wird, die nach deiner Arbeit, sie wollen die Zeitung lesen, für die du schreibst, sehen, was du machst da oben in Berlin, und jedes Mal, wenn du zu Besuch bist, enttäuschst du sie wieder, vergisst das Exemplar daheim, im Zug, lässt es am Flughafenklo liegen. Natürlich könnten sie deine Zeitung hier an jedem Kiosk bekommen, aber das hast du ihnen verschwiegen. Du hast sie angelogen, hast ihnen gesagt, deine Zeitung gäbe es nur im brandenburgischen Raum, weil du weißt, dass sie ihr SZ-Abo haben und nicht im Traum daran denken würden, sich nach einer Alternative auch nur umzusehen. Du bist dir ganz sicher, dass dein Schwindel nicht auffliegt, wenn du auch weißt, dass du dir nicht sicher sein darfst, nie sicher sein darfst. Und deshalb fürchtest du trotz allem den Moment, in dem Mama eines Tages doch einmal an einem Kiosk stehen bleibt, von einer Schlagzeile gefesselt, fürchtest die Minute, in der ihr Blick von einem Titel zum nächsten gleitet, etwas Unerhörtes wäre an diesem Tag passiert, sie würde den Kopf schütteln ob irgendeines neuen Hühnerskandals, und auf einmal passierte es: Ihr Blick würde über den Titel deiner Zeitung stolpern, sie wäre verwirrt, ohne zu wissen, warum, sie hätte sich vielleicht schon umgedreht, um zu gehen, und dann fiele ihr auf einmal doch ein, warum sie beim Namen der Zeitung stocken musste, sie würde sich noch einmal vergewissern, dass das tatsächlich die Zeitung ist, für die du schreibst, sich wundern, dass es sie tatsächlich zu kaufen gibt, sie würde dem Verkäufer einen Euro in die Hand drücken, nach Hause eilen und Papa an den Küchentisch pfeifen, sie würde in aller Ruhe eilig nach deinem Namen blättern, deine Texte entdecken und neugierig anfangen zu lesen. Deine Eltern würden endlich sehen, dass ihre Tochter Kolumnen schreibt, in denen es um sie geht, ihre Eltern. Und sie würden endlich sehen, dass sie darin verleugnet werden. Sie würden sich ertappt oder verraten oder belogen fühlen, je nachdem, ob du sie gerade schöner oder schlimmer schreibst, als sie eigentlich sind. Deine Texte handeln von alten Leuten, die braun gebrannt Weltreisen unternehmen und sich dabei mit Doppelherz besaufen, die aber ein bisschen kauzig werden, wenn sie asiatisch essen gehen sollen, die sich nachmittags niedlich Likörchen ins Kristallgläschen kippen, statt auf ihren Blutdruck zu achten, und anschließend mit Tempo 50 auf der Autobahn fahren. Leuten, die Kinder und Enkel und befreundete Ehepaare haben. Leuten, die deine Eltern sein könnten, es aber nicht sind. Leuten, mit denen du, anders als mit deinen Eltern, leben könntest.

Die Nacht schleicht auf ihr Ende zu, dem Sonnenaufgang entgegen. Die Sony Dream Machine auf deinem Nachttisch zeigt sechs Uhr an, noch sechzig Minuten, bis du aufstehen darfst. Die letzte Stunde vor dem Aufstehen ist die schlimmste, viel schlimmer als die Stunde vor dem Einschlafen, weil die Gedanken nicht müde um das kreisen, was einmal war, sondern bereits wach sind und dem entgegenrasen, was erst noch kommt.

Ferdinand

Du kannst nicht schlafen. Du wälzt dich. Wälzt Gedanken. Du hast nicht verstanden, warum sie gegangen ist, und vor allem nicht, wohin. Du hast nicht verstanden, was aus dem Platz geworden ist, den sie auf der Welt hatte. Ob da jetzt so etwas wie Dunkelmaterie ist, eine Friede, die immer noch da ist, auch wenn du sie nicht mehr siehst. Manchmal denkst du, sie sei nur wegradiert, wie eine Bleistiftlinie, deren Abdruck bleibt. Manchmal denkst du, dass sich ihre Seele in sich selbst zusammengezogen hat und jetzt ein Gravitationsfeld in deinem Herzen ist, das dir die Brust schwer macht.

Dein Atem müsste jetzt mühsam gehen, ächzen, aber er ist flach und zieht sich fein wie ein Seidenfaden durch deine Nase, vielleicht brauchst du bald gar keinen Sauerstoff mehr, du könntest ganz aufhören zu atmen, den Motor stoppen. Ein paar letzte Schläge aus dem Maschinenraum, die langsam ruhiger werden. Ein Brustkorb, der sich immer weniger hebt und immer tiefer senkt. Ein immer schwächerer Luftstrom, der durch deine Lungenhärchen fährt. Wind. Stille.

Stillstand.

Schnapp nach Luft! Du atmest weiter. Du bist ganz

klar. Du weißt, was in dem Brief steht, ohne ihn gelesen zu haben. Du musst den Brief gar nicht lesen. Sie hatte den Vorwurf, schon lange bevor sie den Brief geschrieben hatte, mit ihren Blicken in den Raum gestellt.

Hatte sie wirklich? Vielleicht. Sicher ist nur: Ihr seid darüber hinweggegangen wie über das kleine Malheur beim großen Galadiner. Ein Krümel, das Kind hat gekleckert. Ihr habt einfach nicht darüber gesprochen, obwohl das Malheur beim Abendbrot tatsächlich immer eine Katastrophe war. Ihr habt einfach so getan, als sei alles in Ordnung. Schon als Friede noch am Leben war, habt ihr so getan, als sei alles in Ordnung. Wenn sie als Teenager wie so oft und immer wieder weinend vom Abendbrottisch weg und auf ihr Zimmer stürzte, hat Papa nur den Kopf geschüttelt und hat Mama gemurmelt: *Hoffentlich geht diese grässliche Pubertät bald vorbei.* Aber es ging nicht vorbei. Es war nichts in Ordnung.

Auch nicht, als Friede gelernt hatte, sich zusammenzureißen, in der Ordnung zu bleiben. Als sie gelernt hatte, sitzen zu bleiben, statt aufzuspringen, als sie mit verwaschenen Augen auf den Grund der eitlen Krabbenconsommé in ihrem Teller starrte, wenn Mama mal wieder stolz die Gerichte ihrer Freundinnen nachgekocht hatte. Es war nicht in Ordnung, und du hast es gewusst und hast darüber geschwiegen. Du hast Mama zuliebe höflich die Serviette verwendet, um nicht vorhandene Salbeischaumreste von deinen reglosen Mundwinkeln zu tupfen, Linda hat beim Nachpfeffern des pochierten Fischs ihre lackierten Fingernägel geschont, Papa hat das Apfel-Zitronenmelissen-Sorbet so schnell und schmerzlos wie möglich in sich hineingeschaufelt, ihr habt geschwiegen, und Friede hat den Tête de Moine mit unterdrückten Tränen gesalzen. Du hast genau beobachten können, wie in jeder Bewegung, die sie ausführte, der Impuls zu einer heftigeren steckte, wie jede Bewegung eigentlich eine andere war: Sie griff zum Wasser und schüttete es sich eigentlich über den Kopf, sie verrückte ihren Stuhl leicht und stieß ihn eigentlich um, sie breitete die Serviette auf dem Schoß aus und warf eigentlich das Handtuch. Sie blieb am Tisch sitzen und rannte eigentlich heulend aufs Zimmer, und in Wirklichkeit ist Friede ihr ganzes Leben lang nie wieder dort herausgekommen, nicht einmal, als sie längst Medizinstudentin in Budapest war. Und ihr habt euer ganzes Leben lang so getan, als sei alles in Ordnung. Sobald Mama und Linda in der Küche fertig waren, hat Papa sich heimlich noch ein Bauernbrot mit Leberwurst und du dir Scheiblettenkäse-Schinken-Ananas-Toast in der Mikrowelle gemacht.

Ich bin einfach nie aus der Pubertät gekommen, hat Friede immer gesagt, wenn sie nicht wollte, dass du dir Sorgen machst. Sie hat versucht zu lächeln, wenn sie das sagte. Ihr Lächeln: eine aufreißende Wunde in ihrem Gesicht.

Nichts war in Ordnung, nichts. Friede war krank, krank an sich selbst, krank an der Welt, sie war ein Scherbenhaufen, sie hat nicht einmal mehr zerbrechen können, und ihr habt es gewusst, alle habt ihr es gewusst und so getan, als ob ihre Welt eine heile wäre. Als ob eure Welt eine heile wäre. Als könnte der Finger über dem Mund

psst!

wie ein Zauberstab das, was nicht über die Lippen soll, heilen. Wenn man nicht darüber redet, existiert es auch nicht. Wenn man es nicht ausspricht, dann wird es nicht wahr. Wenn man es nicht beobachtet, findet es nicht statt, dann bewahrt die Welt ihre Ordnung. Du hast als Kind immer über Papas Beispiel mit der Tanne im Wald gegrübelt, aber dabei nie daran gedacht: Die stürzende Tanne könnte deine Schwester sein und euer Schweigen der finstere Wald. Die Nachricht traf euch wie ein Blitz, Friederikes Tod war ein Schock und ist bis heute ein Unfall geblieben. Zu hohe Geschwindigkeit, eine zu enge Kurve, in einer zu dunklen Nacht. Ein Unfall. Das ist die Version, auf die ihr euch geeinigt habt. Du weißt, was in dem Brief stehen wird, ohne ihn gelesen zu haben.

Papa ist schuld, Mama ist schuld. Linda ist schuld. Du bist schuld. Schuld. Ein Gefühl, als zerquetsche dir jemand mit bloßer Hand das Herz in der Brust. Ein Gefühl, das so schwer ist, dass es wie ein Stein am Grunde deiner Seele liegen bleibt, dort, wo es kalt ist.

Du musst da runter. Da durch. Du musst mit ihnen reden, mit Mama, Papa und mit Linda auch. Wenn es so weitergeht, wird etwas untergehen, wird es mit irgendetwas zu Ende gehen. Wenn sich nichts ändert, ihr nicht endlich redet, du musst mit ihnen reden, vielleicht gibt es noch eine Chance.

Heiner

Du wachst auf, und der Schreck stempelt dir eine Fratze ins Gesicht. Du hast von Friederike geträumt, im Traum hat sie ihren Mund gegen das blutende Handgelenk gepresst und mit ihren roten Lippen einen weißen Brief frankiert, der leuchtet, als sei es Nacht. Sie steckt ihn einer Taube in den Schnabel und lässt sie fliegen. Du weißt, wer der Empfänger ist, und schießt der Taube eine Ladung Schrot in die Brust, aber sie fliegt einfach weiter, du folgst ihr, aber du musst leise sein und kannst nicht so schnell, und auf einmal stolperst du über Ullas Pumps, du erschrickst, und ehe du dich aufrappeln kannst, bist du aufgewacht. Der Fernseher läuft noch immer, aber der Nachrichtensprecher ist nicht mehr da. Er hat dich allein gelassen. Am Ende bist du doch der einsamste Mann der Welt. Du fühlst dich verschwommen. Du hast geschwitzt. Über die Rückseite der Mattscheibe läuft Regen in breiten Strömen über das Bild. Du sehnst dich nach oben, wo Ulla liegt. Du möchtest dich jetzt neben sie legen, sie würde dich von hinten in die Arme schließen, dich an sich drücken und dir langsam die Haare streicheln, es wäre so, wie es früher manchmal war. Sie würde mit ihren dünnen Fingern deine schütteren Haare streicheln, jedes einzelne deiner Haare mit Liebe aufladen, du könntest ihren warmen Atem an deinem Nacken spüren. Das Gefühl würde dich überfluten, es wäre so stark, dass es alles, was jetzt in deiner Brust klammert, wegspülen würde. Geh nach oben. Zeit, ins Bett zu gehen. Mama wartet schon auf dich.

Ulla

Was war das? Schlag die Augen auf, schau den Wecker an: 06:01 Uhr, in einer Stunde klingelt er, und du stehst auf. In der Luft liegt etwas von Heiner, du spürst, dass er im Raum ist. Du stellst dich schlafend. Drehst dich um wie im Traum, vorsichtig, damit er nicht aufwacht. Langsam, sonst knarrt die Matratze. Das Valium hat deine Glieder schwer gemacht, du fühlst dich wie ein betäubter Elefant. Dick. Schwer. Grau. Zu viel gegessen? Nein. Jetzt, wo du dich wendest, kannst du zum Glück noch spüren, wie sich die vertrauten Knochen deiner Knie aneinanderreiben, du seufzt wohlig, als würdest du etwas Schönes träumen. Für den Fall, dass du Heiner durch deinen Seitenwechsel aus Versehen doch aufgeweckt hast, soll er wenigstens mitkriegen, dass du sogar im Traum ohne ihn Spaß hast. Bleib noch kurz auf der Seite liegen.

Im Bett neben dir rührt sich nichts. Liegt Heiner neben dir oder nicht? Schlag die Augen auf. Erschrick nicht! Aus dem Dunkel leuchten Heiners weit geöffnete Augen auf.

Dein Mann liegt neben dir im Bett und starrt dich an.

Eure Blicke treffen sich nur für den Bruchteil einer Sekunde, dann schließt du schnell die Augen, verstört, du fühlst dich ertappt. Das kam unvermittelt, heftig und direkt wie eine unerwartete Ohrfeige. Für einen kurzen Moment riss zwischen Heiner und dir ein Abgrund aus Angst auf. Ihr habt euch angesehen.

Du hältst die Augen geschlossen und hoffst, dass Heiner dich nicht gesehen hat, dass er denkt, du schläfst. Du bemühst dich, ruhig weiterzuatmen, dabei pocht dein Herz so aufgeregt, hysterisch, ein tobsüchtiges Kind, das du eigentlich festhalten müsstest. Du bemühst dich, tief ein- und langsam auszuatmen, dabei schreit alles in dir nach Hyperventilation. In deinem Kopf rasen die Gedanken, entsetzt, ein aufgescheuchtes Wespennest, graue Masse in Panik, der Hypothalamus klingelt Alarm. Was um alles in der Welt war das für ein Blick?

Ein kleiner Junge, der neben dem Leichnam seiner Mutter wacht.

Ein kleiner Junge, der ein nächtliches Monster neben sich wähnt.

Ein kleiner Junge, dessen Angst wie ein Knochen offen liegt.

Ein kleiner Junge, der dein Mann ist.

2

Ferdinand

Komm schon, tu es einfach, schlag die Augen auf. An einem solchen Tag solltest du nicht verschlafen. Komm schon, tauch auf aus diesem diffusen Traum, werd endlich wach, es hilft nichts, sich vor dem Aufstehen zu drücken, denn raus musst du ja doch. Spürst du, wie die Neuronen in deinem Kopf langsam die Frequenz der Wirklichkeit aufnehmen? Wie deine Fingerspitzen wieder Sensoren werden? Deine Hände nicht mehr einfach nur Klammern sind? Nein, noch nicht. Aber gleich wird dich der Tag überrumpeln wie ein Mann aus dem Dunkel. Achtung, jetzt! Du rutschst in den Morgen, löst dich vom Rücken der Nacht wie eine Schneelawine von einem Satteldach, dein Kardiogramm durchzuckt ein Schreck, du fährst direkt in deinen Körper. Du streckst vorsichtig die Nervenenden aus und fühlst in deine Glieder rein, in die feuchten Hände und elektrisierten Beine. Spürst du es? Dass es besser ist, heute nicht liegen zu bleiben, sondern sofort aufzustehen? Geh direkt unter die Dusche, ferngesteuert. Dreh den Hahn auf kalt. Wenn du dir gleich die vom kalten Wasser gerötete Haut mit einem Reibeisenhandtuch trocken frottiert hast, fühlst du dich erquickt und ausgeschlafen. Rubbel dich gründlich ab, vergiss nicht die Stelle hinter den Ohren. Siehst du? Schon besser. Der Tag soll ruhig kommen.

Maria ist schon aus dem Haus, sie ist ganz früh mit der Bahn zu ihren Eltern gefahren, aber sie hat an dich gedacht und dir Kaffee warm gehalten. Du schenkst dir eine Tasse ein, drei Löffel Zucker, viel Milch, setzt dich und zündest dir eine Zigarette an. Auf dem Küchentisch liegt ein Anzeigenblatt und ein Glückskäfer aus Schokolade mit einem weißen Notizzettel: *Viel Glück heute Abend, ich denk an dich!* Du nimmst die Zeitung, sie ist schon ein paar Tage alt, du beginnst zu blättern. In der Ausgabe bewirbt Aldi sein Wochenangebot, Utensilien für Hobbygärtner: einen Schubkarren, Kräutererde, einen Gartenschlauch, Stecklinge, einen lustigen Rasensprenger, einen elektronischen Unkrautvernichter, Hacke und Spaten im praktischen Set, zwei Paar Arbeitshandschuhe zum Supersparpreis von 1,99. *Einmal im Leben einen Baum pflanzen* steht da, und du ertappst dich dabei, wie dir ganz rustikal zumute wird und du tatsächlich den Impuls verspürst, mit deinen Fingern in der Erde zu graben. Du legst die Zeitung aus der Hand und kannst den Humus fast zwischen den Fingern fühlen, feucht und flockig, warm. Auf einmal fällt dir der Regenwurm ein, der sich aus einem plattgetretenen Klumpen kalter Friedhofserde an Friedes Grab gerettet hat. Auch du ein Mörder, hast du damals gedacht, und ausgerechnet heute, wo du dir fest vorgenommen hast, endlich deinen Mann zu stehen, fühlst du dich selbst wie ein Wurm, dem der Mut fehlt, sich in den Abgrund zu fressen.

Heute Abend ist es so weit. Wirf deine flaue Furcht mit der Kippe in die Spüle. Du musst los. Du springst in deine guten Schuhe, wirfst die Wohnungstür hinter dir zu. Es rumst, und dir fällt ein, dass Maria dir keinen Schlüssel dagelassen hat, aber egal, du musst weiter, der Fahrstuhl steht gerade offen, schnell hinein, die Tür geht zu, drück feste E für fest entschlossen. Dein Hemd sitzt, Maria hat es dir gestern gebügelt.

Du siehst dein Bild im Spiegel. Schau dir in die Augen, Kleiner, komm schon, ein tiefer Blick, ein allerletztes Mal, Mann: Wir werden nimmer seinesgleichen sehen.

Ein Schmatzkuss ins Papierhandtuch, Deckel wieder drauf auf den Lippenstift, ein letztes Lächeln in Richtung Spiegel, du siehst zauberhaft aus. Deine Wangen blühen wie ein Strauß Frühlingsblumen, die Augen blitzen wie frisch geschliffener Saphir.

Als du gegangen bist, hat Gilles noch geschlafen, jetzt sitzt du zwischen Männern, die ihre Handys ans Ohr drücken in einer der Abflugzellen von Tegel und stellst dir vor, dass der Süße immer noch in deinen Kissen schlummert. Du drückst ihm in Gedanken einen zweiten Abschiedskuss auf die Stirn. Du lächelst. Deine Maschine ist ready for boarding, und du wärest bereit für den Traualtar.

Als das Flugzeug abhebt und Nase voran langsam durch ein paar Sahnewolken taucht, lächelst du immer noch. Du fühlst dich wohl im Bauch dieses Flugzeugs und streichelst zärtlich die Stelle über deinem Magen, in dem es ganz eigenartig flirrt. Ist die kleine Linda doch tatsächlich mal wieder ein bisschen frisch verliebt. In deinem Glück gleitet die Tatsache, dass du auf dem Weg zu deinen Eltern bist, an dir ab wie der Tautropfen von der Herzkirsche von Mon Chéri.

Die Stewardess schenkt dir einen Kaffee ein und reicht dir ein zerdätschtes Corny Nuss, du schiebst es mit einem Augenzwinkern dem Dickwanst neben dir zu. Der wird rot und lehnt ab, du lächelst ihn aufmunternd an, und als er merkt, dass in deiner Geste keine Spur von Spott oder Anspielung steckt, lächelt er auch, schon einen Augenblick später ist das Corny verputzt. Du fühlst dich freundlich, es ist ein Gefühl im Bauch, als würde sich dein Zwerchfell sanft in ein Lächeln versenken, es ist ein Gefühl in der Brust, erhaben, als ginge irgendwo zwischen zwei Gletschern eine Sonne auf. Es ist ein Gefühl in den Fingern, die egal, was sie zu fassen kriegen, streicheln wollen. Es ist ein Wollen – und nicht einfach nur Lust. Du denkst gerade, dass du jetzt gern diesem Flugzeug hier den Bauch kraulen würdest, als die Maschine irgendwo zwischen Wolke sieben und Wolke neun in ein Luftloch sackt.

Ulla

Das ist das Letzte. Ein Loch oben, ein Loch unten. Beim ersten Ei hast du noch heimlich über die lüsterne Rundung zwischen deinen geöffneten Lippen geleckt, aber jetzt, nach dem vierten Ei, tun dir vom Blasen die Backen weh. Man merkt, dass die Eier nicht nur Bio, sondern auch frisch sind: Der Dotter ist fest und lässt sich nur widerwillig durch die kleine Öffnung drücken.

Als das Ei leer ist, spülst du die schneeweiße Schale kurz mit heißem Wasser aus und legst sie zurück in den Karton. Die vier ausgepusteten Eier werden später von dir beschriftet, auf einen Kranz aus Gänseblümchen gesetzt und heute Abend originelle Alternative zu Tischkärtchen sein. Die Idee dazu stammt aus einer alten Ausgabe von Marie Claire, das Rezept für die Olivenomelettes, mit denen du morgen beim Brunch die weißgelbe Eimasse verbrauchen wirst, aus ELLE Bistro.

Im Ofen gart seit ein paar Minuten der Rücken eines Heidschnuckenlamms in einem warmen Wind von exakt 80 Grad. Der Braten wird etwa acht Stunden brauchen und muss alle 30 Minuten abwechselnd mit Rosmarin-Rotwein-Fond begossen und dünn mit dem Öl bepinselt werden, in dem vorher schwarze Oliven eingelegt waren. Irene hat das Gericht bei ihrem Osteressen im letzten Jahr gemacht und behauptet, dass ihre Familie noch drei Wochen später davon geschwärmt hätte, wie sensationell saftig und würzig das Fleisch gewesen sei. Sie hat den Braten mit einem Tomatenconfit, in Portwein geschmorten Steckzwiebeln und rosmaringespickten Kartoffeln, Bamberger Hörnchen, aus dem Ofen serviert. Du hast dir vorgenommen, einen draufzusetzen und statt der Kartoffeln Baby-Zucchini mit einem mit Tapenade verfeinerten Püree zu füllen und statt der Portweinzwiebeln eine süßlich-milde Marmelade aus karamellisierten und mit Balsamico abgelöschten Schalotten zu kochen. Die Schalotten hast du bereits gestern vorbereitet, die Kartoffeln für das Püree sind auch schon gegart. Für den Hauptgang bist du vorbereitet wie ein Fernsehkoch.

Und trotzdem hast du Stress, weil: Die Panna Cotta ist nicht vorbereitet und der Safran noch nicht angesetzt, und die Mangosauce ist auch noch nicht püriert. Und jetzt fällt dir zudem auf, dass dir Bourbonvanille fehlt.

Und: Du hast Margarine gekauft statt guter Butter.

Dumme Gewohnheit. Dabei soll es als Vorspeise ein Duett von Mini-Spargeln geben: den weißen mit Erdbeervinaigrette und den grünen aus Thailand mit einer Kürbiskern-Hollandaise, die wird üppig sein, muss sogar üppig geraten. Du isst sowieso nicht mit, isst nie mit, wenn du mehrere Gänge kochst, immer nur blankes Gemüse und ein bisschen fettfreies Fleisch. Und die Ausrede, die du anwendest, ist auch immer dieselbe: dass du satt bist, ihr müsst verstehen, nach der ganzen Abschmeckerei. Du suchst also das schwere Öl, das du sowieso nicht essen wirst, und die anderen Zutaten für die Vinaigrette zusammen, den Dijonsenf und den Honig und das Fleur du Sel, und als du die Flasche mit dem Balsamico tradizionale hochhebst, stellst du fest, dass der kleine Rest darin auf gar keinen Fall mehr reicht. Du hast zu viel für die Schalotten verbraucht.

Der Balsamico ist aus und du bist am Ende.

Aber kein Wunder, wenn du dich mal wieder um alles allein kümmern musst. Für alle mitdenken musst, als hättest du nicht schon genügend Sorgen. Du fragst dich, wie du das jetzt bitte anstellen sollst, mit diesem Braten im Rohr, der in etwa so viel Zuwendung und Aufmerksamkeit braucht wie ein frühgeborener Säugling, er muss gestreichelt und gesalbt werden, vor allem jetzt, in diesem rohen Zustand kannst du das zarte Fleisch auf gar keinen Fall ohne Aufsicht lassen, außerdem musst du die Panna Cotta jetzt kochen, denn wenn du zu spät anfängst, wird sie nicht mehr rechtzeitig stichfest sein, es sei denn, du stellst sie in den Kühlschrank statt in den Keller, nur wird sie dann eben nicht perfekt: Für ein gleichmäßiges Resultat ist es eminent wichtig, dass sie bei niedriger Temperatur geliert. Das sagst nicht nur du, sondern vor allem auch Alain Ducasse.

Du kannst hier nicht weg. Dir wird schlecht, aber es hilft alles nichts: Du musst Heiner schicken, um die Sachen zu besorgen. Du weißt, dass das schiefgehen wird, weil auf ihn partout kein Verlass ist, aber trotzdem bleibt das jetzt deine einzige Hoffnung: dass er dich wenigstens dieses eine Mal nicht enttäuscht. Du stöhnst lautlos, setzt dich hin und schreibst auf dem unbedruckten Rand eines Dessousprospektes von Galeria Kaufhof eine ganz genaue Einkaufsliste. Du schreibst exakte Angaben zu den Herstellern dazu, und damit Heiner auf gar keinen Fall einen Fehler machen kann, fügst du sogar an, dass er nicht die grün eingewickelte Butter, sondern unbedingt nur die in der tiefblauen Packung kaufen darf. Wenn er den Einkauf trotzdem vermasselt, dann prügelst du ihn grün und blau. Nein, besser: Dann nimmst du den Crème-Brûlée-Brenner und lötest ihm damit die Augen aus.

Wo du schon dabei bist, prüfst du auch gleich, ob sonst

noch etwas fehlt. Es ist nur ein Zufall, dass du überhaupt bemerkst, dass die Tüte mit dem Osterschinken weg ist, für den du extra in die Innenstadt zu Fiadora Feinkost gefahren bist, weil es doch morgen Abend etwas ganz Einfaches, Rustikales geben soll: frischen Spargel als schönen, leichten Kontrast zu dem üppigen Mahl heute Abend – so kalorienarm, dass du bedenkenlos mitessen kannst und deine ewige Dauerdiät gar nicht weiter auffällt. Außerdem hat dich die Erfahrung gelehrt, dass der Appetit deiner Familie am Abend nach einem barocken Ostersonntagsbrunch ohnehin nicht mehr sehr ausladend ist. Der Spargel lagert sorgsam in feuchte Tücher gewickelt im Kühlschrank, aber jetzt ist der Schinken weg. Du bist völlig umsonst zu Fiadora gefahren. Du könntest auf der Stelle kotzen. Du weißt, dass das nur Heiner gewesen sein kann, in seiner unersättlichen Gier auf Schinken. Dieses Tier. Du schickst ein Todesstoßgebet in Richtung Himmel und fragst dich, was er da oben schon wieder treibt. Bevor du anfängst zu brüllen, nimmst du einen großen Schluck aus der Flasche Rotwein, in dem eigentlich das Lamm garen soll.

Heiner

Es hilft nichts, du kriegst die Schinkenfaser mit der Zunge nicht raus. Du wirst dir die Zähne putzen müssen; und wenn auch das nicht nützt, musst du nochmal mit der Zahnseide ran, aber das gilt es zu vermeiden; das Hantieren mit der Zahnseide findest du fast genauso nervig, wie Nasenhaare mit der Nagelschere zu schneiden. Also auf mit dir, ab ins Badezimmer. Hat ja auch Vorteile: Wenn du beim Zähneputzen das Wasser laut laufen lässt, kannst du Ullas stockiges Schimpfen und Schnaufen aus der Küche nicht hören. Wann sie wohl das mit dem Schinken bemerkt? Du hoffst auf ein Wunder. Wenn sie merkt, dass der Schinken weg ist, dann gibt es in der Hölle nochmal einen Extraaufguss aufs Ohr. Dass Ulla Stunk machen würde, hast du natürlich gewusst, als du dich gestern Nacht vor den offenen Kühlschrank gestellt hast. Aber in dem Moment, als du das Päckchen mit den Schinkenscheiben gesehen hast, war es dir egal, dass du Ärger kriegst: Geräuchertem kannst du einfach nicht widerstehen, hauchdünn geschnittener Schinken ist eine deiner Lieblingsspeisen, und der im Kühlschrank war noch dazu fast schwarz geräuchert, köstlich, unmöglich, ihn dir so lange zu verkneifen, bis Linda und Ferdi ihn dir am Ende vor der Nase wegessen. 400 Gramm, direkt aus der Packung. Plattgemacht. Herrlich. Aus dem Faden zwischen deinen beiden Backenzähnen schmeckst du immer noch einen leichten Hauch Hickory heraus. Und jetzt gehst du dir die Zähne putzen. Eigentlich schade.

Du nimmst die elektrische Zahnbürste von der Ladestation. Deine Lieblingsspeisen kriegst du nicht mehr so oft, seit Ulla penibel auf deine Cholesterinzufuhr achtet. Nur, weil der Arzt irgendwann mal festgestellt hat, dass deine Werte leicht erhöht sind, bewacht sie den Kühlschrank so scharf wie ein Rottweiler seine Hütte. Aber manchmal hast du das Gefühl, dass Ulla dir gutes Essen einfach nicht gönnt. Die eine Hälfte deiner Leibgerichte gönnt sie dir nicht, und mit der anderen ist sie nicht einverstanden, mit Schweineleber mit Äpfeln und Rosinen zum Beispiel. Schweineleber findet Ulla primitiv, ihr wird schon schlecht, wenn sie Leberwurst nur riecht.

Was ist los? Du hältst die Zahnbürste in der Hand, Braun Oral B steht darauf und: Plak Control, dann schaust du dir die beiden Tuben an, die auf dem Waschtisch nebeneinanderstehen: Aronal und Elmex. Du willst dir die Aronal greifen, aber auf einmal zuckst du zurück, bist dir auf einmal nicht mehr sicher, ob es heißt: *Morgens Aronal, abends Elmex* oder *abends Aronal, morgens Elmex*. Es ist wie verhext. Du putzt dir mit dem Zeug seit 25 Jahren die Zähne und auf einmal – gelöscht. Wenn die Erinnerung tatsächlich ein Paradies ist, wurde diese Information daraus vertrieben. Der kleine Heiner, auf der Flucht. Wenn das eigene Leben zum Hortus Conclusus wird. Vielleicht hättest du damals mit den Kindern den Parodontosetest aus der Werbung nicht machen dürfen, den, bei dem ein Biss in den Apfel die Schuld anzeigt, wenn auch nur die eines hygienischen Versäumnisses. Vielleicht solltest du endlich mal zum Arzt gehen. Aber was, wenn deine hypochondrischen Vermutungen wahr sind? Wenn er diagnostiziert, dass es tatsächlich …?

Du scheuchst den Gedanken fort, er verkriecht sich in eine Ritze, immerhin ist er so aus dem Sinn, aber mach dir nichts vor: Er lauert. Du bist kurz versucht, einfach irgendeine von beiden Tuben zu nehmen, aber dann liest du dir doch lieber die Aufschrift durch, die so klein gedruckt ist, dass du die Tube direkt vors Gesicht halten musst: *Morgens Zähneputzen mit aronal forte Zahnpasta stärkt und schützt das Zahnfleisch und sorgt für saubere Zähne und frischen Atem für den Tag.*

Du drückst etwas Zahnpasta aus der Tube auf die Bürste. Wahrscheinlich gibt es sowieso keinen Unterschied zwischen den beiden Zahncremes, zumindest geschmacklich sind beide gleich. Ekelhaft. Klinisch. Pfui. Warum sich Menschen freiwillig Mentholartikel ins Maul stopfen, war dir noch nie so ganz klar, Zahncremes, Kaugummis, Pfefferminzdragees, als könnte keiner seinen eigenen Atem ertragen. Sowieso interessant, warum Menschen gegen manche Sachen extreme Vorlieben und extreme Abneigungen entwickeln. Warum wird Ulla beim Geruch von

Leberwurst schlecht? Warum liebte Ferdi diese absurde Kombination von Ananas, Schinken und Schmelzkäse auf seinem Toast Hawaii so sehr? Manchmal hat er sogar Belegkirschen dazu gegessen! Und dann hat Ferdi ja auch nichts lieber getan, als halbe Brathühnchen abzunagen, während Linda mit Fleisch stets entsetzlich heikel war. Huhn konnte man ihr nur in Gestalt dieser Formfleisch-Nuggets unterjubeln, ebenso wie Fisch, und selbst bei Rinderfilet hat sie alle Sehnen und Fettfasern weggeschnitten, ganz so, als könnte sie es nicht ertragen, dass ein saftiges Steak einmal ein Tier war. Manchmal fragst du dich auch, woher bei dir diese fast schon unsittliche Unersättlichkeit bei Schinken kommt. Das mit den Leibspeisen ist sowieso so eine Sache. In der Natur hat ja jede Ernährungsform ihre Funktion, Tiere würden nie etwas aus reiner Lust zu sich nehmen, würden nie etwas essen, was ihnen am Ende schadet. Sie spüren, was sie brauchen, ganz instinktiv. Zumindest in aller Regel. Auf einmal fällt dir ein Gegenbeispiel ein, das vom *Dicrocoelium dentricum*, dem Kleinen Leberegel, einem erstaunlichen kleinen Parasiten, der sich als blinder Passagier in die Leber von Schafen einnistet. Ob du Schafsleber genauso gern essen würdest wie Schweineleber, das bezweifelst du, aber auf alle Fälle ist es so, dass die Schafe die Eier des Leberegels ausscheißen. Dann machen sich Schnecken – nicht jeder weiß, dass Schnecken auch Aas fressen – über die Schafsexkremente her und vernaschen dabei die Eier. Dabei beschädigen sie die Leberegel-Eier nicht, sie bemerken sie nicht einmal, sondern brüten sie quasi in ihrem Darm weiter und scheiden nach einer Zeit klitzekleine Larven aus. Die Larven sind nun von einer schleimigen Schicht umhüllt, die wiederum von Ameisen als allzu schmackhaft empfunden werden. Die Ameisen fallen über die Larven her – und müssen ihre Gier teuer bezahlen: Die frisch verputzte Larve frisst sich durch den Ameisenkörper vor bis zum Hirn. Woraufhin die Ameise durchdreht: Als sei sie nicht von Larven zerfressen, sondern völlig besessen, fängt sie ganz entgegen ihrer Gewohnheit an, Grashalme zu erklimmen – fatalistisch und suizidal krabbelt sie bis an die Spitze hoch, wie einst King Kong die 381 Meter zur Spitze des Empire State Building in New York. Oben angekommen, springt die verrückte *Formicoidea* aber nicht einmal selbst in ihren Tod, sondern wird wiederum von weidenden Schafen mit abgegrast. Der Kreislauf der Natur schließt sich auf den sonderbarsten Wegen, denkst du, du willst gerade Karies und Baktus in den Abfluss spucken und hältst plötzlich inne: Du hast mit der Bürste deine Schneidezähne umkreist, die Backenzähne geschrubbt, die Plomben poliert – und erst jetzt fällt dir auf, dass die Zahnbürste, die du in den Händen hältst, eine elektrische ist. Du erschrickst. Wie lange hast du dir nicht mehr mechanisch die Zähne geputzt? Wie lange? Zehn Jahre? Es müssen zwanzig sein. Ein zwanzig Jahre altes Bewegungsmuster hat sich aus den Untiefen deiner Hirnwindungen zurück nach oben gedrängt, bis an die Oberfläche deines Verhaltens. Der zweite Aussetzer an diesem Morgen. Der zweite innerhalb einer Viertelstunde.

Du legst die Zahnbürste zurück in die Kleenex-Schachtel, trocknest dir den Mund ab und gehst nach unten, wo Ulla schon seit einigen Minuten Zeter und Mordio speit. Aber das ist nicht der Grund dafür, dass dir auf einmal so schlecht ist.

Ferdinand

Der Geldautomat antwortet auf jeden Tastendruck mit einem artigen Piep, aber dann verstummt er plötzlich, die Maschine stockt, für einen Augenblick verweigert dir dein Herz seinen Schlag, und deine Finger erstarren über den Tasten. Nichts geht mehr, die Arschlöcher von der Bank haben dein Leben gesperrt und ziehen jetzt auch noch deine Zukunft ein.

Du holst aus und willst die OK-Taste k.o. hauen, da fängt das Zählwerk doch an zu rattern, der Automat streckt dir die Karte wie eine Zunge raus und spuckt zwanzig Euro in vier Fünfern aus.

Vielen Dank für Ihren Besuch
Auf Wiedersehen

Du dankst, faltest die Scheine zu einem säuberlichen Bündel und verstaust sie sorgfältig in dem Seitenfach deines Portemonnaies, in dem zwei Kondome stecken, da bist du wie jeder andere Kerl deines Alters auch. Du versteckst das Geld, damit du auf gar keinen Fall in Versuchung kommst, es anzurühren, die zwanzig Euro sind für deine Mitfahrgelegenheit nach München, ohne sie kommst du heute nicht heim. Als du in deinen Jackentaschen wühlst, stellst du erleichtert fest, dass die zwanzig Euro nicht alles sind, was du noch hast. Noch bist du nicht ganz pleite: Zwischen ein paar stanniolumwickelten Kaugummikügelchen, einem Kronkorken, zwei Pfandmarken aus dem Joseph, einer zerknüllten Taxiquittung und einem zersprungenen Feuerzeug klimpert noch eine ganze Menge Kleingeld. An den Münzen kleben zwar ein paar Tabakbrösel, aber immerhin, du zählst nach: Es reicht, um dir die Zeit zu vertreiben, bis du dich in einer Stunde draußen auf dem Parkplatz mit dem Typen von der Mitfahrzentrale triffst.

Eigentlich wäre es besser, dich jetzt nicht zu zerstreuen, sondern endlich mal deine Gedanken zu sammeln, richtige Worte zu finden und sie zu wohl abgewogenen Sätzen aneinanderzureihen, statt dich in die Schlange der Eilreisenden am Presseladen im Hauptbahnhof zu stellen. Du nimmst dir eine Süddeutsche, wie immer, und dann, ohne dich wirklich dafür zu entscheiden, greifst du dir auch noch eine Ausgabe jener Zeitung, für die deine Schwester schreibt. Nicht, dass dich ihr Job groß interessieren würde. Nein. Aber wenn du Linda heute Abend triffst, kann es nicht schaden, ein bisschen auf dem Laufenden zu sein. Du legst eine Handvoll Münzen auf den Teller, drei Euro zu viel, der Student in der Kasse drückt sie dir wieder in die Hand und lächelt so aufmunternd und freundlich, dass du dich fragst, ob er dich für einen Psycho, einen Penner oder vielleicht doch nur für einen pauschal übermüdeten Pendler hält. Du trittst in die Bahnhofshalle und gehst ein paar Schritte, aber auf der Höhe von Gleis sieben drehst du wieder um, weil die Luft überraschend drückend ist zwischen den Zügen. Du gehst zurück in den Teil des Bahnhofs, in dem die meisten Läden sind, dort ist es auch kühler, außerdem fällt dir ein, dass du heute noch gar nicht gefrühstückt hast. Und wer weiß, was das für eine Fahrt wird – am Ende will deine Mitfahrgelegenheit ohne Pause bis nach München durchheizen. Du gehst an verschiedenen Ständen vorbei, es gibt Döner, Pizza, warme Brezen, überbackene Croissants, sogar einen Sushi-Laden. Du überlegst, wie du die drei Euro zwischen den Fingern in deiner Jackentasche am besten investierst. Du musst ja nur bis nach München durchhalten, sechs Stunden, wenn es gut läuft, Mama springt jetzt sicher schon in der Küche zwischen drei Gängen hin und her.

Bei *Burger King* im ersten Stock bestellst du einen Cappuccino und einen Blaubeermuffin und suchst dir ein Plätzchen auf dem Balkon, mit Blick auf die Gleise im Erdgeschoss. Den Muffin isst du nur zur Hälfte, er muss in den nächsten 45 Minuten das Alibi für deinen Sitzplatz sein. Du schüttest dir zwei Päckchen Zucker in den Kaffee. Während er sich unter deinem Rühren in der Flüssigkeit löst, kristallisieren sich bei dir erste Zweifel heraus. Darüber, ob dein Vorhaben richtig ist. Darüber, ob das, was du planst, überhaupt möglich ist oder nicht. Zerstreu sie mit dem dritten Päckchen Zucker. Nur weil es nichts Echtes und Richtiges mehr gibt auf der Welt, sondern nur noch recht Wichtiges, muss dein Plan doch noch lange nicht falsch sein.

Auf dem Plasmabildschirm über dem Burgertresen läuft das Video eines Liedes, zu dem Maria vor ein paar Tagen auf der Tanzfläche ausgerastet ist.

Du solltest jetzt lieber die Wochenendbeilagen lesen. Den Wissenschaftsteil. Es wäre gut, wenn etwas für Papa darin stände, irgendein neues Forschungsergebnis, eine falsche Darstellung. Du könntest ihm den Artikel mitbringen und beweisen, dass du eben doch an ihn denkst, und er könnte über den Unsinn, der da geschrieben steht, herziehen und sich und dir und aller Welt beweisen, dass er der Einzige ist, der etwas davon versteht. Du solltest als Erstes den Wissenschaftsteil lesen. Solltest. Aber wo – du merkst, dass die Zeitungen, die du dir vor vielleicht einer Viertelstunde gekauft hast, beide weg sind. Du musst sie irgendwo liegen gelassen haben, aber du hast nicht die Spur einer Ahnung, wo. Du überlegst, ob du irgendwo stehen geblieben bist, aber dir fällt nichts ein, außer vorhin, als du den Kaffee bestellt hast, du gehst zurück zum Tresen und fragst, aber dieser Armleuchter von Verkäufer schüttelt nur seine Schirmmütze und verzieht das Gesicht. Manchmal hast du das Gefühl, dass dir dein Vater über die Ferne vorführen will, wie viel Erbgut von ihm in dir steckt.

Du bist 28 und jetzt schon senil. Du bist sauer auf dich. Sei lieber froh, Junge, hättest du die Zeitung nicht verloren, müsstest du früher oder später auch Lindas Kolumne lesen, und das ist immer wieder das Schlimmste, was du dir antun kannst. Und weil du weißt, dass das so ist, versuchst du stets, es zu vermeiden.

Wenn du Lindas Texte liest, wirst du immer wieder gelb vor Neid, weil sie um so viel besser geschrieben sind, als du das jemals hinkriegen könntest. Deine erstgeborene Schwester hat alle Begabung aus der DNA eurer Eltern für sich abgesahnt, dabei hätte ihr Talent leicht für euch beide, vielleicht sogar auch noch für Friede gereicht. Aber Lindas literarische Hochbegabung ist nicht der eigentliche Grund für deinen Ärger. Der Grund, warum dich jede von Lindas 120 Zeilen wie eine kleine Nadel sticht, ist der, dass das, woraus sie so kunstvolle Texte strickt, so ein absoluter Quatsch ist, so daneben, so völlig an der Realität vorbei! Linda schreibt über Mama und Papa, ja, aber das, was sie über Mama und Papa schreibt, ist so tolldreist erlogen, dass es schon fast eine Beleidigung ist. Du fragst dich, ob eure Eltern überhaupt eine Ahnung davon haben, dass ihnen ihr Mustertöchterchen Linda am anderen Ende Deutschlands Woche für Woche eine Ohrfeige verpasst, schwarz auf weiß, ohne rot zu werden. Was Linda über Mama und Papa schreibt, das verletzt schon fast ihre Persönlichkeitsrechte. Eigentlich müsste man Lindas Texte schwärzen: Sie kränken eure Familie, sie sind fast schon beleidigend weit weg von der Realität. Ein Dackel auf LSD würde die Welt wahrheitsgetreuer sehen als Linda, und ausnahmsweise weißt du da mal, wovon du sprichst. Du und Friede, ihr habt euern Spaß auf Kosten von Haustieren gehabt.

Der angebissene Muffin auf deinem Tablett erinnert dich an einen lilafarbenen Pilz. Du denkst an Alice im Wunderland, dein Vorhaben kommt dir wieder in den Sinn. Eigentlich bräuchtest du jetzt keinen Cappuccino, sondern ein Fläschchen Wahrheitselixier, einen Zaubertrank – oder zumindest einen doppelten Whisky. Du musst Mama und Papa heute Abend die Wahrheit einschenken, daran führt kein Weg vorbei. Es sei denn, du verpasst gleich den Typen von der Mitfahrzentrale. Aber dazu hättest du ja die Verabredung mit ihm vergessen müssen. Oder dir müsste jetzt etwas Außerordentliches passieren:

Eine große Liebe, in die du stolperst.

Ein affektiver Mord, und du vereitelst ihn.

Eine traurige Schönheit, die ihren Selbstmord inszeniert. Du nimmst sie in den Arm und tröstest sie.

Träum weiter. Und weiter und weiter und weiter. Es wird nichts daran ändern: So viel Gnade hat die verfickte Fortuna doch eh wieder nicht mit dir.

Linda

Als das Flugzeug seine Nase in die Dunstglocke über München taucht, hört dein verliebtes Herz wieder auf zu flattern. Gerade hing der Himmel noch voller Geigen, jetzt spürst du nur noch den Druck im Ohr. Der Gedanke daran, zu deinen Eltern zu fahren und dir irgendwo auf dem Weg dahin auch noch den Stress geben zu müssen, ihnen Geschenke zu besorgen, breitet sich in deinem Kopf aus wie eine Abgaswolke, die ein müder Familienvater mit einem Gartenschlauch in die Fahrerkabine seines Kombis pumpt. Du bekommst Kopfweh, außerdem zerrt die Lust auf eine Zigarette inzwischen ziemlich heftig an deinen Lungenhärchen. So langsam brauchst du einen Schuss Nikotin. Am Münchner Flughafen kann es ewig dauern, bis man nach der Landung endlich zur ersten orange ausgewiesenen Raucherdemütigungszone kommt. Gut, dass du nur Handgepäck hast, so bleibt dir wenigstens die Wartezeit auf das Gepäck erspart.

Auf den Förderbändern aus AMS, BKK, TXL und VCE kreisen Koffer, wartende Passagiere stehen herum und tun so, als seien sie nur zufällig hier, versuchen, ihre Ungeduld zu verbergen. Du stolzierst mit deinem Trolley so lässig an ihnen vorbei, als wärest du nicht auf Reisen, sondern mit deinem Abendhandtäschchen auf dem Weg zur Damentoilette beim Bundespresseball. Du willst jetzt endlich eine Zigarette und am liebsten noch eine Line Koks dazu, aber nein, damit hast du ja aufgehört, ein für alle Mal, als du aus München weggegangen bist. Wenn Mama wüsste, dass du jedes Mal daran denken musst, wenn sie zu Weihnachten ihren blöden Turkey in den Ofen schiebt.

Aber was machst du denn da? Statt dich direkt in ein Taxi zu setzen oder einen Souvenirshop zu plündern oder dir eine Nase Klostein zu hacken, gehst du auf eine dieser bargewordenen Espressodosen zu. Holst dir an der rot lackierten Theke einen schwarzen Lavazza und setzt dich an einen freien Tisch. Links von dir ein Vorortpärchen auf dem Weg nach Bali, rechts von dir drei Mädchen in bonbonbunten Neckholder-Tops, die sich voll guter Hoffnung an ihr Flugticket nach Kapstadt klammern. Anders als sie träumst du nicht von der Ferne, sondern ein paar Sekunden lang einfach so vor dich hin. Dann schreckst du auf, zündest dir eine Zigarette an und rührst einen kleinen Löffel Zucker in den Kaffee. Du schlägst die Beine übereinander und beginnst unmerklich, mit dem linken Fuß zu wippeln. Du hältst dich ganz aufrecht, stolz die Arme vor der Brust verschränkt und die Hand mit der Zigarette nach hinten geknickt. Zur Diva fehlt dir nur ein Kopftuch und deine große Sonnenbrille vorm Gesicht.

Eine Zeit lang sitzt du einfach nur da, wippelst weiter

mit dem Fuß, du rauchst und starrst abwesend auf das Förderband, das den Strom Flüchtiger an dir vorbeiträgt. Dann trinkst du deinen Espresso in einem Zug aus, stehst auf, stürzt raus und verschwindest in der Menge.

Ulla

Das Handy piepst in deiner Handtasche, aber das hörst du nicht, weil die Handtasche oben im Schlafzimmer steht, du aber unten in der Küche bist. Heiner ist gerade vom Einkaufen zurückgekommen, du kannst bereits in seinen schläfrigen Augen lesen, dass er die Hälfte von dem, was du ihm aufgetragen hast, vergessen hat. Du reißt ihm ungeduldig die Tüten aus der Hand, stellst sie hektisch auf den Küchentisch und beginnst sofort, sie zu durchsuchen. Du bist angespannt, denn in Wirklichkeit kontrollierst du den Einkauf nicht auf Vollständigkeit, sondern fahndest nach einem Fehler, dem Beweis dafür, dass dein Mann nicht und zu nichts mehr zu gebrauchen ist. Du greifst in die Tüte, packst eine Flasche Balsamico beim Hals. Du nimmst das Stück Butter, sie ist, wie bestellt, mildgesäuert. Du greifst das Päckchen von der Fleischabteilung und kontrollierst das Gewicht des Schinkens auf dem angetackerten Zettel: Es sind genau 402 Gramm. Die Crème fraîche. Ist sie abgelaufen? Nein: Noch zwei Wochen haltbar. Das ist ungewöhnlich, Heiner zieht sonst fast immer zielsicher die Verfallsware aus dem Regal. Mal sehen, was die andere Tüte für Überraschungen birgt. Kaum zu glauben: Heiner hat Klopapier gekauft! Du hattest ganz vergessen, dass es tatsächlich etwas knapp geworden wäre, wenn über das Wochenende vier Leute da sind. Du ziehst es aus der Tüte. Was ist das da darunter? Hat Heiner – ja, tatsächlich: Er hat Lindas Lieblingsosterschokolade gekauft: rote Lindor-Eier, es sind sogar diese kleinen, die sie so liebt. Und Überraschungseier, die Ferdi immer so gern mochte als Kind. Und, was ist das? Hauchdünne Täfelchen, in Zartbitter. Sind die für dich? Sieh einer an: Heiner hat ausnahmsweise einmal mitgedacht.

Du wirst doch wohl nicht etwa versöhnlich werden? Nein, natürlich nicht. Denn, siehst du, du hast es doch geahnt: Heiner hat die Vanille vergessen. Ausgerechnet. Das Wichtigste. Mal wieder. Vergessen. Du brüllst seinen Namen durchs Haus. Noch während deine Wut in den hintersten Winkel des Hauses dringt, fängst du an, die Einkäufe wegzupacken. Heiner kommt nicht. Du brüllst nochmal, lauschst dem Schrei hinterher, bis über die Treppe nach oben. Aber: nichts zu hören. Du bündelst die Kraft deiner Stimmbänder noch einmal. Schreist. Jetzt gellend. *Heiner!* Als du die Einkaufstüte zusammenknüllen willst, spürst du auf einmal einen Widerstand. Das hattest du übersehen: ein Glasröhrchen mit Vanilleschote. Fast hättest du es zerbrochen, so klein und dünn ist es in deiner Hand. Und dann steht da auf einmal Heiner in der Tür und will mit seltsam ängstlicher Stimme wissen, was los sei.

Die Vanille, sagst du beherrscht.

Heiner wird bleich, seine Antwort versandet in seinem halb geöffneten Mund: *Hab ich …?*

Ich hab die Vanille nicht gefunden, erklärst du gepresst.

Aber ich hab doch …

Ich hab doch. Sieh dir diesen Idioten an. Jetzt musst du ihm deinen Fehler auch noch erläutern. Wie kann ein Mann nur so langsam sein. *Nein, ich dachte, du hättest sie vergessen, dabei hattest du sie nur ganz unten in der Tüte versteckt.*

Der Satz ist raus, denk nicht mal daran, dich zu entschuldigen. Mach schnell weiter. Als Nächstes ist die Vinaigrette dran. Hol das Dressingglas aus dem Schrank, es ist ganz oben, steck deinen Kopf tief in das Fach hinein und stell deine nächste Frage durch das Geschirr hindurch: *Hat Linda sich gemeldet? Wann kommt sie an?*

Linda? Nein. Hat sich nicht gemeldet.

Das klang ganz normal, Themawechsel gelungen, Satz gewonnen, du hast das Dressingglas gefunden, du kannst jetzt wieder raus aus dem Schrank. *Komisch*, sagst du, und deine Wangen sind leicht gerötet, als du vom Stuhl steigst. *Vielleicht hat sie auf dem … bring mir doch bitte mal meine Handtasche.* Was schaut er jetzt so doof? *Im Schlafzimmer!*

Heiner

Warum so bleich um die graue Nase? Schon klar, Supermärkte verwirren dich immer, viel zu viel Angebot, kistenweise Designfood für die geschmacklosen Massen, Regale voller bunter Nahrungssubstitute, die nicht nur so tun, als seien sie Essen, sondern sogar so, als seien sie dein Freund.

Und dann die Musik. In Supermärkten lassen sie unaufhörlich Hintergrundmusik laufen. Obwohl sie ganz leise ist, hörst du sie immer überdeutlich, spürst, wie sie sich von Streichern und Holzflöten verwischt in deine empfindlichen Gehörgänge schleicht, eine fiese Schlange, eine opportunistische Freundin, die versucht, deines Herzschlags Herr zu werden, ihn sich anzugleichen, instrumentalisierte Songs, ihre Sänger wegrationalisiert. Functional nennen sie die Musik, die nicht will, dass du sie bemerkst, die versucht, deinen Kopf in einen Hohlraum zu verwandeln, eine Halle für ihr Human Engineering. In Supermärkten kannst du nicht anders, als völlig auf taub zu schalten, dich am Einkaufszettel festzuhalten und ihn Punkt für Punkt abzuarbeiten. Ohne die Liste würdest du hilflos durch die Regalreihen torkeln, gegen Verkaufsdisplays prallen, eine Kugel in einem Flipperautomaten, in dem Sonderangebote blinken. Du könntest nur hoffen, dass es irgendwo rausgeht. Supermärkte machen dir Angst. In dem Moment, in dem du durch die Flügel der Automatiktür zurück ins Tageslicht taumelst, fühlst du dich wie damals, als Ulla dich dazu überredet hatte, mit dir Achterbahn zu fahren: so, als hättest du nur ganz knapp überlebt. Heute kam es dir so vor, als hättest du den Dreier-Looping ohne Schutzbügel überstanden, so sehr hast du dich zusammengerissen, um ja keinen Punkt auf der Liste zu übersehen.

Als Ulla dich gerade gerufen hat, hast du ehrlich gedacht, du hättest nicht einmal diesen kleinen Einkauf hingekriegt. Armer. Das war ein Schreck, nicht wahr? Als du gerade Ullas Geplärr in die Küche gefolgt bist, ging dein Puls auf Anschlag, hast du tatsächlich einen Augenblick gedacht, du hättest versagt.

Auf dem Weg nach oben gewinnst du langsam deine Fassung zurück. Du fühlst dich befreit. Vielleicht sieht der Tag ja doch nicht so schlecht aus? Die Tür zum Schlafzimmer geht heute besonders leicht auf. Du schwingst in Richtung Bett, an dessen Fußende Ullas Handtasche thront, und schnappst sie dir mit einem beherzten Griff. Du hältst sie einen Augenblick in deinen Händen, sie ist ziemlich schwer, vor allem für so ein dürres Wesen wie sie. Willst du nicht? Na? Los, komm schon, schau einfach mal hinein. Los doch, tu es, mach sie auf und schau auf ihr Handy, nur so, interessehalber, es könnte ja eine Nachricht von Linda sein. Aber … Nein! Was tust du da,

Heiner! Du wirfst die Tasche über die Schulter wie Hans im Glück, du hüpfst die Treppe ja geradezu herunter! Du hast nicht einen Augenblick daran gedacht zu schnüffeln, nicht wahr? Du willst es nicht sehen, so wie ihr Männer es ja nie sehen wollt. Solange alles in Ordnung ist, ist alles in Ordnung.

Du fühlst dich so fit wie schon lange nicht mehr, fast fröhlich bist du, klar, an einem Tag wie heute, an dem sich die Kinder zum Essen angekündigt haben, an dem endlich mal wieder etwas Abwechslung ins Haus kommt, etwas frischer Wind, da hast du ja auch allen Grund dazu. Vielleicht sogar die Verpflichtung? An einem Tag wie heute ist es wichtig, dass alles in Ordnung ist. Mit dir und deinem Geisteszustand. Mit dir und Ulla.

Ulla

Fast hättet ihr euch tief in die Augen geschaut, als Heiner dir mit treudoofem Lächeln die Handtasche gebracht hat. Fast wäre dir richtig warm geworden ums Herz. Fast wärest du errötet, ganz sanft nur, fast freudig, aber dann – als du auf das Display deines Handys siehst, wirst du feuerrot im Gesicht. Ertappt! Du drehst dich weg, gehst zum Kühlschrank, öffnest ihn, um im sterilen Licht ein Dirty Date heute Abend

Ich kann heute nicht, muss
Osteressen mit den Kindern
Alles Liebe, Ulla

abzulehnen. Du drückst die Senden-Taste, schließt die Kühlschranktür und bekommst gerade noch mit, wie Heiner die Treppe hochgeht und im Klo verschwindet. Du öffnest noch einmal das SMS-Programm und schickst Norbert eine zweite SMS hinterher:

LEIDER
Leider. Du schaust dem abfliegenden Brief auf dem Display hinterher und steckst das Handy zurück in die Handtasche, ganz tief hinein.

Linda

Du nimmst einen Bestseller in die Hand, schlägst ihn auf und wieder zu, gehst weiter, drückst dich weiter um die Stapel im Hugendubel herum, unlustig, unmutig, unentschlossen. Du willst deiner Familie gern Geschenke mitbringen, aber du hast keine Ahnung, was. Du lässt dich auf Rolltreppen durch das Kaufhaus fahren, von unten nach oben und wieder zurück, und am Ende hast du immer noch keine Idee, aber wenigstens drei Geschenke, die so wirken, als hättest du eine gehabt. Ein experimentelles Kochbuch für Mama, ein Video-Box-Set mit Expeditionen ins Tierreich für Papa, für Ferdinand einen Fotoband über die Existenzialisten in Paris. Und ganz unten in der Tüte liegt der neue Dan Brown, Illuminati, den du verstohlen und bewusst wie nebenbei vom Stapel neben der Kasse gezogen hast. Als du ihn dem Aushilfsstudenten am Scanner gereicht hast, hast du das Buch mit dem Cover nach unten hingelegt.

Schon gut, du musst wirklich nicht so tun. Auf einer Flugreise noch mit Musil anzufangen, wäre zweifellos übertrieben, und die neue i-D hattest du schon auf der Taxifahrt vom Flughafen in die Innenstadt durch.

Du verlässt Hugendubel durch die Seitentür. Alles erledigt. So langsam solltest du dich auf den Weg nach Hause machen. Also, auf, worauf wartest du? Klar: Schwer bepackt wie du bist, mit dem Trolley und der Tüte voll Büchern, müsstest du eigentlich ein Taxi nehmen. Andererseits bist du aber auch Papis Lieblingskind – und verschwendungssüchtig ist das natürlich nicht. Wenn dein Vater sähe, dass du Taxi fährst, hätte er kein Verständnis, unnötige Ausgaben waren ihm schon immer zuwider. Ihm wird sogar dann unwohl, wenn Mama und du nach einem Geburtstagsessen im Restaurant noch einen Espresso bestellten. Für euch ist das ein kleiner Luxus, keine Notwendigkeit, eher eine Geste; die ihn völlig nervös macht, weil sie verschwenderisch und überflüssig ist und es überhaupt: zu Hause doch Filterkaffee gibt. In ein Taxi würde Papa sich nur im Notfall setzen. Etwa nach einer Beinamputation auf offener Straße, um drei Uhr nachts in einer verlassenen Seitenstraße eines Industriegebiets am Rande der Stadt. Nein, selbst dann würde er jemanden anrufen. Auch dann, wenn der ihn auf dem Fahrradgepäckträger ins Krankenhaus fahren müsste.

Andererseits: gibt es jetzt nichts, worauf du weniger Lust hast, als dich in die S-Bahn zu setzen. Öffentlicher Nahverkehr ist einfach zu nah am Volk für dich, es genügt doch, Öffentlichkeit herzustellen, hast du mal im La Comtessa gesagt und gelacht, als hättest du es nicht so gemeint. Außerdem hast du Durst. Du ziehst dir beim Hot-Dog-Verkäufer an der Ecke eine Cola light, du trinkst sie im Stehen und in einem langen Zug. In Bahnhöfen und S-Bahnen hast du dich schon immer zu sehr mit dem Volk konfrontiert gefühlt, denkst du und lässt einen Rülpser in deinem geschlossenen Mund verhallen.

Statt der S-Bahn in die Peripherie möchtest du lieber noch einen Latte Macchiato nehmen, einen schönen Kaffee mit Schaumkrone, ehe dich Mama wieder 48 Stunden lang mit der Krönung verwöhnt.

Inzwischen müssten sie doch sogar in München irgend so etwas wie Starbucks haben. Du machst dich auf die Suche, findest zwar keinen Starbucks, aber zwischen Läden, die Manic Muffin oder Panic Pancake oder am Ende gar Adolf's Brownies heißen, einen Laden namens 4tune2go. In den gehst du rein, weil dich der Name daran denken lässt, dass man in Österreich charmanterweise ja nicht Immobilien, sondern Realitäten verkauft. Schade, dass man die Wirklichkeit nicht wirklich bewohnen kann, sondern sich in ihr einrichten muss wie in einer abgerockten Altbauwohnung, über deren fleckigem Boden man eine Schicht Laminat auslegt.

Der Bananenmuffin ist saftig und schwer wie ein vollgesogener Badeschwamm, cremig fast schon und dabei beißend süß. Du versuchst, ihn mit dem Latte herunterzuspülen, aber der ist genauso cremig und white-chocolate-sirup-süß. Du leckst eine Weile mit deiner Zunge an den völlig verkleisterten Schleimhäuten in deinem Mund herum und gehst dann doch aufs Klo, um mit einem Schluck Wasser aus dem Waschbecken zu gurgeln.

Komisch, dass sich alle Welt so nach Schäumchen, Cremes und Püriertem sehnt, denkst du und überlegst kurz, ob du darüber nicht mal was schreiben solltest: über die zunehmende Passierung der Welt. Wahrscheinlich treiben die immer härter werdenden Zeiten den Leuten am Ende sogar die Lust auf al dente aus. Wahrscheinlich machen sie nach Suppenküchen jetzt bald auch noch Puddingstuben und Breibars auf. Wahrscheinlich ist das alles nur eine große Aktion von Nestlé, die angesichts ausbleibenden Nachwuchses auf perfiden Wegen neue Kundschaft für Alete heranzüchten will.

Du trocknest dir den Mund ab und merkst, dass deine Haut spannt, wahrscheinlich wegen der Scheißluft im Flieger. Du cremst dein Gesicht mit getöntem Feuchtigkeitsfluid ein und legst eine dünne Schicht Puder darüber. Du gibst etwas Rouge darauf und noch etwas mehr Puder über die Stirn. Du gehst ganz nah an den Spiegel, begutachtest die kleinen Mitesser auf deinem Kinn. Du reißt die Brauen hoch, um deinen Lidschatten zu kontrollieren und dir zum ersten Mal an diesem Tag in die Augen zu sehen.

Wenn ein Mensch stirbt, dann hört sein Herz auf zu schlagen. Auf einmal steht sein Blutkreislauf still, und das Blut sackt langsam in die tiefer liegenden Regionen des Körpers. Auf der blässlichen Haut des Toten sprießen dann blauviolette Kirchhofrosen, die der Pathologe auch *Livores* nennt: Leichenflecken. Du weißt nicht mehr genau, ob es dein Vater war oder dein Mediziner-Ex Jakob, der dir die Geschichte von diesem sonderbaren Leben nach dem Tod erzählt hat, aber du siehst mit einem Blick in den Spiegel, dass die untere Hälfte deiner Augäpfel rot ist – die Äderchen recken ihre dünnen Ärmchen und Ästchen wie Ertrinkende aus deinem Unterlid.

Du blinzelst verstört. War das auch die trockene Luft im Flugzeug? Deine Augen haben doch gar nicht gebrannt oder getränt? Du blinzelst verstört, aber du bist ja zum Glück gewappnet. Weil du die Geheimwaffe kiffender Moderatoren und koksender Models kennst. Ganz unten aus deiner Handtasche kramst du ein kleines Plastikfläschchen Eye Whitener heraus. Du drehst den Deckel ab, spreizt deine fleischig geschwollenen Lider mit zwei Fingern und hältst drauf.

Ferdinand

Der Becher mit dem Kaffee von der letzten Raststätte ist längst kalt. Du hältst ihn immer noch in der Hand, trinkst ihn Tropfen für Tropfen, als sei er alles, was du noch hast. Zwischen deinen Schläfen vibriert ein Gefühl von Verzweiflung. Der Wagen quält sich in Richtung

Stadt. Seit Berlin hat dieser Idiot von der Mitfahrzentrale nur hirnrissigstes Gewäsch von sich gegeben, das bleibt nicht ohne Folgen. Deine Festplatte weist erste Sprünge auf: Ihr steckt kurz vor Ende der Autobahn im einfallenden Stop-and-go-Verkehr, und dein Hirn hängt im Loop dieses einen Gedankens fest.

Bis hierher ging die Fahrt flüssig: Der Idiot neben dir hat sein kontinuierliches Geschwafel aus seinem aschblonden Hippiebart schwallen lassen, er redete von Pot und der gottlosen Welt, von Schnitten in Mitte, Kampfhunden in Kreuzberg und davon, dass das ungefähr dasselbe sei. Ihr wart gerade mal auf der Höhe von Dessau, da war er bereits bei seinem Liebesleben, bei seiner Freundin, der Sozialpädagogin, die die erste Frau sei, bei der er das Gefühl habe, sie habe für sein Leben so etwas wie Bedeutung. Er hat geschwallt und geschwallt und das Tempo keinen Augenblick lang gedrosselt, über das völlige Fehlverständnis des neuerdings so gehypten Yoga, über die Kundalini und über den universellen Flow der Dunkelmaterie, er hat gebremst und die linke Hinterbacke gehoben, um sich am Arsch zu kratzen, er hat sein Geschwätz nur unterbrochen, um sich die nächste *American Spirit* anzustecken, er hat über diese Energie fabuliert, die er durch Atemübungen von der Wurzel seines Steißbeines aus durch seine Wirbelsäule nach oben fließen lassen kann, er hat den Zigarettenrauch aus dem Fenster geblasen und weitergeschwallt, ohne vom Gas zu gehen, auch nicht, als ihr bei Leipzig in einen Regenguss kamt. Mit allen 80 Stundenkilometern, die der Typ seinem Ford Fiesta noch aus den Pedalen quetschen konnte, seid ihr durch die Lande gerast, immer auf der rechten Spur. Dafür, dass der Typ sich so beharrlich am Hintern kratzte, hielt er den Wagen erstaunlich ruhig in der Spur, er überholte nicht, scherte nicht aus, sondern blieb eingefädelt in die endlose Karawane von LKW. Vielleicht wollte er im Windschatten einfach nur den Spritverbrauch minimieren, aber du kamst dir eingekeilt vor zwischen den turmhohen Lastern. In der Falle.

Und dann, auf einmal, kurz nach Ingolstadt, fing der Typ wieder von seiner Freundin an, aber dieses Mal wagte er es, über Sex zu sprechen, zum ersten Mal auf dieser Fahrt. Vielleicht tat er es aus dem Bedürfnis heraus, den christlich-sozialen Boden unter seinen abgefahrenen Reifen zu besudeln, vielleicht hatte er auch nur Lust auf eine kleine Beichte. Aber du vermutest: Er wollte die Nähe zwischen euch besiegeln, indem er ein kleines Tabu brach. Inmitten der grätigen Hügel des niederbayerischen Hopfenlandes also teilte dein Beifahrer mit dir seinen Beischlaf und begann, dir von den tantrischen Spielchen zu erzählen, die er mit seiner Freundin übt. Du wolltest das eigentlich nicht hören, wurdest aber andererseits gar nicht danach gefragt.

Das Wichtigste, hob er an, sei, zu erkennen, dass es nichts gebe auf der Welt, das etwas anderes als Energie und Leere sei. *Du, ich, die Hügel da draußen: alles leer, wesenlos, nur Energie, verstehst du, Mann, das muss man erst mal checken, aber wenn du das mal gecheckt hast, dann ist es total leicht, das auch zu spüren, verstehste, musst nur den Kopf frei kriegen von den dummen Gedanken, die dir das vorgaukeln, dass da noch was anderes ist, weil man ja die ganze Zeit meint, man selber sei noch was anderes, aber in Wirklichkeit, Alter, kannst du das spüren, dass du selber auch nur 'n Part bist, weißte, Teil der Energie, wenn du das nur mal zulässt, dass dein Hirn völlig leer ist, dann kannste auch den universellen Flow spüren, vom Wurzelchakra die ganze Wirbelsäule rauf, musst dafür nicht unbedingt Sex haben, Alter, weiß ja nicht, wie du drauf bist* – er sah dich keck von der Seite an und lachte kumpelig – *man kann auch einfach niesen, ja, klingt albern, ist aber so, so 'n kräftiger Nieser ist ja nix anderes als 'n Orgasmus in der Nase, so oder so, und der Orgasmus ist eben nur der Moment, in dem der Kopf leer wird, gedankenfrei, und wenn da keine Gedanken sind, die dich ablenken, dann kannste die Energie spüren, und dann checkst du das, dass in dir drin die Energie ist, die dich mit allem verbindet, die praktisch alles mit allem verbindet. Das ist so das Geile beim Tantra, da schläfste nicht nur mit deiner Freundin, oder deinem Freund eben, weiß ja nicht, wie du drauf bist, Alter, also, auf alle Fälle schläfste eben gleichzeitig mit allen anderen Wesen der Welt, kannste spüren, echt, mit allen, die je hier gewesen sind, und allen, die irgendwie irgendwann kommen. Weil die Energie vom Leben, weißte, die verschwindet nicht einfach so, die bleibt in der Welt,* hat er gesagt und, als auf einmal kurz vor München die neue Fußballarena vor euch erschien: *Schau dir das an, diese Irren vom FC Hollywood, hauen sogar ihre Golfbälle platt.* Der Idiot brach in Lachen aus und setzte an, dir etwas von Hertha und –

Du hast die ganze Fahrt über das ganze Gerede an dir vorbeifließen lassen, ein Parallelstrang zur unendlich grauen Leitplanke, vorbei an Hügeln, Raststätten und kraftstoffkranken Kiefernwäldern. Und jetzt, auf einmal, kracht da dieser Satz zwischen deine Gedanken und sein Gedöns. *Die Energie vom Leben verschwindet nicht einfach so, die bleibt in der Welt.* Der Satz kam kurz vor München und lässt dich seitdem nicht mehr los. Was er eigentlich will, der Satz, das ist dir unklar – aber er beschwört auf irgendeine Weise ein ganz bestimmtes Gefühl. Wieder mal. So ein Gefühl. Das du nicht kennst. Mit dem du nichts anfangen kannst. Das du nicht einfach Angst oder Missmut oder Unentschlossenheit nennen kannst. Du versuchst angestrengt, das Gefühl zu begreifen, zu interpretieren, es in einen klaren Gedanken oder wenigstens in einen Namen zu transferieren, aber dein Hirn hat einen Hänger, es stellt die Verbindung Bauch – Kopf einfach nicht her. Connection time out. Bitte versuchen Sie es zu einem späteren Zeitpunkt erneut.

Die Stadt rollt näher, und langsam bildest du dir ein, dass der Satz genau die Kraft benennt, die dich gerade nach München treibt. Der Einfallverkehr schiebt euch weiter, stoßweise dem Ende der Autobahn und dem Anfang der Wahrheit entgegen. Dir wird klar, dass da nicht viel ist, worüber du nachdenken musst. Du musst es einfach nur tun.

3

Ferdinand

Und jetzt auch noch das. Stau. Da hinten blitzt schon der Tower des Flughafens im Sonnenlicht auf, aber um das Chaos hier unten auf der Autobahn kümmern sich die Lotsen natürlich nicht. Egal, auf welche Spur du wechselst, es ist die falsche, garantiert. Links und rechts schieben sich voll besetzte Autos an dir vorbei, Familien, die statt dem Osterspaziergang mit Oma und Opa zwei Wochen all-inclusive auf den Balearen machen. Papis drücken ihre Wut durch die Hupe, Kinderköpfe schlagen gegen Seitenfenster, blutrünstige Ehefrauen sehen dich an.

Ich hab doch gesagt, wir sollen früher fahren. Keifst du nicht. Denn so gut kennst du Linda dann doch, um zu spüren: Sie steht unter Druck. Die ganze Fahrt über hat sie durch ihre große Sonnenbrille aus dem Seitenfenster gestarrt. Ohne ein Wort zu sagen. Versiegelt. Still. Das ist der Preis ihres Journalistendaseins, denkst du und ertappst dich dabei, dass dich ein klein wenig Schadenfreude durchdringt: dass für sie jeden Sonntag immer schon Montag ist und sie an einem Feiertag wie dem morgigen Ostermontag ihren Dienst an der Dienstagsausgabe ableisten darf. Du spürst: Sie ist angespannt. In spätestens fünfzehn Minuten muss sie eingecheckt haben.

Links von dir tut sich eine Lücke auf. Du scherst aus. Hinter dir hupt es. Die Zeit läuft, aber statt komplett auszuticken, wirst du von Minute zu Minute ruhiger, wie immer, wenn es um dich herum hektisch wird. So wie du ja auch immer ganz still wirst, wenn Frauen schreien. Das passiert ganz automatisch. Wenn irgendwo ein Orkan tost, betrachtest du ihn durch ein ruhiges, totes Auge. Ein Antipol zur Welt.

Auf den Kurzparkzonen vor den Abflughallen hingegen tobt der Antichrist. Nach dem Stau auf der Autobahn ist hier erst recht die Hölle los. Du kalkulierst kühl: Statt wertvolle Minuten beim Einparken zu verschwenden, hältst du Papas Audi kurzerhand in zweiter Reihe und springst rasch aus dem Wagen. Jetzt könnte sie es noch schaffen. Du gehst zum Kofferraum, um Linda ihren Trolley herauszuheben. Er ist nicht sehr schwer, trotzdem bist du automatisch davon ausgegangen, dass auch sie aus dem Wagen steigt, wenn schon nicht, um dir zu helfen, so doch zumindest, um dich bei deinem Ausladenmanöver zu kontrollieren, mit ihrem Louis-Vuitton-Gepäck ist sie ziemlich empfindlich. Dass Linda jetzt nicht kommt, verunsichert dich. Du schlägst den Kofferraum wieder zu, der Wagen erzittert, du nimmst den Trolley in die Hand und gehst zögerlich nach vorne zur Beifahrertür. Linda blickt geradeaus durch die Windschutzscheibe und schaut auch nicht auf, als du zaghaft an die Scheibe klopfst. Du spürst irgendeine Mischung aus Ungeduld und Mitleid, du seufzt, öffnest die Tür und hockst dich neben sie hin.

Was ist denn los, Linda, hm? Du sagst das so einfühlsam und zart wie möglich, als sei die trotzige Blondine hinter der Riesensonnenbrille eine neurotische Prinzessin, die du wegen des Geldes geheiratet hast und deswegen nicht verärgern darfst. Oder eine überspannte Diva in ihrer Garderobe, die sich weigert, auf die Bühne zu gehen, während draußen eine weltweite Live-Übertragung zur Feier ihres 50. Geburtstages läuft. Auf alle Fälle sagst du es nicht so, wie man es erwarten würde angesichts der Tatsache, dass das Mädchen auf dem Beifahrersitz die große Schwester ist, die dir seit deiner Kindheit immer und immer wieder die Nerven raubt. Hinter dir hupt ein Taxi. Linda reagiert nicht. *Hey!* Du berührst vorsichtig ihre Hand. *Du verpasst noch deinen Flieger!* Mit einem Ruck löst sich Linda aus ihrer Erstarrung und schaut dir direkt ins Gesicht. Du kannst nicht erkennen, ob sie wütend oder ängstlich oder traurig ist, in den riesigen Gläsern ihrer Sonnenbrille spiegelt sich für einen Moment dein eigenes Gesicht. Ganz klein ist es, aber mehr als diesen kurzen Blick erhaschst du nicht, denn Linda steht so abrupt auf, dass du ihr, immer noch in der Hocke, ausweichen musst. Du kippst dabei fast um, stützt dich mit der Hand auf dem Rollsplitt am Gehsteig ab und beobachtest verwirrt, wie sie sich den Trolley schnappt, ihre Handtasche unter den Arm klemmt und geht. Du kauerst am Boden wie ein versteinerter Frosch und schaust ihr hinterher: wie sie zielstrebig auf den Eingang zumarschiert und dich den Staub ihrer Pumps fressen lässt. Die Schiebetür schließt sich hinter ihr, das Gate hat sie geschluckt, nur noch einen letzten, kurzen Moment lang kannst du sie hinter dem spiegelnden Glas in der Dunkelheit erahnen. Dann ist sie weg, ohne auch nur über die Schulter zurückgeblickt zu haben.

Deine Ruhe ist mit einem Schlag weg. Inzwischen hupen zwei Taxen und zwei BMW-Limousinen dein Auto an, es blockiert die Straße. Rasch rappelst du dich auf, die Knie tun dir weh, du humpelst zur Fahrertür und startest den Motor, das Hupen verstummt nicht, du fühlst dich gejagt. Mit einem Ruck lässt du die Kupplung kommen, der Wagen prescht mit quietschenden Reifen unkontrolliert nach vorn, direkt auf den Zebrastreifen zu. In letzter Sekunde reißt eine entsetzte Mutter ihr Mädchen zurück, die Kleine wird blass vor Schreck unter den palmenförmigen Gläsern ihrer rosa Plastiksonnenbrille, du auch, dein Herz schlägt, das Kind, du hättest es um Haaresbreite übersehen. Du duckst dich, fährst schnell weiter, ab in Richtung Autobahn. Was ist denn das für eine Panik heute. Flucht.

Zurück in die Stadt fährst du bewusst vorsichtig, du setzt den Blinker besonnen, legst den Fuß betont sanft auf das Gas. Was für ein Tag. Hoffentlich ist wenigstens die Lage zu Hause stabil, aber das herauszufinden, hast du wirklich nicht eilig. Du hast Zeit.

Mama hat dich heute Morgen gebeten, nicht wieder eine Mitfahrgelegenheit zu nehmen, dieser Irrsinn, sich bei einem wildfremden Mann in den Wagen zu setzen, sagte sie, es könnte ja sonst etwas passieren, man wisse doch nie. Und da sie dir in diesem Sinne auch noch ein paar Hunderter in die Hemdtasche gesteckt hat, hast du einmal ohne Umsteigen nach Berlin reserviert, statt wieder mit einem Hippie-Idioten eine Fahrzelle zu teilen und die Kilometer nach Berlin einzeln mit der Fingerkuppe auf der beschlagenen Fensterscheibe auszustreichen.

Eigentlich bist du ganz froh um diese Entscheidung: So konntest du Papa, der sich inzwischen, wann immer möglich, vor Autobahnfahrten drückt, den Gefallen tun und Linda zum Flughafen bringen. Du musst jetzt nur noch in aller Ruhe Papas Wagen wieder nach Hause fahren, deine Sachen zusammensuchen, dir von Mama irgendein Kaviar-Ciabatta oder Garnelencanapé oder so einen Quatsch schmieren lassen und dich dann in die S-Bahn zum Bahnhof setzen. Du wirst dich in ein leeres Abteil legen und die Augen zumachen. Wenn du sie wieder aufschlägst, ist alles vorbei.

Ulla

Jetzt sind die Kinder aus dem Haus. Bist du erleichtert? Nein, um so etwas wie Erleichterung zu spüren, dazu bist du zu müde. Du hast kaum geschlafen letzte Nacht. Erst konntest du nicht einschlafen und bist dann auch noch viel zu früh aufgewacht. Die Pflicht hat dich aus dem Bett getrieben, du hast mit noch schweren, müden Schultern Kaffee aufgesetzt, hast ihn schwarz und ohne auch nur eine einzige Tablette Süßstoff darin getrunken – als würde er so besser wirken. Dann hast du, mit diesem bitteren Geschmack im Mund, die Frühstückstafel gedeckt. Deine Schritte waren das einzige, matte Geräusch im Haus, du hast die Teller möglichst geräuschlos aufgelegt und versucht, nicht zu sehr mit dem Besteck zu klappern. Du wolltest niemanden wecken, aber das war nicht nur Rücksicht. Es war vor allem auch Schiss.

Die Kinder haben geschlafen und geschlafen, den ganzen Vormittag über kein Laut, als wollten sie sich im Dunkel hinter ihren Lidern verstecken. Es muss etwa um zehn Uhr gewesen sein, als Heiner endlich aus dem Schlafzimmer gekrochen kam, so leise, dass du ihn erst bemerkt hast, als er in der Küche stand, noch im Schlafanzug und ohne geputzte Zähne, und er gefragt hat, ob er dir helfen könne, irgendwie. Du hast gelächelt und dich bedankt, und er hat gefragt, ob er nicht die Kinder wecken solle, und ganz kurz hattest du das Bedürfnis, ihm in die Arme zu sinken, ganz weich, ganz seine Frau. *Lass sie mal schlafen,* hast du gesagt. Und er hat genickt, erleichtert. *Gibt es schon Kaffee,* hat er gefragt, und du hast *ja* gesagt, *ich mach dir einen. Danke.* Dann ist er ins Bad gegangen, um sich umzuziehen.

Bis Viertel vor zwölf habt ihr an dem gedeckten Tisch gewartet. Die Zeit verging zäh. Heiner war mit der Zeitung fertig und schielte immer wieder zum Sofa hin. Du hattest die Werbebeilagen bereits dreimal durch und warst drauf und dran, dir den Politikteil zu nehmen, als endlich oben die Türen gingen, ein Wasserrohr rauschte, du die Pfanne für die Rühreier heiß machen konntest und ihr um zwölf endlich anfangen konntet mit eurem Ostersonntagsbrunch. Ihr saßt um den Tisch herum, nicht lebhafter als eine Totenwache. Die Augenringe der Kinder waren riesig und entsprechend groß auch die Mengen Kaffee, die sie brauchten. Du musstest noch eine zweite Kanne aufsetzen, so viel habt ihr in euren besten Zeiten nicht geschafft. Und da gab es Tage.

So richtig in Gang ist das Frühstück trotz Koffein nicht gekommen, nur Ferdi hat zugegriffen, als gelte es, sich für die Reise zurück nach Berlin zu rüsten. Linda hat so lustlos in deinen Rühreiern gestochert, dass du schon fragen wolltest, ob etwas nicht stimme mit ihnen, aber dann hast du dir doch lieber noch ein kleines Eck eines Croissants aus dem Brotkorb abgebrochen und es auf deinem Teller in seine einzelnen Blättchen zerlegt.

Es hing so etwas in der Luft.

Du hast es auch nicht gewagt, Heiner zu ermutigen, doch etwas Schinken zu essen, obwohl du gesehen hast, wie sehr es ihm in der Seele wehtat, als Ferdi ihn scheibenweise zwischen den Fingern faltete und ihn in den Mund schob, ganz ohne Brot. Du hast dich auch nicht getraut, Linda zur Eile zu mahnen, obwohl du wusstest, dass sie bereits um 15 Uhr zum Flieger musste. Wenn ihr kleiner Bruder vorhin nicht so sehr zum Aufbruch gedrängt hätte, würde sie ihren Heimflug wahrscheinlich gerade verpassen.

Aus lauter Dankbarkeit, dass er sich so um seine Schwester bemühte, hast du Ferdi, während Linda oben ihre Sachen zusammenpackte, ein Bündel Geld zugesteckt, viel mehr, als du eigentlich geplant hattest, 500 Euro. Du hast ihm die Scheine in die Hemdtasche geschoben, an die Bedingung gekoppelt, dass er dafür die Bahn nimmt und nicht schon wieder mit dieser komischen Mitfahrzentrale fährt.

Und jetzt sind sie weg. Ferdi hat sich im Hinausgehen noch ein Croissant geschnappt, ganz wie früher die Banane, wenn er los zur Schule ging. Er hat – *bis nachher!* – schon mal den Koffer zum Wagen gebracht, während Linda, – *Tschüs, Mama, Tschüs, Papa* – jeden von euch mit einem flüchtigen Kuss auf die Wange gestreift hat und sich kaum drücken lassen wollte. Die Stimmung war belegt, euer Abschied heiser. Du hast Linda noch einen von den schönen Äpfeln in die Hand gedrückt, du hattest sie extra poliert, damit sie schön glänzen am Frühstückstisch, aber sie hat ihn nicht angeschaut, sondern ihn achtlos in ihre Handtasche fallen lassen, und dann waren die beiden schon aus dem Haus. Du hast durch die geschlossene Haustür gehört, wie erst die Kofferraumklappe, dann die Beifahrertür und schließlich die Fahrertür zuschlug, jede ein Abschied und eine Ohrfeige zugleich. Du hast dich auf einen Stuhl am unaufgeräumten Frühstückstisch sinken lassen, abgewatscht, aber erleichtert. Heiner war gerade nach oben ins Badezimmer gegangen. Du hast eine Weintraube von der unberührten Rebe gepflückt, sie wie einen Kreisel auf der Tischplatte gedreht und warst ein bisschen froh, dass das Schlimmste vorbei war.

Zu früh hast du das gedacht. Die Traube auf dem Tisch vor dir dreht sich noch, da piepst dein Handy aus dem Inneren deiner Handtasche heraus. Erst jetzt wird dir klar, wie still es auf einmal ist im Haus, ohne die Kinder, ohne Heiners laufenden Fernseher, ohne die Wut, die sonst gegen Fenster und Türen rennt. Das Piepsen lässt dein Herz höherschlagen. Das muss etwas Liebes von Linda sein. Etwas, das dich ermutigt, ein aufmunterndes Nicken, die nachgeholte Umarmung, eine kleine Absolution. Du stehst auf, holst das Handy aus der Tasche und setzt dich zurück an den Tisch. Du löst die Tastensperre und lässt dich von der eingetroffenen Nachricht überrollen.

Alles überstanden? Der
Osterhase hätte hier noch
was für dich. Rate. Tipp:
Es sind nicht nur Eier.
Norbert

Du erstarrst. Was ist denn das für eine SMS? An Norbert hattest du nun wirklich überhaupt nicht mehr gedacht. Gedanklich warst du bis gerade eben so weit von Norbert entfernt, dass du so hilflos vor dieser Nachricht stehst wie vor jemandem, der dich in der Fußgängerzone aufs Herzlichste begrüßt und an dessen Gesicht du dich beim besten Willen nicht erinnern kannst. Du weißt, dass eine SMS ebenso wie ein Gruß eine Reaktion verlangt, aber hast keine Ahnung, welche. Du versuchst immer noch, den Text in das, was die letzten 24 Stunden von dir übrig gelassen haben, einzuordnen, als es auf einmal zum zweiten Mal piepst:

Frohe Ostern! Tut mir leid,
dass ich mich so lang nicht
gemeldet hab, hatte viel Arbeit.
Muss dich unbedingt bald wieder
sehen, spüren … Gruß, Achim

Und jetzt weißt du sehr wohl, was du denken sollst, die Short Message trifft dich wie ein kurzer Haken voll in die Fresse, du hältst dir den Mund zu, damit du nicht anfängst zu heulen.

Wenn du dich sehen könntest, wie du da sitzt, ganz klein und schwach, ein dürres altes Weib, zusammengesunken zwischen den eigenen Knochen, du möchtest dich vergraben, mindestens drei Tage lang, nach alledem, was passiert ist, nach dem Stress mit den Vorbereitungen und dieser Ansprache von Ferdi, die ohne jede Vorwarnung kam, diesen Behauptungen, dass Friede ihm geschrieben hätte, dass das alles gar kein Unfall gewesen sei, diese völlig wirre Ansprache, aus heiterem Himmel. Steht der Junge auf einmal vom Tisch auf und behauptet, er hätte einen Brief von Friede bekommen. Es sei kein Unfall gewesen. Kein Unfall! Und dass es nicht angehen könne, dass weiterhin nicht darüber gesprochen werde, dass in diesem Haus über nichts gesprochen werde, dass alles unter den Tisch gekehrt werde, dass das genau der Grund für Friedes Depressivität gewesen sei, dieses ewige Schweigen, dass die Wahrheit und alles, was wahr werden könnte, nicht ausgesprochen werde, dass das der Grund gewesen sei, warum sie zerbrochen sei, und dass er, Ferdi, fürchte, es werde noch viel mehr zerbrechen, wenn es so weiterginge. Dein Sohn stand vor euch wie ein Verwirrter auf einer Parkbank, ein anderer hätte ihm eine Münze hingeworfen, aber dir fiel nur die Gabel aus der Hand. Du hast überhaupt nicht verstanden, wovon er sprach, er war offenkundig nicht klar bei Verstand, eine vollkommen wirre Predigt, die er hielt, mit großen Gesten, und auf einmal war da wieder dieser irre Blick von damals in seinen Augen, dieser

Mörderin!

dieser Blick, den du nicht länger ertragen konntest, dieser eisige Vorwurf. Als sei es möglich, Friederike zurückzureden! Aber das hat er nicht verstanden, dass das nicht möglich ist, auch nicht, als du geschrien hast. Und dann pinkelt sich Heiner auch noch in die Hose, kein Wunder bei einem solchen Schreck, obwohl es klar und deutlich zu riechen war, was passiert ist, ist er in seiner nassen Hose wie betäubt sitzen geblieben und nicht aufgestanden. Und dann ist Linda auf einmal verschwunden, rennt das Mädchen einfach so aus dem Haus und kommt erst nach Mitternacht wieder. Und dann diese Nacht ohne Schlaf, diese Nacht, in der keiner geschlafen und keiner mit dem anderen geredet hat, Heiner und du, ihr habt beide an die Decke geschaut, schweigend. Und das war dann doch alles ein bisschen viel. Und nach alledem will Norbert Sex mit dir haben. Nicht: dich trösten, nicht: dir Kraft schenken, nicht: zärtlich zu dir sein. Sondern einfach nur Sex.

Wagt es, einfach nur Sex mit dir zu wollen.

Was er sich nur einbildet. Nein, ein Date mit Norbert ist das Letzte, was du jetzt brauchen kannst. Du brauchst deine Ruhe, deinen Frieden. Ruhe in Frieden. Du überlegst, wie du diesem Idioten von Norbert am besten absagen kannst, aber ihm eine Inschrift ins Handy zu meißeln, dazu fehlt dir der Mut. Du willst den Typen ja nicht gleich begraben, was hast du denn noch außer dieser kleinen Affäre? Du könntest ihn gar nicht verlassen. Nur im Augenblick – das wäre zu viel. Außerdem hast du gerade noch eine andere Sorge. Nur eine Kleinigkeit. Die du aber endlich mal erledigen solltest.

Linda

Bei der Landung hebt sich dir der Magen, und du bist für einen Moment nicht sicher, ob dieses Gefühl schuld an diesen üblen Gedanken ist oder die Gedanken schuld an diesem üblen Gefühl. Was, zum Himmel, willst du Gilles erzählen, wenn er dich fragt, wie es bei deinen Eltern war? Die Wahrheit? Dass Mama sich in der Küche mal wieder selbst übertroffen hat, dass es Lammrücken gab und mit Olivenpüree gefüllte Baby-Zucchini, dass ihr dazu den Barolo getrunken habt, den du extra für den Abend dem Barchef des La Comtessa abgekauft hattest, dass es nahezu nett war im Schein der vielen Kerzen, dass sich gerade eine gewisse innere Wärme in euren Gesichtern staute, dass ihr rote Wangen bekamt und das

Gelächter, wenn Mama etwas erzählte, kurz davor war, sich echt anzuhören, fast schon herzlich, und es also fast schon ein richtig nettes Familienessen war, als auf einmal dein Bruder, dieser Idiot, der sich schon immer viel zu viel aus Dogma-Filmen gemacht hat, mit der Rückseite seines Messers gegen das Rotweinglas schlug, aufstand und zu sprechen begann, ganz wie in *Das Fest*, dass er also dastand und betrunken in die Runde blickte und auf einmal seine eigene Familie des Mordes bezichtigte. Das willst du Gilles erzählen? Auch die Details? Dass dein Vater überhaupt nicht in der Lage war, angemessen auf die Vorwürfe zu reagieren, die wirklich haltlos waren, und sich vor der ganzen Familie in die Hose pisste? Dass deine Mutter anfing, hysterisch zu schreien? Willst du ihm wirklich erzählen, dass dein Vater, der Professor, einer der führenden Fachleute auf dem Gebiet der Entomologie, der Herr der Fliegen, wie du ihn neulich vor Gilles genannt hast, offensichtlich gerade inkontinent wird, inkontinent und senil? Willst du ihm den erbärmlichen Anblick schildern, wie dein Vater, der bei Tisch immer den Herrn Professor gegeben hat, in seinem eigenen Urin vor einem Teller mit Lammrücken an Balsamico-Schalotten-Marmelade saß, völlig versteinert unter dem hysterischen Kreischen seiner Frau und im flackernden Licht der Kerzen, zu keiner Reaktion mehr fähig? Dass du, in dem Moment, als Ferdi erneut zu seinen Anschuldigungen anhob, einfach aufgestanden und weggelaufen bist, weniger wegen der Vorwürfe von Ferdi als vielmehr wegen dieser wirklich entsetzlichen Peinlichkeit mit Papa? Dass du aus dem Haus gerannt bist, immer weiter, die Straße deiner Kindheit hinunter bis zur Wolfratshauser Allee, am Kiosk vorbei und bis zur S-Bahn-Station? Dass du, weil gerade ein Zug Richtung Innenstadt kam, eingestiegen bist, ein herrenloser Hund, ein hirnloses Huhn, und in die Stadt gefahren bist? Dass du, in einem Zustand, der dem der aufgeschlitzten Polster, aus denen der Schaumgummi quoll, durchaus ähnelte, am Ostbahnhof ausgestiegen bist, um dich, aufgelöst, wie du warst, in der nächstbesten Bar volllaufen zu lassen? Dass du aber würgen musstest angesichts des Uringestanks vor den Kneipen, die Sorgenbrecher oder Babsi's Beisl hießen, und du umgehend wieder zur S-Bahn zurück bist, um in den allerersten Zug zu steigen, der wirklich rein zufällig der zum Flughafen war? Dass du bis zum Terminal 1 durchgefahren bist, dich auf eines der Laufbänder gestellt hast und dich kreuz und quer durch das Gebäude hast tragen lassen, von Gate 3 zu Gate 13 und von Heulkrampf zu Heulkrampf, hin und her und wieder zurück, vorbei auch an der Espressobar, an der du nur wenige Stunden zuvor die Diva gegeben hattest, Abscheu im Blick auf das Fernreiseproletariat! Und dass du dich nach dieser Odyssee nur deshalb nicht in einen Flieger nach Hause gesetzt hast, weil so spät am Abend keiner mehr ging? Dass es bereits nach Mitternacht war, als du dich zurück ins Haus geschlichen hast, wo bereits alle Lichter gelöscht, der Abendbrottisch abgeräumt, die Teller gespült und die Gläser poliert waren? Dass du so dankbar warst um die Stille, die die Dunkelheit des Wohnzimmers durchtränkte, und dass du sie empfangen hast wie eine tröstende Umarmung? Willst du ihm erzählen, wie du dich trotz der Dunkelheit mit geschlossenen Augen durch das Haus bewegt hast, nur um zu probieren, ob du den Weg von der Haustür zur Küche immer noch findest, ohne ein einziges Mal gegen das Sofa oder einen Türstock zu stoßen? Dass du blind dem altvertrauten Summen des Kühlschranks gefolgt bist, seinem ewigen, monotonen Lied? Willst du ihm erzählen, dass du am Ende deiner nächtlichen Irrfahrt darin eine kleine, mit

Alufolie verschlossene Glasschüssel fandest, auf der ein Zettel mit deinem Namen klebte? Dass dich im stillen Schein des alten AEG Santo nochmal ein kleines Weinen überkam, nur weil du verlorene Tochter dort eine eigens für dich aufbewahrte Portion Nachtisch fandest? Willst du ihm tatsächlich erzählen, dass du dich an den Küchentisch gesetzt und die Beine zum Bauch gezogen hast und völlig verheult deine Panna Cotta gelöffelt hast und wie tröstend das war, obwohl du doch eigentlich nichts anderes schmecken konntest als deinen süßen Rotz und deine salzigen Tränen?

Nicht ernsthaft, oder? Was schaust du so? Komm schon. Manchmal muss man die Realität wie eine Magenverstimmung nehmen, die Wahrheit wie ein verdorbenes Ding. Kein Wunder, dass dir schlecht ist. Übergib sie dem kleinen Brechbeutel, der vor dir zwischen dem Bordmagazin und der Karte mit den Sicherheitshinweisen steckt. Du wirst sehen, nach dem Kotzen wird es dir besser gehen, dann musst du nicht mehr kämpfen mit der Übelkeit. Nach dem Kotzen hast du die Kontrolle zurück.

Aber natürlich kotzt du nicht, schließlich bist du Profi. Ein Luftloch, ein Fehlstart, eine Verspätung, alles kein Ding mehr für dich. Manchmal holpert es eben im Leben, aber runter bist du noch immer gekommen, und sobald du wieder festen Boden unter den Füßen hast, wird es schon wieder rollen. Wenn das Flugzeug seine endgültige Parkposition erreicht hat, wirst du dich und die Sachen aus dem Handgepäckfach zusammenraufen, deine Kleider sortieren, und deine Haltung zurückgewinnen. Vielleicht hältst du dich treppab an der Reling fest, aber du wirst sehen: Die paar Schritte bis zum Flughafengebäude werden dir guttun. Du kannst eine Line Sauerstoff durch die weiße Nase ziehen, den Duft von gefegtem Asphalt inhalieren.

Siehst du? Jetzt könntest du fast schon wieder eine Zigarette rauchen. Du gehst zielsicher in Richtung Ausgang, an den kreisenden Koffern im Ankunftsbereich vorbei, in Richtung der Glasschiebetür zur Freiheit.

Du hoffst, dass er da ist. Dein Blick sucht die Menge ab, dieser Hemdzipfel dort zwischen den Menschen, ist das nicht, das war doch, das ist doch, ganz klar: Helmut Lang! Er muss es sein, muss. Du atmest ein, greifst deinen Trolley fester, aber ums Herz wird dir bang.

Na komm schon. Stell die Geschichte der letzten Tage auf dem Förderband ab, soll sie doch kreisen, kreisen, kreisen, bis ein Zivilist mit Courage ein SEK anruft, das sie unter Blaulicht und Schutzmasken entschärft. Soll sich doch jemand anderes mit deinem Scheißleben herumschlagen, sollen sie sich doch in die Hosen scheißen vor Angst. Sollen sie doch einen Bauern opfern oder die Welt evakuieren, die Hauptsache ist doch jetzt erst mal, dass du deine Version in Sicherheit bringst. Vergiss, was passiert ist. Es ist nun mal passiert.

Durchschreite die Flügel, die sich demütig vor dir auseinanderschieben. Lass dich hinaustragen und hinein in dein neues Leben, siehst du, wie lässig es sich über das Absperrgitter lehnt? Siehst du, wie es sich erfreut aufrichtet, als es dich endlich im Strom der Gelandeten erspäht? Ja, da stehst du und möchtest dir verwundert die Augen reiben, dich ungläubig in den Oberarm kneifen, du kannst es kaum glauben, aber es ist tatsächlich Gilles, der da steht. Dein neuer Freund, der dich vom Flughafen abholt. Lass dir das auf dem Zwerchfell zergehen: Dein neuer Freund holt dich vom Flughafen ab. Geh auf ihn zu, na los, er lächelt dich doch an. Fall ihm entgegen, er fängt dich auf. Küss ihn, er wird seinen Mund leicht öffnen und dir seine Zunge zaghaft entgegenstrecken. Geh mit ihm raus, er wird deinen Trolley in seinen kleinen Fiesta laden. Schaut euch an, bevor ihr den Motor startet, küsst euch nochmal und noch einmal.

Und dann rast durch die Stadt und seht euch nicht um. Rast, aber haltet an Ampeln. Rast durch die Stadt und seht euch an, immer wieder. Rast. Und tut so, als hättet ihr all das noch nie zuvor erlebt. Diniert bei Kerzenschein und liebt euch im Mondlicht; und am Ende wird er da wieder schlummernd in deinen Kissen liegen, und du wirst sein Gesicht studieren, so zaghaft und aufgeregt, als sei es eine jahrzehntealte Karte, die du nur entschlüsseln musst, um ihn zu finden, den Schatz, den dein Glück vor 36 Jahren irgendwo für dich vergraben hat.

Heiner

Herrgott, bist du fertig, und jetzt ist auch noch das Klopapier aus. Du nimmst die leere Papphülse vom Abroller, um sie in den kleinen Kosmetikeimer zu stopfen, du hast die Schnauze voll und keine Lust mehr auf Worte. Du würdest am liebsten nie wieder sprechen, nur noch einen letzten Satz sagen, nämlich den: Ich habe nichts mehr, um es zu verlieren, und erst recht keine Worte, und hiermit ist das mein letzter Satz gewesen. Du würdest den Punkt setzen, den Blick senken und hinter dem gefallenen Vorhang verschwinden. Eintreten ins ewige Schweigen. Dorthin, wo statt der Floskeln der Grammatik, des Anstands und der Höflichkeit nur noch Naturgesetze währen. Du würdest deinen Wortschatz in eine Truhe geben und sie in der Stille versenken.

Du drückst die Papprolle in der Hand flach und trittst vorsichtig mit dem viel zu groben Hausschuh auf das viel zu kleine Pedal, mit dem sich der Kosmetikeimer öffnen lässt. Der Deckel geht auf, und ein weißer Plastikbeutel bauscht sich dir entgegen. Im Kosmetikeimer. Dort, wo bislang ausschließlich leere Zahnpastatuben, Cremetiegel und Ullas schwarz gefärbte Abschminkpads gelandet sind, Klopapierhülsen und früher auch noch Ullas verschämt zusammengerollte Monatsbinden. Schwant dir was? Du ziehst die Tüte aus dem Müll und öffnest sie. Du musst gar nicht tiefer hineinsehen, der Geruch kriecht dir entgegen, stechend. Ammoniak. Natürlich hast du nicht vergessen, was gestern passiert ist. Nur kannst du dich nicht entsinnen, dass du die dreckige Unterhose und obendrein auch noch die gute Anzughose im Müll hast verschwinden lassen. Wie idiotisch. Die Hose ist gerade einmal zwei Jahre alt. Nur der Badezimmerspiegel sieht dich, trotzdem wirst du rot.

Du verriegelst die Klotür, drehst den Wasserhahn auf und lässt das Waschbecken volllaufen. Du gibst etwas *Perwoll* und einen Klacks Shampoo ins heiße Wasser, dann tauchst du die Hose darin ein. Sie lässt sich nur widerwillig versenken, du drückst die Luft so gut es geht heraus, knetest den Stoff gründlich, rubbelst ihn mit aller Kraft, wringst ihn aus, tauchst ihn wieder ein. Die körperliche Anstrengung befreit, es ist fast so, als könntest du nicht nur den Gestank aus dem Gewebe, sondern auch die Schande von deinen Händen waschen, als schrubbte die Hose dich und nicht andersherum.

Du drückst das Wasser vorsichtig aus, hievst die Hose schnell hinüber in die Badewanne und spülst gerade mit der Handdusche den restlichen Schaum heraus, als es klopft. Ulla.

Voll erwischt. Lass dir was einfallen. Schnell. Dreh das Wasser ab, sag, dass du nur nochmal duschen wolltest, wenn sie es nachher genauer wissen will, dann sag einfach, du hättest heute Morgen nur Katzenwäsche gemacht, damit den Kindern genügend heißes Wasser bleibt. Das wird sie schlucken. Hörst du, wie sich ihr Schritt entfernt?

Schnupper noch einmal am nassen Stoff, und wenn nichts mehr zu bemerken ist, ab dafür: genug geputzt. Die Hose lässt du am besten im Keller trocknen, wo du die alten Schaukästen sammelst, die die Uni ausgemustert hat und die früher in Ferdis Kinderzimmer hingen. Ulla geht dort so gut wie nie hinunter. Seit du vor 20 Jahren einmal versucht hast, dort eine kleine Spinnenzucht zu installieren, verdächtigt sie dich, dass dir ein paar besonders haarige Exemplare entkommen sind. *Im Keller wimmelt es nur so vor Gespinn*, sagt sie immer, und du konntest sie nie davon überzeugen, dass die Spinnendichte in eurem Keller nicht ungewöhnlich hoch ist, genauso wie du es längst aufgegeben hast, ihr einzubläuen, dass das Wort *Gespinn* im deutschen Wortschatz nicht existiert. Genauso wenig wie *anscheinbar*. Oder *auf Arbeit*. Ulla kann inzwischen Wörter wie Horsd'œuvre, Chateaubriand und Gnocchetti al Radicchio fehlerfrei aussprechen, aber an Wörtern wie *Gespinn* merkt man eben doch ganz deutlich, dass sie im tiefsten Inneren die Tresenschlampe geblieben ist, die einen aufstrebenden Akademiker über den Tisch gezogen hat.

Du ziehst die nasse Hose aus der Wanne. Stopfst sie zurück in den Plastikbeutel, so tropft sie nicht die Treppe voll, und du kannst sie, ohne eine Spur zu hinterlassen, nach unten schmuggeln. Scheint, als hättest du deinen Anzug gerettet. Immerhin.

Ulla

Zur Sache, Schätzchen, das hier muss schnell gehen. Heiner ist unter der Dusche, wer weiß, wie schnell er fertig ist, der Reinlichste ist er ja nicht. Geh zur Wäscheschublade, schnell, die Tüte, die teure, nicht die billige mit dem Unschuldsplunder drin. Krabbel dich durch die Strümpfe. Die Halter. Und Häkchen. Robuste Nylonriemchen. Schwarzer Taft. Da, endlich: eine Ecke Papier. Zieh den Brief mit spitzen Fingern heraus, mach schnell, er darf ruhig verknicken, das ist ja jetzt sowieso egal. Zerknüll ihn in der Faust, mach die Tüte wieder zu, die Schublade, dieses Kapitel.

Linda

Das also ist Gilles. Sein Gesicht liegt ganz nah neben deinem, mit den Augen wanderst du seine Konturen ab, langsam, du willst nichts übersehen. Wieder wunderst du dich über dieses eigentümliche Leuchten, das seine Augen umstrahlt und das dich schon am ersten Tag verzaubert hat. Aber jetzt im Schlaf sieht es nicht mehr nach Hollywood aus: Gilles trägt den Mondschein in seinem Gesicht. Seine Stirn ist völlig entspannt, kein Konflikt, der unter seinen geschlossenen Lidern tobt, kein innerer Vorwurf, der die schlummernden Lippen unnachgiebig macht. Gilles schläft, als sei nichts Unreines in seinem Sein, als trüge er keinen einzigen Flecken auf der Seele. Ist das so, weil er so jung ist? Dir wird klar, dass du ihn nicht gefragt hast, wie alt er ist, und dass du ihn das auch niemals fragen möchtest. Du wünschst dir, dass diese Liebe von allen Fragen rein bleibt. Als kleines Mädchen hast du einmal ein Poesiealbum geschenkt bekommen, es war rosa und weiß und mit einem goldenen Blechschloss versiegelt. Du weißt noch genau, was deine Mutter als ersten Eintrag hineingeschrieben hat:

Ein Seehund lag am Meeresstrand
Wusch sich die Schnauze im weißen Sand
Oh möge doch dein Herz so rein
Wie diese Seehundschnauze sein.

Dein Herz so rein, denkst du, und augenblicklich kommen dir auch noch die Poster in den Kopf, die du damals mit weißen Reißzwecken über dein Bett gepinnt hattest, Bilder von Robbenbabys, flauschig wie Zuckerwatte, so süß. Und du denkst: Gilles, mein Seehund, wie du da liegst in den weißen, kühlen Laken, schwer und warm wie ein teures Parfum. Du atmest ihn ein. Opium. Yves Saint und dann schon wieder: Gilles. Gilles. Und nochmal: Gilles. Du lässt den Namen in deinem Kopf hallen, Gilles, eine goldene Glocke in einem leeren Kirchenraum. Gilles.

Und das ist jetzt aber langsam doch mal übertrieben. Manchmal ergehst du dich wirklich im Kitsch. Und das nur, weil du immer wieder versuchst, für deine Gefühle Bilder zu finden, das Unbeschreibbare vor allem dir selbst zu kommunizieren. Manchmal sagst du dir, Begriffe wie Liebe, Dankbarkeit, Glück würden eben zu Banalitäten, wenn sie nicht metaphorisch in der Poesie verankert würden. Nur ganz, ganz selten bist du dir bewusst, dass der wahre Grund woanders liegt: Nur wenn du es dir in deiner Welt mit großen Worten einrichten kannst, musst du nicht erkennen, dass deine Wirklichkeit aus ziemlich mickrigen, kleinen Gefühlen besteht. Das, was andere Lyrik nennen, ist für dich nicht mehr als Innendekoration.

Du wirst nie seinen Anblick vergessen, bei eurem ersten Essen und dem zweiten Glas Wein. Als er dir gebeichtet hat, er habe alle deine Kolumnen gelesen. Wie schüchtern er in seinem Pangasiusfisch herumgestochert hat, während er sagte, wie sehr er deine Texte bewundere. In dem Moment wurde dir auf einmal klar, dass er sich nicht in erster Linie in dich verliebt hatte, sondern vor allem in den Gedanken, eine Starkolumnistin ins Bett zu kriegen. In diesem Moment hast du ganz kurz daran gedacht, ihm die Wahrheit zu erzählen, über dein Verhältnis zu deinem Elternhaus, deine Komplexe, auch über das Grauen der Tage, als das mit Friede passiert war. Vielleicht hätte er sich trotzdem in dich verliebt. Aber dann hast du ihm doch lieber die Starkolumnistin serviert. Mitsamt Akademikerhaushalt, dem emeritierten Professor, der feinkostversessenen Mutter und diesem kleinen Bruder, Ferdi, ein Taugenichts, aber so belesen, der hat wirklich alles studiert. Du hast dem Bild, das er ohnehin schon von dir hatte, den passenden Hintergrund gezeichnet. Hast seine vage Vorstellung von dir konturiert.

Die Übelkeit, die du heute während des Heimflugs verspürt hast, war in Wirklichkeit die Angst davor, dass deine Version zerbricht. Die Angst, dass er dich fragen würde, wie das Wochenende bei deinen Eltern war, dass er sich nicht zufriedengeben würde mit einem *entspannend, manchmal ein bisschen anstrengend, aber im Großen und Ganzen wirklich … doch: schön*. Dass er Details wissen wollen würde und dann merken würde, wie du dich windest. Dass er spüren würde, dass du ihm nicht die Wahrheit erzählst.

Als er dich dann am Flughafen in die Arme nahm und auch auf der Fahrt zu deiner Wohnung nicht einmal daran zu denken schien, dich nach deinen Eltern zu fragen, verwirrte dich das zunächst, und einen Moment lang verletzte dich das fast. Ganz kurz warst du versucht, einfach rauszuplatzen mit allem, wie schrecklich alles war, wie schmutzig und schlimm und schäbig. Vielleicht hätte er dich trotzdem weiterhin geliebt. Aber dann hast du doch nichts gesagt, sondern deine Sonnenbrille aufgesetzt und noch eine Zigarette gebraucht.

Erst als ihr nebeneinander auf deinem Bett lagt, hat er

sich höflich vergewissert, ob alles gut gewesen sei daheim. Er hat deinen abschweifenden Blick mit seinem Lächeln wieder eingefangen, du hast dein *entspannend, manchmal ein bisschen anstrengend, aber im Großen und Ganzen wirklich … doch: schön* vom Stapel gelassen und bist, ohne ihn anzusehen, schnell in seine Arme getaucht. Bist in seinen Armen dir selbst entkommen, wieder einmal. Vielleicht hat Gilles gespürt, dass da etwas ist, mit dem er nichts zu tun haben will, weil es nicht in seine Version passt, nicht du, aber dein Leben, vielleicht ist es so, dass auch er nur auf der Flucht ist zu dir, aber davon willst du nichts wissen. *Schön ist schön,* hat er dir mit einem Kuss hinters Ohr gehaucht, du fühltest dich getröstet, und dir wurde leicht ums Herz, ganz leicht. Du hast die Augen geschlossen und dich an ihn geschmiegt, er hat angefangen, dich zu küssen, und dich so aus ganzem Herzen vor deinen Halbwahrheiten bewahrt. Er hat an dem Verschluss deines BHs herumgefummelt, so ungeschickt, wie sich das für einen Geisteswissenschaftler gehört, und du hast gedacht, dass du dich vielleicht einfach nur lösen musst aus dieser Episode, sie abwerfen musst, als sei sie gar kein Teil von dir. Als Gilles zaghaft versuchte, mit seinen Zähnen dein Höschen beiseitezuziehen, hast du gedacht, dass ja nicht jedes Kapitel, das dir ins Leben geschrieben wird, Teil deiner Geschichte werden muss, weder die Sache mit deinem Vater noch die mit deiner Mutter und auch nicht die mit Friede. Du hast die Augen geschlossen, als Gilles deine Schenkel auseinanderschob, und plötzlich wurde dir klar, dass es am Ende gar nicht so wichtig ist, was man für Erfahrungen macht, weil am Ende doch nur das zählt, was aus ihnen entsteht. Dein Leben. Du.

Vielleicht kannst du eines Tages ganz vergessen, woher du kommst, ganz einfach, weil Gilles irgendwohin geht mit dir. Vielleicht müsst ihr nur noch fester daran glauben.

Ausgerechnet in diesem Augenblick läuft Heiner in den Keller. Nie geht er dorthin. Nie. Aber gut. Du musst das jetzt zu Ende bringen. Und am Ende ist es ja auch egal, wie, und egal, wo, so wie ja eigentlich immer alles egal ist, es ja eigentlich immer nur geschehen muss. Du könntest auch kurz irgendwohin fahren, wo es ruhig ist. Den Brief in der Isar versenken. Hinter zum Gartenhaus gehen, ein Loch buddeln und ihn mit Blumenerde bedecken, du bist dir sicher, da käme schnell ein Wurm. Aber das ist dann doch zu viel Aufwand, um etwas ungeschehen zu machen, was ja doch gar nicht geschehen ist. Noch während du Heiner die Kellertreppe hinuntersteigen hörst, nimmst du dieses Motorradfahrer-Feuerzeug, das Ferdi beim Frühstück auf dem Tisch hat liegen lassen, gehst auf die Terrasse und schließt mit einem kurzen Ruck die Tür. Du legst das Papierknäuel auf eine Steinplatte und zündest es an. Du hast keine Zweifel, kein schlechtes Gewissen, keine Sorge, dass diese Tat in Albträume münden könnte. Aber ein Gewissen hast du ja sowieso schon lange nicht mehr. Was geschehen muss, muss geschehen. Du denkst nicht weiter nach, der Satz *Ich übergebe dich dem Feuer* kommt dir nicht in den Sinn. Du starrst auf die Flamme und zählst die Sekunden dabei. Es geht schnell, dass das Feuer die Zeilen für alle Zeiten zensiert. Du kommst genau bis 18. Nach 18 Sekunden ist der Abschiedsbrief, den deine Tochter am Tag ihres Selbstmordes an ihre

Mama und Papa, ihr Lieben, ich will

adressiert und abgeschickt hatte, verbrannt. Du hast ihn niemals jemandem gezeigt, Heiner nicht, Linda nicht und Ferdi schon gleich gar nicht. Jetzt hast du auch noch sichergestellt, dass ihn auch niemals irgendjemand sehen wird. Man muss dem Menschen nicht jede Wahrheit zumuten.

Ein für alle Mal fegst du die Aschefetzen durch das Gitter über dem Kellerschacht von der Terrasse. Lasst Friederike in Ruhe, ein für alle Mal.

Heiner

Ob sie die Tüte bemerkt hat? Sie wollte gar nicht wissen, was du im Keller willst. Die Hose ist ganz schön nass. Wie lange sie wohl brauchen wird, um zu trocknen? Wenn du die Hose ans Fenster hängst, geht es vielleicht schneller, vielleicht gleich an das dort, direkt hinter dem Heizkessel, du kannst sie über das Rohr dort hängen, dort, das ist gut. Kipp das Fenster, so weht es vielleicht etwas Frühlingswärme hinein, ist ja auch eine Grabeskälte hier unten. Und jetzt schnell wieder ab nach oben, du hast schon genug vom Discovery Channel verpasst. Also. Dreh dich nicht um und geh hoch, dann traut sich vielleicht auch wieder die alte Spinne hinter der Kinderbadewanne voll Werkzeug hervor. Sie wird die Hose bewachen, bis sie getrocknet ist.

Ulla

Sieh dir das an, da liegt er schon wieder, die Füße unter die zusammengefaltete Decke geschoben, alt und grau vor dem Fernseher, in dem natürlich schon wieder dieser blöde Discovery Channel läuft. Ihr hättet euch diese Satellitenanlage nie aufschwatzen lassen dürfen, aber dieser Verkäuferlümmel im Media Markt musste das Wort Tierdoku ja nur aussprechen, schon war Heiner ihm hörig.

Diese Schüssel auf dem Dach hat euer Wohnzimmer zum Tierpark gemacht, in dem es rund um die Uhr krabbelt und kreucht, flattert und fleucht.

Du setzt dich auf dein Sofa und versuchst zu verstehen, worum es gerade geht. Sieht aus wie Geschichten aus dem Regenwald, mal wieder, der Bildschirm strahlt höllengrün, Affen kreischen hysterisch, Blätter rascheln, ein Schwarm Vögel fliegt auf, der ganze Wald scheint auf der Flucht. Es muss ein wildes Tier im Anmarsch sein. Ob es im Urwald Löwen gibt? Eigentlich hast du keine Lust, jetzt neben Heiner in die Erstarrung zu sinken, aber du bist auf einmal schon wieder müde, übernächtigt eben. Ausgebrannt. Du legst die Füße hoch und den Kopf aufs Sofakissen. Endlich: liegen.

Lange ruhig bleibst du nicht. Wann nur Ferdi endlich kommt, er muss doch seine Sachen holen und tschüs sagen, ehe er fährt. *Hat Ferdi angerufen?*, fragt Heiner in just diesem Moment, und du antwortest: *Angerufen? Nein, hat er nicht.*

So schnell geht das, dass ihr wieder nebeneinander auf den Sofazwillingen liegt, die Leiber schwer, die Wahrnehmung auf denselben Punkt gerichtet, synchronisiert.

Schau dir das an, sagt Heiner, als die Kamera dem Stamm eines riesigen Laubbaumes bis hinauf in seine schwindelerregend hohe Krone folgt. *Wahnsinn,* sagst du. Über allen Wipfeln Ruh. Du machst die Augen zu und steckst die Hände in die Taschen deiner Hausstrickjacke. Du betastest Ferdis Feuerzeug, du darfst nicht vergessen, es ihm zu geben.

Eigentlich wolltest du Ferdi ja noch ein Carepaket machen, für die lange Fahrt mit der Bahn. Ein Sandwich machen, von dem er noch zwei Wochen später schwärmen wird. Sandwich Hawaii, eine Eigenkreation, mit Schinken, Käse und Mayonnaise, die du mit kleingeschnittener Ananas verrührt hättest, ein Sandwich, das all dieses widerwärtige Zeug vereint hätte, das Ferdi so liebt. Du hast das Rezept gestern Nacht entworfen, als du nicht einschlafen konntest, weil keiner im Haus geschlafen hat. Du hast dir vorgestellt, wie Ferdi auf der Rückfahrt nach Berlin das Alupäckchen auswickelt und sein neues Lieblingssandwich in den Händen hält. Das Sandwich Hawaii wäre eine Nachricht von dir, ganz ohne Worte. Du hast dir ausgemalt, er würde sie verstehen, erkennen, warum du ihm das Brot nicht mit Hummerbutter beschmierst. Dir ist wohlig und warm geworden, und in diesem Gefühl bist du eingeschlafen. Leider, trotz allem, viel zu spät. Das Carepaket, ja. Du möchtest ihm dieses Sandwich wirklich gern machen, nicht? Wenn du nur nicht so müde wärest. Du hoffst, dass dir noch ein bisschen Zeit bleibt, ehe er kommt. Bevor du dich schon wieder in die Küche stellst, musst du noch ein bisschen liegen bleiben, einfach nur mit geschlossenen Augen den Stimmen des Urwalds lauschen, noch ein paar Minuten auf den Worten des Sprechers schwimmen, die sanft sind und keinerlei Anspruch auf deine Aufmerksamkeit erheben. Kleine Geschichten aus dem ewigen Kreislauf der Natur. Du döst weg auf deinem Sofa, während sich im Fernseher das Rad von Fressen und Gefressenwerden immer weiterdreht.

Ferdinand

Schon bei Bamberg überkommt dich der erste Hunger. Du siehst in die Tüte, die dir deine Mutter noch schnell in die Hand gedrückt hat, aber es sind nur zwei Äpfel, eine Banane und eine kleine Plastikflasche Wasser darin. Mama sah müde aus, als du vorhin deine Sachen geholt und dich endgültig verabschiedet hast. Wirklich müde. Bist du auch. Abgestanden. Hast wenig geschlafen. Bräuchtest jetzt ein kühles Glas Bier.

Das Bordrestaurant ist fast leer, nur zwei Gäste außer dir: ein Mann mit ockergelbem Hemd und Schlips in Bordeauxrot, das Glatze gewordene Klischee eines Handlungsreisenden, der noch zu lange zu leben hat. Und eine kleine Blondine, die ebenfalls allein dasitzt, allein vor einem Glas Wein. Rotwein. Sie sieht das Glas nicht an, sondern starrt durch die Fensterscheibe, die alles abzudämmen scheint, was draußen passiert. Du suchst dir einen Platz, von dem aus du sie beobachten kannst. Ihr Wein wogt im Takt der Gleise, schwenkt sich selbst, als wolle er optimal atmen, ehe sie endlich den ersten Schluck von ihm nimmt.

Es ist ganz still hinter dem Rauschen der Schienen. Nur aus dem Bordbistro nebenan dringt leise eine Touristengruppe, die Hits aus dem Hofbräuhaus grölt. Sind es Amerikaner? Australier? Oder doch Sachsen? Komisch, dass das Restaurant nicht besser besucht ist, aber der Rest des Zuges war ja auch nicht allzu voll. Wenn man das mit dem Trubel heute Nachmittag am Flughafen vergleicht. Wahrscheinlich nehmen die Leute lieber gleich den Flieger, seit sie versuchen, den ICE zur Boeing zu machen. Wahrscheinlich taufen sie nach Bordrestaurant und Zugbegleitern die Bahnsteige bald in *Railgates* um. Wahrscheinlich ist auch auf der Autobahn die Hölle los. Gut, dass du schon heute abgereist bist. Gut, dass du den Zug genommen hast. Gut, dass du nicht bis morgen geblieben bist, einen weiteren Tag lang mit Mama und Papa und dann auch noch allein. Du hättest nicht gewusst, was du ohne Linda mit ihnen hättest reden sollen. Dir wäre kaum eingefallen, was für Sätze du einschieben könntest zwischen die alten Floskeln.

Möchtest du noch ein Glas Wasser?

Schade, dass Linda immer schon einen Tag früher wegmuss.

Das Schweigen zwischen den Sätzen hätte sich gespannt wie ein Kopfschmerz, der bis in den Nacken strahlt.

Die Kellnerin kommt und fragt schüchtern nach deiner Bestellung. *Kaninchenragout à la Toskana,* sagst du und fragst, was das denn für ein Roter sei, den die Blondine im Glas habe. *Cabernet Sauvignon,* antwortet die Kellnerin und verrät mit ihrer breiigen Aussprache, dass sie aus Ostdeutschland ist. Der Wein kommt, du stellst ihn auf den Platz gegenüber. Du ziehst den Bildband aus der Tasche, den Linda dir als Ostergeschenk mitgebracht hat, aus Berlin nach München, und jetzt schleppst du ihn wieder nach Berlin zurück. Dass ihr es nicht hinkriegt, euch öfter zu sehen. Ehe du das Buch vor dir ausbreitest, pustest du einen kleinen Brösel vom Tischtuch, das gebügelt und gestärkt vor dir liegt. Auch die Seiten des Buches sind grell gebleicht, das Papier glatt und schwer. Du blätterst jede Seite einzeln um. Die Bilder sind sehr schwarz-weiß, sehr schön, die Existenzialisten in Paris eben, *those were the days*. Du hebst den Kopf, um zu sehen, ob die Blondine dich sieht, aber sie starrt weiter aus dem Fenster, du bildest dir ein, den Rhythmus ihres Tagtraums zu spüren. Das Rauschen des Zuges: ein Wiegenlied. Als das Essen kommt, packst du den Bildband sorgfältig weg und breitest auf deinem Schoß eine Serviette aus. Das tust du sonst nie, aber heute fühlst du dich so aufgeräumt, richtig gesammelt. Als würde die Tatsache, dass dieser Zug ein Ziel hat, deinem Leben eine Richtung geben. Du isst alles auf, sogar das Aufbackbaguette, du tunkst damit das letzte bisschen Sauce auf. Der Teller ist ganz sauber. Alles rein. Nicht einmal die voll klimatisierte Luft wird durch irgendein Audio-Bordprogramm verpestet. Keine Musik, herrlich: still.

Du klappst dein Zippo auf und zündest dir eine Zigarette an. Du bläst den Rauch gegen die Fensterscheibe und versuchst, darüber nachzudenken, wo die Reise hingehen soll. Ob du zurückkönntest zu Maria? Natürlich könntest du. Jeder könnte zurück zu Maria. Was die Sache, sei ehrlich, unkompliziert macht, aber nicht eben leichter. Dein Glas ist leer, du überlegst, ein zweites zu trinken, aber die Kellnerin scheint verschwunden zu sein. Was willst du nun tun? Wohin mit dir? Darüber nachzudenken fällt dir zu schwer. Wohin? Du stellst die Frage mit glasigen Augen der vorbeirasenden Landschaft, die grau wird unter deinem müden Blick. Du zündest dir noch eine Zigarette an und fährst mit der Daumenkuppe leicht über die Gravur, die so klein ist, dass man sie kaum erkennen kann. *Friede liebt dich.* steht da und dahinter das Datum deines 18. Geburtstags. Du musst dein Feuerzeug nicht ansehen, um die Inschrift zu lesen, so, wie du nur die Augen schließen musst, um bei ihr zu sein. Wie traurig sie war. Immer müde. Immer dieser ins Bodenlose gesenkte Blick, eine Fußnote zu ihrem Schweigen. Vielleicht hättest du ihm folgen sollen, versuchen, ihn zu lesen. Vielleicht hätte der Kommentar etwas über den Quelltext verraten. Den sie nie hatte aus sich heraussprudeln lassen. Sogar Tinte hat sie gespart, der Brief war lachhaft kurz, zu kurz angesichts der Botschaft, ein paar Zeilen nur auf einem dünnen, knittrigen Blatt. An ihrem Ende hat die Schwermut nur einen Bogen Luftpostpapier fallen lassen.

Es tut mir leid. Liebe mich so, wie ich dich immer geliebt habe, vergiss das nicht, Friede.

Kein Zittern in den Zeichen. Ihre Schrift war, wie sie immer gewesen war, eng und nach rechts geneigt, als habe ausgerechnet sie es eilig. Friede. Der i-Punkt über dem e, du weißt noch, dass Papa das während der Grundschulzeit immer bemängelt hatte: dass sie die Punkte zu spät setzte und die Umlautzeichen immer über dem darauffolgenden Buchstaben hingen.

Es tut mir leid. Liebe mich so, wie ich dich immer geliebt habe, vergiss das nicht, Friede.

Das war alles. Mehr stand nicht drin. Friede hat dich dem Spekulativen überlassen. Was kommt jetzt also? Was soll wohl noch kommen? Die Kellnerin taucht auf. Du bestellst noch einen Rotwein, sie wiederholt Cabernet Sauvignon wieder mit diesem sächsischen Dialekt, und ganz kurz denkst du, dass es noch nicht so schlimm ist mit der Globalisierung, solange jeder der Welt seine eigene Färbung gibt. Wahrscheinlich trinken sogar Sachsen und Bayern aus derselben Flasche zwei völlig unterschiedliche Gläser Wein. Am Ende lecken sie sich vielleicht denselben Promillegehalt von der gierigen Haut. Am Ende werden sie vielleicht Kinder zeugen, die ihr Erbgut teilen, ein gemeinsames Konto einrichten und ein Haus irgendwo draußen auf dem Land beziehen, weil es dort nicht so wichtig ist, dass man in der richtigen Jeansmarke den richtigen Cocktail bestellt. Am Ende schaffen sie es vielleicht sogar, gemeinsam zu sterben. Aber sie werden gut daran tun, nie zu vergleichen, wie das wirklich war, mit Ihr und mit Ihm und der ersten gemeinsamen Flasche Wein.

Dein Handy klingelt. Es ist Linda, die wissen will, ob du zufällig ihr Buch eingepackt hast, die *Minima Moralia,* du wüsstest schon, Adorno. *Nein,* sagst du. *Tut mir leid. Gut,* sagt sie. *Alles gut bei dir?* Du fühlst dich ganz milde. *Alles gut.* Du wartest, bis sie aufgelegt hat. Sie hat ganz leise gesprochen, viel leiser als sonst. Du grinst. Du kennst deine Schwester. Das klang so, als habe sie jemanden nicht wecken wollen. Hat sie also mal wieder einen Mann verschwiegen. Mal wieder nichts vom neuesten

Freund erzählt. Das überrascht dich nicht. Was hat sie dir schon jemals erzählt?

Das Einzige, was dich überraschen müsste, ist, wie gut du Linda trotz alledem kennst. Sie kennst, obwohl du so gut wie nichts von ihr weißt. Obwohl du dir nicht mal sicher bist, ob sie Zucker in ihren Kaffee gibt oder Süßstoff oder Milch oder beides. Oder trinkt sie doch Tee? Ist sie bei ihren Kollegen beliebt? Hat sie Freunde, die sie wirklich mag – oder nur Leute zur Einsamkeitsvermeidung? Ist Linda einsam? Fürchtet sie sich davor, eines Morgens alt aufzustehen? Du weißt es nicht. Du hast keine Ahnung, wer deine Schwester ist, und alledem zum Trotz spürst du sie. Selbst durch die schweigende Leitung spürst du, ob etwas fehlt oder eben nicht, spürst, wenn sie, wie jetzt, am Rande von glücklich ist. Weil Linda trotz der Jahre und Welten, die zwischen euch liegen, am Ende doch deine Schwester bleibt. Manchmal vergisst du das. Und nimmst dir vor, ab heute öfter daran zu denken. Es wird nichts daran ändern, dass ihr euch erst wieder an Mamas Geburtstag seht, aber es wird etwas ändern. Auf einmal hast du das Gefühl, dass hinter dem rhythmisch an- und abschwellenden Rauschen der Schienen irgendwas hängt, das bleibt. Du räumst das Handy weg und verlierst dich noch einmal in dem Blick aus dem Fenster, der Landschaft und dem Gestrüpp, das die Bahntrasse säumt, Masten, Schilder, die vor dir fliehen.

Du hast immer gedacht, Friedes Tod hätte einen Sinn gehabt. Aber dann rannte Linda auf einmal weg und Mama hinterher, und auf einmal warst du allein mit Papa, deinem Vater, allein. Seinem Blick. Ein in die Falle gehetztes Reh, das es nicht wagt, der Flinte ins Auge zu sehen. Allein mit Papa, der wackelnd vom Tisch aufstand und in Richtung Badezimmer verschwand, eine Tropfspur auf dem Teppich hinterlassend. Du fühltest den Impuls, ihm zu folgen, ihm zu helfen, für ihn da zu sein, bis ans Ende aller Tage. Du hast Luft geholt, aber gespürt, dass du nur ein Krächzen in den Raum stellen könntest, zu laut, egal, wie leise es wäre. Du hast ihm hinterhergesehen, wie er in Richtung Treppe verschwand und sich auf dem Absatz noch einmal umdrehte, dich ansah mit einem Flehen in den Augen, das aussprach, was er nicht zu sagen wagte: Das hast du nicht gesehen, nicht? Bitte sag, dass du das nicht gesehen hast. Da wurde dir auf einmal klar, dass Papa keine Schuld traf. Dass vielleicht niemanden von euch eine Schuld traf. Ihr Selbstmord vielleicht gar keine Botschaft hatte, Friede vielleicht einfach nur traurig war, so traurig, dass es in keiner Beziehung mehr stand zur wirklichen Welt. Vielleicht nur biochemisches Versagen war, eine Dysphorie durch Mangel an Noradrenalin und Serotonin, eine kleine Dissonanz im Hirnstoffwechsel, die dafür sorgte, dass sich ihr Leben nur um ein Schwarzes Loch drehte und Zeit und Raum am Ende tatsächlich verstummen mussten. Papa stand auf der untersten Stufe der Treppe, und du hast nichts gesagt, sondern zu Boden geschaut, bis er verschwunden war. Du hast ein paar Papierservietten genommen, mit ihnen seinen Stuhl abgetrocknet und sie tief in den Mülleimer gestopft, damit keiner sie sieht. Dann bist du ins Bett gegangen und hast die Knie umschlungen, aber schlafen konntest du nicht.

Ehe der Zug in Leipzig hält, kassiert die Kellnerin ab. *Personalwechsel,* sagt sie. Du gibst ihr drei Euro Trinkgeld und beobachtest ein paar Minuten später, wie sie mit einer kleinen Reisetasche den Bahnsteig entlanggeht. Personalwechsel, denkst du, nichts bleibt. Der Zug fährt wieder an, und auf einmal sickert durch die kleinen Bohrlöcher in der Plastikverkleidung der Wand Musik. Ein Streicherarrangement, über dem eine sanfte Flötenmelodie taumelt wie ein Zitronenfalter über einer Blumenwiese. Du brauchst ein paar Sekunden, um zu erkennen, welches Stück das ist. *Blowin' in the Wind*, Dylan, insgeheim magst du das Lied, weil es von weißen Tauben und letzten Dingen handelt, aber das hier, das ist wieder einmal die Fahrstuhlversion, der Song wird gespielt, nicht gesungen. Sie haben den Text zensiert, damit man beim Hören nicht daran denken muss, worum es eigentlich geht. Du trinkst dein Glas Wein mit einem großen Schluck aus, der Gedanke verschwimmt und verschwindet.

Du winkst den neuen Kellner herbei, bestellst ein Stück Nusskuchen und eine Tasse Kaffee. Die Blondine sitzt immer noch an ihrem ersten Glas Rotwein. Wenn sie bis Berlin fährt, dann sprichst du sie an.

Thomas Pletzinger. Bestattung eines Hundes. Roman.
Gebunden

Ein Ethnologe in einer Lebenskrise, ein Kinderbuchautor mit einem Bestseller und einer Ruine am Luganer See, eine finnische Ärztin, ein kleiner Junge ohne Vater, ein mysteriöser Freund, ein sterbender Hund und ein verstecktes Manuskript: Thomas Pletzinger macht daraus eine hochspannende, aberwitzige und anrührende Geschichte.

»Richtig gute Bücher können dreierlei: Überraschen. Aufwühlen. Umhauen. Dieses ist das überraschendste, das aufwühlendste und – tatsächlich – das umhauendste Buch seit langem.« *Saša Stanišić*

btb

Juli Zeh

Spieltrieb

576 Seiten
ISBN 978-3-442-73369-9

Die atemberaubende Geschichte einer obsessiven Abhängigkeit zwischen einer Schülerin und einem Schüler, Ada und Alev, die alle Grenzen der Moral, des menschlichen Mitgefühls und des vorhersehbaren Verhaltens überschreiten. Die beiden jungen Menschen wählen sich ihren Lehrer Smutek als Ziel einer ausgeklügelten Erpressung und beginnen ein perfides Spiel um Sex, Verführung, Macht. »Wenn das alles ein Spiel ist, sind wir verloren. Wenn nicht - erst recht.«

»Es ist erstaunlich, es ist bewundernswert, wie die gerade mal dreißig Jahre alte Schriftstellerin auf sämtlichen Pferden einer durchtrainierten Sprache und eines hoch gebildeten Scharfsinns ihre Geschichte über 500 Seiten durchs Ziel jagt, eine Geschichte, wie sie ungemütlicher nicht sein kann.«
Die Zeit

»Ein Roman, der einen so schnell nicht loslässt.«
Hamburger Morgenpost

»Eine intelligente, lohnende Lektüre.«
Frankfurter Neue Presse

Robert Hültner

Inspektor Kajetan und die Betrüger

Roman. 286 Seiten
ISBN 978-3-442-73420-7

München, in den 1920er Jahren: Inspektor Paul Kajetan, der sich seit seiner Suspendierung als Detektiv durchs Leben schlägt, gerät in Verdacht, auf seinen Nachfolger in der Münchner Polizeidirektion einen Mordanschlag verübt zu haben. Um seine Unschuld zu beweisen, macht er sich auf die Suche nach dem wahren Täter. Kajetans Recherchen führen ihn von der Welt der frühen Alternativen und Landkommunen bis ins Milieu der Spekulanten, Parvenüs und Rechtsradikalen. Stück für Stück setzt er das Puzzle zusammen und lässt dabei fast sein Leben …

»Der Autor vergegenwärtigt diese Geschichte aus den Vorzeiten des Hitlertums genauestens, beinahe filmisch bis in die Zwischentöne der bayerischen Dialektwendungen hinein.«
Tobias Gohlis, Die Zeit

btb

Kjell Westö

Wo wir einst gingen

Roman. 520 Seiten

75197

Erscheint bei btb im Hardcover im August 2008

Eine Stadt, in der es gärt, ist dieses Helsinki in den ersten Jahrzehnten des 20. Jahrhunderts. Auf das Trauma des finnischen Bürgerkriegs 1918, der einen Riss durch die Gesellschaft zieht, folgen die enthemmten zwanziger Jahre wie ein einziger langer Rausch. Die unterschiedlichsten Menschen treffen sich hier in dieser Stadt, vereint in ihrer Sehnsucht nach Glück und Bedeutung in ihrem Leben.

Ausgezeichnet mit dem Finnischen Literaturpreis

»Ein grandioser Roman, der einer Schar von eigensinnigen Individuen pulsierendes Leben schenkt und das pralle Panorama einer Stadt zeichnet, die vor Veränderung brodelt.«
Helsingborgs Dagblad